BASTEI LÜBBE TASCHENBUCH

Weitere Titel des Autors:

Die dunklen Wasser von Exeter

Über den Autor:

Paul Marten ist in Deutschland geboren und aufgewachsen – und er ist anglophil. Viel Zeit verbrachte er an Englands wunderschöner Südküste, vor allem in Exeter und Umgebung. Den Schreibtisch eines Journalisten hat er bereits vor vielen Jahren mit dem Schreibtisch eines Schriftstellers getauscht.

PAUL
MARTEN

Die TOTEN vom DARTMOOR

KRIMINALROMAN

BASTEI
LÜBBE
TASCHENBUCH

BASTEI LÜBBE TASCHENBUCH
Band 17722

MIX
Papier aus verantwortungsvollen Quellen
FSC® C083411

Dieser Titel ist auch als E-Book erschienen.

Originalausgabe

Titelillustration: © Justin Foulkes/HUBER IMAGES
Umschlaggestaltung: Kirstin Osenau
Satz: hanseatenSatz-bremen, Bremen
Gesetzt aus der Stempel Garamond
Druck und Verarbeitung: CPI books GmbH, Leck – Germany

ISBN 978-3-404-17722-6

2 4 5 3 1

TAG 1

1

»Mr. McPherson!«

Craig hörte die Stimme von Olivia Stone und kehrte zurück in den Besprechungsraum seiner Drogenberaterin. Noch drei Monate musste er alle vierzehn Tage hier antanzen, das war der Deal gewesen, der ihn vor dem Rausschmiss aus der Polizei bewahrt hatte.

Vier Shrinks hatte Craig bisher verschlissen. Er hatte die meiste Zeit geschwiegen, die Shrinks hatten versucht, ihn zum Reden zu bringen. Wenn Craig dann etwas gesagt hatte, war es nicht das gewesen, was die Shrinks hatten hören wollen, sondern er hatte die Methodik der Shrinks angegriffen. Mit leisen Tönen. Hatte sie in Fachdiskussionen verwickelt. Schließlich hatte er Psychologie studiert, Fachrichtung therapeutische Verfahren. Entnervt über seine Beratungsresistenz hatten sie hingeschmissen. Aber eigentlich waren sie nur hilflos gewesen und unfähig. Sie hatten nicht im Ansatz begriffen, was bei Craig im Argen lag. Und es lag einiges im Argen.

Olivia Stone hatte er dagegen nicht aus der Ruhe bringen können. Sie besaß eine scheinbar unendliche Geduld und hatte es geschafft, genauso beharrlich zu schweigen wie er, hatte nicht versucht, ihre Methoden zu verteidigen. Irgendwann hatte er aufgegeben, ihre Kompetenzen in Zweifel zu ziehen, und sie gefragt, wie sie das mache. Sie hatte gelächelt und gesagt, das sei ihr Berufsgeheimnis. Natürlich wusste er, wie es funktionierte. Sie war in der Lage, nichts von dem, was Craig von sich gab, persönlich zu nehmen. Sie war durch und durch Profi. Von dem

Moment an hatte er sie respektiert und sich zwar nicht geöffnet, aber zumindest mit ihr geredet.

»Sie waren gerade weit weg, tief in Gedanken. Ich habe Sie angesprochen, aber Sie haben nicht reagiert. Wissen Sie noch, wo Ihre Gedanken Sie hingeführt haben?«

Craig betrachtete Olivia Stone. Sie war genauso alt wie er, vierzig, aber er fühlte sich zehn Jahre älter. Ob das etwas mit seinem Beruf zu tun hatte? Alterten Detectives der Mordkommission schneller als andere Menschen?

»Ich habe an nichts gedacht. Wie lange …«

»Zehn Minuten.«

»Zehn Minuten?« Craig war überrascht und erschreckt zugleich. »Es hat sich angefühlt wie zwei Sekunden.«

»War dieser Zustand angenehm?«

Craig fühlte in sich hinein. Als Olivia Stone ihn gebeten hatte, sich zu entspannen und seinen Gedanken freien Lauf zu lassen, hatte er sich tatsächlich fallen lassen, hatte seine Schutzschilde gesenkt und war in einer Art Trance versunken. Ein Bild von Mary war aufgetaucht, wie sie in ihrem strahlend weißen Hochzeitskleid an seiner Seite die Stufen zur Kirche hinaufgestiegen war. Mary hatte sich eine traditionelle Hochzeit in der Kirche gewünscht, und obwohl Craig bekennender Atheist war, hatte er zugestimmt. Und er hatte die Zeremonie genossen. Sie war ernsthaft, feierlich und voller Wärme gewesen. Nie zuvor hatte er seine Liebe zu Mary so schmerzhaft gespürt wie in diesem Moment. Es war paradox gewesen, Liebe und Schmerz im selben Moment, und bis heute wusste er nicht, was in diesen Minuten in ihm vorgegangen war. Sie wechselten die Ringe, gaben sich das Ja-Wort. Erst dann sprach der Priester von der Ehe, auch das hatte sich Mary so gewünscht. Sie wollte zuerst Ja sagen und dann der Predigt lauschen. Die Worte, die der Priester über die Ehe sagte, zeugten von Weisheit und Lebenserfahrung.

Die Hochzeitsbilder verblassten, und der Tag, den Craig am liebsten ungeschehen machen würde, war wie ein Dämon vor ihm aus dem Nebel aufgetaucht. Sosehr er sich bemühte, er wusste nicht mehr, was in der Nacht vom 31. Dezember 2014 auf den 1. Januar 2015 geschehen war. Er wusste nur, dass sie gestritten hatten, dass er sich besinnungslos betrunken hatte und Mary spurlos verschwunden war, als er reumütig nach Hause gekommen war. Sie hatte nichts mitgenommen, außer ihrer Handtasche. Sie hatte sich in Luft aufgelöst.

Sein Arm vibrierte, ihm wurde übel. Er verscheuchte die Erinnerungen. Craig beabsichtigte nicht, Olivia Stone in sein Geheimnis einzuweihen. So nahe standen sie sich noch lange nicht. Niemand stand ihm in Exeter so nahe, als dass er die schwarzen Teile seiner Seele offenbart hätte. In Edinburgh sah das ganz anders aus. Aber er war aus Edinburgh verbannt worden, und es war seine Schuld.

»Was immer es ist, es bereitet Ihnen große Probleme.«

»Es ist der Geruch.«

Craig schämte sich ein wenig, Olivia Stone auf die falsche Fährte zu schicken, sie zu belügen.

»Der Geruch von was? Können Sie ihn beschreiben?«

»Der Leichengeruch.«

Olivia Stone nickte.

Sie war gut, aber nicht gut genug, um Craigs Lüge zu durchschauen.

Sie schwieg.

»Die meisten Menschen glauben, dass Leichen immer widerlich faulig riechen, so wie verdorbenes Fleisch. Aber das ist bei den wenigsten der Fall, nur bei denen, die bereits ins Stadium der Verwesung übergegangen sind. Die meisten Mordopfer finden wir relativ kurz nach ihrem Tod. Dann sind alle Muskeln erschlafft. Auch der Schließmuskel. Der Darminhalt wird freigegeben, die Blase entleert sich. Es sind die Fäkalien, die meine Nase malträtieren, es ist der muffige Körpergeruch des Todes. Alter Urin. Schwer zu ertragen.«

»Ich habe gelesen, dass immer mehr alte Menschen in ihren Wohnungen sterben und wochenlang nicht entdeckt werden?«

»Das ist korrekt. In solchen Fällen übernimmt zuerst der Coroner die Ermittlung, und wenn der kein Fremdverschulden feststellt, haben wir nichts zu tun. Die ›garen‹ Leichen, also die, die bereits verwesen, kommen beim Coroner routinemäßig auf den Tisch, weil man per Augenschein nicht feststellen kann, was die Todesursache ist. Selbst wenn der Kopf abgetrennt ist, kann das postmortal geschehen sein.«

»Wie kommen Sie mit dem Coroner klar?«

»Sie meinen Sienna Fly?«

»Ja. Sie ist ja die erste Frau in diesem Amt in Devon, wenn ich richtig informiert bin.«

»Sie sind richtig informiert. Wir haben nicht so oft miteinander zu tun, aber wenn, dann arbeiten wir bestens zusammen.«

Wenn ich nicht gerade mit dem Kopf durch die Wand will, dachte Craig, und Mord sehe, wo keiner ist.

»Sie müssen ihr zuarbeiten, sie ist quasi Ihre Vorgesetzte, solange die Voruntersuchung läuft, ist das korrekt?«

Craig war ein wenig enttäuscht. Olivia Stone versuchte ihn aus der Reserve zu locken, indem sie ihm indirekt ein Problem mit weiblichen Autoritäten unterstellte. Das war ungeschickt und zeigte, dass sie ihn falsch einschätzte. Was aber nicht an ihr lag, sondern an seiner Strategie zu reden, ohne etwas zu sagen, und ihr damit einen großen Interpretationsspielraum eröffnete. Sie musste ihn ja irgendwie abklopfen.

»Das ist korrekt. Ich schätze sie sehr, denn sie ist kompetent, integer und eine sehr gute Chefin. Ihre Art zu führen ist von Ermutigung geprägt, sie ist nicht nachtragend, immer zielführend, und dabei verbreitet sie auch noch gute Laune.«

Craig konnte bei Stone keine Enttäuschung über seine Antwort erkennen.

»Wir sind etwas vom Thema abgekommen.« Sie beugte sich vor. »Mr. McPherson. Ich habe ebenfalls ein Problem. Können Sie sich denken, welches?«

»Nein.«

»Sie lügen mich an. Leichengeruch macht Ihnen keine Probleme. Zumindest nicht solche, die Sie für zehn Minuten aus diesem Universum verschwinden lassen.«

Aus Craigs Jacketttasche ertönte die inoffizielle schottische Nationalhymne, »Scots Wha Hae«, das Lied der Schotten über Freiheit, Stolz und Mut, über William Wallace und Robert Bruce: »Lasst uns für die Freiheit kämpfen oder sterben.«

Olivia Stone schürzte die Lippen. Das hieß: Ich möchte nicht, dass Sie ans Telefon gehen.

»Sorry«, sagte Craig, zog das Handy heraus und sah die Nummer seines obersten Chefs, Superintendent Arthur Keen.

Wenn Keen, der Craig aus tiefster Seele hasste, anrief, stellten sich regelmäßig Craigs Nackenhaare auf, denn ein Anruf von Keen bedeutete immer Ungemach. Entweder hatte Craig etwas versäumt oder jemanden zu hart angefasst, oder Keen hatte Verdauungsstörungen und musste das an irgendjemandem auslassen. Und wer war dafür besser geeignet als Braveheart, der schottische Freiheitskämpfer, in einem zutiefst hörigen und noch dazu englischen Polizeiapparat? Diesmal dankte Craig seinem Boss. Er hatte ihn vor Stone und ihrer Scharfsinnigkeit gerettet.

Craig ging ran, Keens Bass röhrte: »Craig! Wo sind Sie? Im Präsidium sind Sie auf jeden Fall nicht.«

»Guten Tag, Mr. Keen. Ich bin bei Olivia Stone.«

»Verdammt! Dann tue ich Ihnen ja glatt einen Gefallen,

wenn ich Sie ins Dartmoor schicke. Princetown. Church of St. Michael. Sie wissen, wo das ist?«

»Einen Steinwurf vom Her Majestys Prison Dartmoor entfernt.«

»Beeilen Sie sich. Vor Ort mehr.«

Keen legte auf. Das war seine spezielle Art, Craig zu quälen. Er spannte ihn auf die Folter. Wenn Keen zu einem Tatort kam, war etwas im Busch, und zwar etwas Großes. Und wenn Keen Craig dabeihaben wollte, dann war es etwas sehr Großes, sehr Unangenehmes, etwas, das Craig Scherereien bereiten würde.

Craig steckte das Handy in sein Jackett zurück. »Ich bin untröstlich, Mrs. Stone, aber wenn Superintendent Keen ruft, muss selbst das interessanteste Gespräch warten.« Craig stand auf, verbeugte sich. »Wir sehen uns in zwei Wochen. Bis dahin wünsche ich Ihnen alles Gute.«

Olivia Stone hielt Craig im Sitzen ihre feingliedrige Hand entgegen. »Geben Sie auf sich acht, Mr. McPherson.«

Craig nahm die Hand, sie erwiderte seinen Händedruck wie immer mit großer Kraft, doch dann ließ sie ein wenig nach und zog ihre Hand langsam zurück, ihre Finger schienen seine Haut erkunden zu wollen.

Er ließ sie los, wandte sich zur Tür, verließ das Sprechzimmer ohne ein weiteres Wort.

Wie sollte er das anstellen, auf sich zu achten?

2

Craig stieg in seinen Spitfire, blieb einen Moment reglos hinter dem Lenkrad sitzen und vermied es, einen Blick in den Rückspiegel zu werfen. Er wusste ja, was er darin sehen würde. Die Ringe unter seinen Augen waren in den letzten Monaten bedenklich dunkel geworden, obwohl er sich inzwischen ausreichend ausgewogen ernährte, fast jede Nacht mehr als vier Stunden schlief und sich der Stress auf der Arbeit in Grenzen hielt, solange Keen ihn nicht in den Senkel stellte. Es war ganz normaler Polizeialltag, alle zwei Tage eine Leiche, drei Morde, die innerhalb weniger Tage aufgeklärt waren, allesamt Beziehungstaten. Umso mehr Zeit hatte Craig, um über sich selbst nachzudenken und über Mary. Allein der Gedanke an sie schickte Hitzewellen durch seinen Körper.

Olivia Stone hatte ihn diesmal fast erwischt. Die zehn Minuten, die er wie weggetreten gewesen war, beunruhigten Craig. So etwas durfte ihm nicht noch einmal passieren. Er musste sich besser kontrollieren, musste Situationen vermeiden, in denen er zu tief in seinen Erinnerungen versank. Natürlich wusste er, dass das auf Dauer nicht helfen würde, seine Seele würde ihm irgendwann die rote Karte zeigen, die gelbe hatte sie ja bereits heute gezogen. Und vielleicht konnte Stone ihm ja tatsächlich helfen?! Er konnte ihr aber einfach nicht ganz trauen; sie arbeitete schließlich für seinen Arbeitgeber als Psychologin und Gutachterin, Spezialistin für Glaubwürdigkeitsgutachten und das False-Memory-Syndrom bei Zeugen. Dennoch: Sie hatte ihn aus dem Gleichgewicht gebracht, und er hatte es nicht kommen sehen.

Craig ließ den Motor an, der vor sich hin blubberte und ihn beruhigte wie sanfte Musik.

Er würde sie auf die Probe stellen und dann entscheiden, ob sie die Richtige war, um das schwarze Loch in seinem Gedächtnis zu erhellen.

Die Behörden hatten die Suche nach Mary schon lange eingestellt. Es gab keinerlei Anzeichen eines Verbrechens, es gab keine Leiche und keine Zeugen. Das Ermittlungsverfahren gegen Craig wurde eingestellt, und Craigs ehemaliger Chef in Edinburgh, Gordon Brodie, hatte die ganze Sache fein säuberlich vor den Medien verborgen. Als Craig einen vermeintlichen Zeugen zu hart angefasst hatte, hatte Brodie Craig einen Deal angeboten: Alkoholentzug und Versetzung nach Exeter oder Rauswurf.

Craig nahm die A38, um den Touristenströmen auf den engen Straßen durch das Dartmoor zu entgehen, die das schöne Wetter aus jedem Cottage und jedem Bed and Breakfast im Umkreis von hundert Kilometern gelockt hatte: Der Oktober wartete mit spektakulärem Sonnenschein auf, der bis ins zentrale Dartmoor reichte und die Landschaft geradezu lieblich erscheinen ließ. Üblicherweise wechselte sich hier Starkregen mit kaltem Wind und Schnee ab, zu fast jeder Jahreszeit. Diese Wetterkapriolen verbanden Schottland mit dem Dartmoor. In Edinburgh, Craigs Heimatstadt, hieß es: »Gefällt dir das Wetter nicht, warte einfach eine halbe Stunde.«

Die Touris schlichen mit ihren Leihwagen und gezückter Kamera durch das Dartmoor, hielten plötzlich, wenn sie ein Pferd sahen oder ein Schaf oder eine Kuh, als gäbe es diese Tiere nur im Dartmoor. Craig musste zugeben, dass es tatsächlich einige nette Eckchen gab, aber bei allen Vorfahren der McPhersons: Schottland bestand nur aus netten Ecken, abgesehen von ein paar Stadtteilen von Edinburgh.

Craig bog von der A38 rechts ab Richtung Poundsgate und musste mehrmals halten, weil schießwütige Touris die Straße blockierten. Besonders selbstvergessen waren die Asiaten. Wie die kleinen Kinder hüpften sie umher, grinsten, dass es in den Mundwinkeln weh tun musste, und trugen Kameras um den Hals, die mindestens tausend Pfund kosteten. Craig ließ sich nicht aus der Ruhe bringen, sondern bat die Blockierer freundlich, die Straße freizugeben. Peinlich berührt kamen die Fahrer seiner Bitte eiligst nach und entschuldigten sich überschwänglich. Craig verstand kein Wort, vor allem, wenn die Touristen versuchten, Englisch zu sprechen.

Two Bridges kam in Sicht, von dort aus waren es nur noch wenige Autominuten bis Princetown. Etwas mehr als eine Stunde hatte Craig für die Strecke benötigt, ein guter Schnitt. Von der Two Bridges Road aus konnte Craig das Dartmoor-Gefängnis sehen, eins der verrufensten in ganz England. Es würde bald geschlossen werden, aber bis dahin würden sich die Missstände wohl nicht mehr ändern: Gewalt, Drogen und Banden. Craig schauderte bei dem Gedanken, dort sein Leben verbringen zu müssen, gleich, ob als Wärter oder Gefangener. Sein Gefängnis, sein Exil, war zumindest eine Stadt, in der er sich frei bewegen konnte. Exeter lag zwar im äußersten Süden der Insel, aber es hätte schlimmer kommen können. Die Orkneys oder die Shetlands. Craig bezweifelte, dass er eine solche Isolationshaft lange ohne Alkohol ertragen hätte.

Craig bog in die Tavistock Road ein. Der Verkehr wurde ab dem Postamt über einen Feldweg umgeleitet. Wunderbarerweise gab es keinen Rückstau. Ein Constable wedelte heftig mit den Armen, die Autofahrer verstanden und fuhren zügig weiter. Niemand gaffte, niemand versuchte, mit überlangen Zoomobjektiven einen Blick auf den Grund der Absperrung zu erhaschen. Es wäre auch sinnlos gewesen, denn die St. Michael and

All Angels Church lag dreihundert Meter hinter der Umleitung, verborgen von Bäumen und Gebäuden und Sichtblenden der Devon and Cornwall Police. Der Constable warf einen flüchtigen Blick auf Craigs Ausweis und winkte ihn durch.

Craig sah sich um. Jetzt erkannte er, was ihn irritiert hatte. Es waren keine Journalisten zu sehen. Wenn Keen eine Nachrichtensperre verhängt hatte und sie tatsächlich funktionierte, dann musste wirklich etwas Großes im Gange sein. War in der Kirche ein Sprengstofflager von Terroristen entdeckt worden? Oder verbarg sich unter der Soutane des Priesters ein Schläfer? Aber nein, Terror machte London, Craig hatte keinen Schimmer von den Netzwerken und Methoden der Terroristen. Es musste also etwas anderes sein.

Auf der linken Seite kam die Kirche in Sicht, die komplett von Sichtblenden umringt war, inklusive des vorderen Teils des Friedhofs. Sechs Streifen sperrten die Straße in jede Richtung ab, blaues Flatterband zog sich in wirren Mustern quer über die Straße, an den Gärten der Anwohner vorbei und wieder zurück. Zwei Dutzend Constables bewachten die Absperrung, als wäre die Queen persönlich anwesend und müsste geschützt werden. Die Kirche war von einer brusthohen Bruchsteinmauer umgeben, der Eingang bestand aus drei Durchgängen, in der Mitte ein breiter, an den Seiten jeweils schmalere. Die schmiedeeisernen Tore standen offen. Auf dem Friedhof erhob sich ein weißes Tatortzelt, eins von den großen mit einer Grundfläche von mehr als dreißig Quadratmetern.

Sienna Fly war bereits hier, das erkannte Craig an ihrem Defender, der vor dem Tor parkte.

Craig parkte hinter Siennas Wagen, stieg aus, hielt seinen Ausweis hoch und betrat den Friedhof durch das rechte kleine Tor. Er blieb einen Moment stehen. Bis auf das Zelt war der Friedhof nichts Besonderes. Alte Grabsteine standen auf einer

Wiese herum, manche schief, manche beschädigt, und wie es üblich war, gab es keine Abgrenzungen zwischen den einzelnen Grabstellen. Craig hatte mal Urlaub in Deutschland gemacht und sich über den Totenkult dort gewundert. Alle Gräber in Reih und Glied, ständig frische Blumen, manche Menschen, so schien es Craig, verbrachten mehr Zeit auf dem Friedhof als zu Hause. Er hatte nichts dagegen, die Erinnerungen an die Toten lebendig zu halten. Aber war es nicht besser, sie im Herzen zu tragen? Waren die gepflegten Gräber nicht eher eine Art Abwehr, um sich nicht dem Unvermeidlichen stellen und sich damit abfinden zu müssen, dass der geliebte Mensch nicht mehr da war? Für ihn jedenfalls war das so. Während seines Psychologiestudiums hatte er mit diesem Thema immer wieder spannende Diskussionen ausgelöst, und er war zu dem Schluss gekommen, dass der Umgang mit dem Tod von Mensch zu Mensch so unterschiedlich war wie die Fingerabdrücke.

Auch vor dem Zelteingang standen zwei Constables.

Dass Keen anwesend war, konnte jeder hören, der mindestens ein halbwegs gesundes Ohr hatte. Sein Bass drang aus dem Zelt, im Umkreis von zehn Metern konnte jeder mitschreiben, was er von sich gab.

»Wo, verdammt und zugenäht, bleibt McPherson? Sonst ist er doch schneller! Will er sich drücken?«

Der Constable begutachtete Craigs Ausweis, verzog das Gesicht und schob die Plane zur Seite.

Keen stand mit dem Rücken zu ihm, er trug seine Uniform, Sienna stand seitlich, sie trug ebenfalls ihre Arbeitskleidung, einen hellblauen Overall.

Sie drehte sich zu Craig hin, grinste und sagte: »Wenn man vom Schotten spricht …« Sie reichte ihm die Hand.

Craig machte einen Schritt ins Zelt und griff zu. »Hallo Sienna!«

»Schön, Sie mit an Bord zu haben, Craig. Wie war die Fahrt?«

»Ungewöhnlich reibungslos. Was ist los? Keine Medien, riesige Absperrung, riesiges Aufgebot.«

Ein halbes Dutzend Männer und Frauen in Hellblau wuselten im Zelt herum.

»Das hat einen Grund.« Sie zeigte auf Keen, ließ seine Hand dafür los.

Craig musste sich eingestehen, dass er sie gerne noch etwas gehalten hätte. Sienna gab ihm das Gefühl, ein Mensch zu sein, willkommen zu sein. Auch Craig brauchte von Zeit zu Zeit ein wenig Zuneigung, und er schämte sich, dass er sie sich auf diesem Wege schnorrte.

»Okay, McPherson«, röhrte Keen ohne eine Begrüßung los. »Hören Sie zu.«

Craig verbiss sich die Bemerkung, dass er wohl keine Wahl hatte.

»Ich wollte Sie gar nicht dabeihaben. Der Fall verlangt äußerste Diskretion und ein Vorgehen mit Samthandschuhen. Beides liegt nicht in Ihrer Natur.«

Wo Keen recht hatte, hatte er recht. Craig ließ sich von niemandem auf der Nase herumtanzen, egal, wer es war, aber er war auch kein Schlagdraufundschluss.

»Erzählen Sie mir was Neues, DSI Keen, Sir.«

Keen setzte an, verschluckte aber den Satz, den er auf der Zunge liegen hatte.

Sienna Fly hob eine Hand. »Meine Herren, wenn ich Sie bitten dürfte, zur Sache zu kommen. Fakt ist: DCI McPherson wird die Ermittlungen leiten, auch wenn Ihnen das gegen den Strich geht, Arthur. Und Sie, Craig, werden sicherlich nichts tun, um die Ermittlungen zu gefährden.«

Craig lächelte verbindlich. »Wenn ich wüsste, worum es geht, fiele es mir leichter, das zu beurteilen, Sienna. Da Sie mich als Leiter der Ermittlungen bezeichnen, schließe ich messerscharf, dass wir es mit einem Gewaltverbrechen zu tun haben?«

»Ihr scharfer Verstand ist beeindruckend, Craig. So ist es.«

»Hat es mal wieder ein angesehenes Mitglied der Gesellschaft erwischt? Irgendeinen Wohltäter der Nation? Oder einen Heiligen?«

Siennas Miene wurde todernst. »Das wäre mir fast lieber gewesen.« Sie nahm Craig am Arm und zog ihn zu einer Grube, neben der ein kleiner Berg an Aushub lag.

Auf der anderen Seite der Grube stand ein Zinksarg. Durch ein Fenster erkannte Craig einen Schädel.

»Ist wohl undicht geworden?«, fragte er.

»Sieht so aus. Ansonsten müsste das Gesicht noch gut zu erkennen sein«, grummelte Keen.

»Jeffrey?«, rief Sienna.

Aus der Grube tauchte der Kopf von Siennas Mitarbeiter auf. Jeffrey Caine war wie Sienna forensischer Pathologe, der in seiner Freizeit Doktortitel sammelte. Auch seine Miene verhieß nichts Gutes. Er winkte Craig, dann stieg er aus der Grube heraus und schob ihn an den Rand.

In der Grube saß noch ein Forensiker in Hellblau.

»Jimmy, gibst du mal den Blick frei für DCI McPherson?«

»Jimmy und Jeffrey?«, fragte Craig. »Gibt das keine Verwechslungen?«

Jeffrey war nicht zum Scherzen aufgelegt.

»Sehen Sie hin!«, knurrte er.

Jimmy stieg aus der Grube. Craig sah hin, rieb sich die Augen. Sah noch mal hin. Aber das Bild veränderte sich nicht. Er musste kein Pathologe sein, um zu erkennen, was er da vor sich hatte. Es waren die Skelette zweier Kinder, die übereinanderlagen.

3

»Wann wurde der Sarg …«

»Vor ziemlich genau zwanzig Jahren, Craig.«

Jetzt verstand Craig, warum Keen nichts nach außen dringen lassen wollte.

»Es sind Mädchen, nicht wahr?«

»Nicht schlecht, Craig.«

»Das hat nichts mit meinem Wissen über geschlechtsspezifische Unterschiede von Skeletten zu tun. Der Fall war Bestandteil meiner Ausbildung.«

»Charlotte und Sophie Jefferson.«

»Spurlos verschwunden. Vor zwanzig Jahren. 1997. Für tot erklärt im Jahr 2007.«

»Wir müssen natürlich noch …«

»… das Ergebnis der Obduktion abwarten.«

Sienna nickte.

»Und warum gibt es schon eine Mordkommission?«

»Das Zungenbein des oberen Skeletts ist zerquetscht.«

»Wann …«

»So schnell es irgend geht.«

Craig betrachtete die Skelette. »Seit wann graben Sie?«

»Seit zwei Stunden«, antwortete Sienna.

»Und die Skelette waren nur mit einer dünnen Schicht Erde bedeckt, ansonsten hätte man sie übersehen.«

»Sie lagen direkt unter dem Zinksarg, keine fünf Zentimeter Erde darüber. Der Bestatter hat den Sarg mit einem Stahlseil an den Ösen an der Oberseite angehoben. Eine Wurzel hat sich in einem der seitlichen Griffe verheddert und einen Knochen mit hochgezogen. Der Bestatter hat die Arbeiten eingestellt und die Archäologen von der Uni angerufen. Er dachte, es wären Skelette aus einem früheren Grab. Gott sei Dank haben die Kollegen sofort geschaltet. Anhand der Färbung der Knochen war ihnen sofort klar, dass sie nicht alt sein konnten.«

Craig blies die Backen auf und ließ die Luft entweichen. »Da hat es jemand eilig gehabt, vor zwanzig Jahren. Und er ist ein enorm hohes Risiko eingegangen. Es hätte nur regnen müssen, dann wären die Leichen freigespült worden.«

Dazu sagte Sienna nichts.

»Okay. Ich mach mich an die Arbeit, Sienna. Danke für den warmen Empfang.«

Auch dazu sagte Sienna nichts.

Craig wandte sich an Keen, der ihm mit seinem massigen Schädel zu verstehen gab, dass er ihn unter vier Augen sprechen wollte.

Craig grüßte in die Runde, verließ das Zelt, folgte Keen zwischen die uralten Grabsteine.

Haily Corralson stand auf einem. Geboren 1873, gestorben 1890. Siebzehn Jahre jung. Craig hatte bereits deutlich mehr als das Doppelte geschafft. Dank moderner Medizin und überwiegend gesunder Ernährung. Wenn er dazu kam. Im Moment versorgte er sich mit Astronautennahrung. Sehr praktisch, sehr preiswert und wissenschaftlich belegbar ausgewogen.

Keen blieb stehen. »Ich hasse Sie nach wie vor, McPherson, und ich sehne den Tag herbei, an dem Sie einen Fehler machen, der Ihnen das Genick bricht.«

»Das weiß ich, DSI Keen, Sir.«

»Und verflucht noch mal, nennen Sie mich nicht ›Sir‹.«

»Ich werde mir Mühe geben.«

Craig durfte den Bogen nicht überspannen. Keen hasste ihn

aus gutem Grund, und nur seiner Grundehrlichkeit war es zu verdanken, dass Keen Craig noch nicht in eine Falle gelockt hatte.

»Wenn es nicht mit dem Teufel zugeht, jagen wir einen Sexualstraftäter der übelsten Sorte. Ich sehe das so: Der Dreckskerl hat sie eingesackt, sich an ihnen vergangen und sie in dem Grab entsorgt. Und seit zwanzig Jahren läuft er frei herum und hat vielleicht noch ein Dutzend andere Kinder ermordet oder ihre Seelen zerstört. Ich will dieses Schwein haben, denn, auch wenn Sie sich das nicht vorstellen können, dieses Schwein hasse ich doppelt so sehr wie Sie.«

Das war eine klare Ansage.

»Und trotzdem soll ich mit Gummisohlen laufen?«

»Ich will den richtigen. Ich will keine Hexenjagd und keine Schnellschüsse. Es sind zwanzig Jahre vergangen. Da kommt es auf eine Woche oder einen Monat nicht an. Gehen Sie langsam und konzentriert vor. Sobald die Medien davon Wind bekommen, gibt es einen Riesenauftrieb. Den werden wir aussitzen, denn das Interesse wird bald wieder abflauen. Die Sache ist nicht nur ein Cold Case. Es ist ein Ice Case. Die Ermittlungen sind damals allesamt im Sand verlaufen. Die meisten glauben, dass es der Vater war.«

»Ich glaube gar nichts«, sagte Craig, »solang ich die Akte nicht gesehen habe. Wie groß fahren wir?«

»Sie, Tyler und Moorcraft.«

»Drei Hanseln? Für so ein Ding? Wir brauchen allein zwei Monate, um die Akten zu sichten.«

»Brauchen Sie nicht. Außerdem kennen Sie ja Heather Moorcraft.«

Craig kannte sie. Heather hatte ihm bereits unschätzbare Dienste erwiesen. Sie war die beste Aktenführerin der Exeter Police, das stand fest. Auf sie konnte er sich verlassen. Sie vergaß nichts und machte erst Feierabend, wenn das letzte Detail eingepflegt war. Und das hieß unter Umständen zwei oder drei Nächte durcharbeiten, bis es nicht mehr ging.

Mit Tyler arbeitete er jetzt seit knapp einem halben Jahr zusammen. Tyler hatte versucht, ihn auszubooten, um an eine Stelle bei der Bundespolizei heranzukommen. Das war schiefgegangen, und nur weil Tyler ihm unter Einsatz des eigenen das Leben gerettet hatte, hatte Craig ihn nicht zur Schlachtbank geführt. Seitdem war Craig vorsichtig, aber Tyler hatte sich nichts mehr zuschulden kommen lassen – und er war brillant. Ein wandelndes Lexikon und ein hervorragender Analytiker.

»Die Medien werden Sie in der Luft zerreißen, Mr. Keen.«

»Das können sie gerne versuchen, ich werde standhalten.«

»Wer wollte mich …«

»Vergessen Sie es, McPherson.« Er zog sein Handy raus und schaute drauf. »Ich muss los. Die Akten warten im Büro auf Sie. Leighton und Moorcraft ebenfalls. Jeden Abend einen Bericht per Mail. Nur kurz. Wie gesagt. Keine Eile. Noch Fragen?«

Craig schüttelte den Kopf.

Keen stampfte ohne ein weiteres Wort davon.

Craig ging zurück zum Zelt, winkte Sienna Fly, die zu ihm herüberkam.

»Wann war die Beerdigung genau?«

»Am Sonntag, dem 12. Oktober 1997. Der Priester, der die Beerdigung zelebriert hat, ist seit vier Jahren tot.«

»Warum wurde der Sarg ausgegraben?«

»Der Tote soll nach Schottland überführt werden. Es handelt sich um einen gewissen Groover McKintock.«

»Zurück in heimatliche Erde … Aber warum so spät?«

»Das müssen Sie die Angehörigen fragen. Und was die Mädchenskelette angeht, ist für mich die Sache klar. Es liegt ein Gewaltverbrechen vor.«

Craig schüttelte Sienna die Hand. »Vielen Dank, Coroner.«

»Wollen Sie bei der Obduktion dabei sein, Craig?«

»Ich glaube, das ist nicht nötig.«

»Na dann …«

Fly ging zurück ins Zelt, Craig zum Kirchenportal.

Es war in einem kleinen Anbau untergebracht, der an der Seite der Kirche ein wenig deplatziert wirkte. Er schob den kleinen, aber massiven Flügel auf und ging bis zum Mittelgang. Rechts von ihm stand der Altar.

»Ist hier jemand?«, rief er in die Kirche hinein.

Der Hall warf seine Stimme von den nackten Wänden zurück. Niemand reagierte. Es roch nach Bohnerwachs und Weihrauch. An der Rückwand der Kirche fiel die Sonne durch ein halbrundes Bleiglasfenster mit bunten religiösen Motiven.

Ein Scharnier knarzte, Craig drehte sich um. Eine Frau Mitte dreißig kam auf ihn zu, ein warmes Lächeln im Gesicht.

»Danica O'Grady, ich bin die Vikarin. Da Sie hier ungehindert eintreten konnten, nehme ich an, Sie gehören zur Polizei. Wie kann ich Ihnen helfen?«

Wache blaue Augen und ein scharfer Verstand.

Craig zückte seinen Ausweis.

Sie streckte eine Hand aus. »Darf ich?«

Craig gab ihr den Ausweis. Sie studierte ihn sorgfältig, gab ihn zurück.

»Sie wissen, dass ich noch nicht in der Gemeinde war, als die Mädchen hier unter dem Sarg von McKintock«, sie stockte, »nun ja, beerdigt ist wohl das falsche Wort? Sie wurden einfach in das ausgehobene Grab gelegt. Wie furchtbar.«

Von einer Beerdigung konnte man wirklich nicht sprechen. Es war eine Entsorgung gewesen.

»Sie wissen doch sicherlich, wo Ihr Vorgänger ist?«

»Er liegt neben seinen Kollegen, im Ostteil des Friedhofs, nicht weit von der Fundstelle der Mädchen entfernt.«

»Das ist bedauerlich. Wie hieß er?«

»John Fisherman.«

»Einen besseren Namen kann es für einen Mann Gottes kaum geben.«

O'Grady verzog die Lippen zu einem schrägen Grinsen. Diesen schlechten Scherz hatte sie sicherlich schon hundertfach gehört.

»Ich habe ihn nie kennengelernt, aber die Meinung der Gemeinde ist eindeutig. Sie haben ihn verehrt. Es ist nicht leicht, in seine Fußstapfen zu treten.«

»Konkret?«

»Fisherman hat den Menschen Hoffnung gegeben. Sicherheit. Ein spirituelles Zuhause. Auch denen, die nicht an Gott glauben. Er war Christ, aber er war nicht dogmatisch. Sein Credo war: Es gibt einen Gott, und jeder, der an etwas glaubt, das über dem Menschen steht, der glaubt an Gott.«

»Auch Wikinger?«

»Aber ja. Die hatten hunderte Bezeichnungen für ein und dasselbe. Alle Götter sind letztlich einer.«

»Was ist Ihre Meinung, Vikarin O'Grady?«

»Ich sehe das ähnlich. Meine Aufgabe muss es sein, den Menschen zu dienen. Nur dann diene ich Gott. Seien wir ehrlich: Wenn Gott unsere Dienste benötigte, dann wäre er kein Gott.«

»Das ist eine interessante Ansicht, Vikarin. Sehen Ihre Gemeindemitglieder das ebenso?«

Sie seufzte. »Vor Fisherman sind viele Menschen hier alleingelassen worden. Ich muss nur an die arme Lucy denken. Sie ist von ihrem Mann zu Tode geprügelt worden. Fishermans Vorgänger verweigerte ihr eine Bestattung in geweihter Erde, weil sie ihren Mann betrogen hatte. Fisherman hat mir ein Buch hinterlassen, in dem all diese Geschichten stehen.«

»Kann ich das Buch haben?«

»Aber sicher. Vielleicht hilft es Ihnen.«

»Ein Durchsuchungsteam müsste sich hier umsehen. Und ich brauche eine Liste von Ihnen. Von allen Ihren Gemeindemitgliedern. Von allen Grabverlegungen des Jahrs 1997. Und einen Nachweis des Einkommens Ihrer Kirchengemeinde von 1990 bis heute. Vielleicht hat sich jemand etwas dazuverdient, indem er ein Grab vermietet hat.«

»Alles, was Sie wollen.«

»Ich danke für Ihre Hilfe, Vikarin.«

»Das versteht sich von selbst. Wer immer die beiden Mädchen dort begraben hat, muss sich dafür verantworten.«

»Könnten Sie einem solchen Menschen vergeben?«

O'Grady lächelte. »Die Gewissensfrage.« Sie hob ihren Blick zum Kreuzgewölbe der Kirche, schaute dann wieder Craig an. »Ich sehe eine gequälte Seele, eine zerstörte Seele, die Furchtbares getan hat. Und ich kenne das Wort Gottes, der von uns verlangt, die andere Wange hinzuhalten. Der von uns verlangt, dem Sünder zu vergeben. Wenn er Reue zeigt. Ich müsste mit dem Menschen reden. Dann könnte ich Ihnen sagen, ob ich ihm vergeben würde.«

»Er müsste Reue zeigen?«

»Ja. Das würde genügen. So ist Gott.«

Craig schluckte. Sein Hals war trocken. Würde er jemanden brauchen, der ihm vergab, wenn er sein eigenes Geheimnis gelüftet hatte? Die Vikarin würde ihm vergeben, denn was auch immer er getan haben mochte, er bereute so sehr, dass er sein Leben für Marys geben würde.

»Ich danke Ihnen für die offenen Worte, Vikarin.«

»Besuchen Sie doch mal eine Messe.«

»Verzeihen Sie, Vikarin, aber ich glaube, das ist nichts für mich.«

»Sie sind jederzeit willkommen.«

Er schüttelte ihr die Hand, trat vor die Tür, zückte sein Handy und funkte die Zentrale an. Zu seiner Überraschung ging Morrison an den Apparat. Es war noch viel zu früh für die Nachtschicht, und Morrison alias Dracu arbeitete normalerweise nur nachts.

»Hi Scotsman, was steht an?«

»Was machst du um diese Zeit im Präsidium? Wie bist du unbeschadet durchs Tageslicht gekommen?«

»Ephraim hat mich auf Knien angefleht, seine Schicht zu übernehmen. Er hatte vergessen, dass heute sein Hochzeitstag ist.«

»Dracu, du hast eine Katastrophe verhindert! Melissa hätte ihn gegrillt.«

»Definitiv. Also, du Schwatzkopf, was brauchst du?«

»Schick mir ein Durchsuchungsteam. Sie sollen einen Beschluss mitbringen für St. Michael, Princetown. Der Beschluss ist Formsache, die Vikarin kooperiert. Sie ist wirklich ungewöhnlich.«

»Höre ich da ein wenig Bewunderung heraus? Hat die Vikarin dich bekehrt? Braveheart, Braveheart, was soll nur aus dir werden? Ein Prediger bist du ja schon.«

»Träum weiter. Und schick die Jungs los.«

Im Hintergrund hörte Craig das Piepen von Dracus Telefonanlage.

»Bis dann, Morrison.«

»Yep.«

Die Leitung war tot.

Craig blickte zum Kirchenportal. O'Grady hatte etwas in ihm ausgelöst. Er wusste nur noch nicht, was.

4

Craig gesellte sich zu Sienna und ihren Kollegen, die gerade eine Pause machten.

Sienna deutete auf die Kirche. »Erkenntnisse?«

»Noch nicht. Die Vikarin stellt uns alles zur Verfügung, was wir brauchen.«

»Wunderbar«, sagte Caine. »Und da Sie gerade da sind ... Beide Skelette sind unbekleidet. An beiden haben wir mehrere Knochenbrüche feststellen können. Sehr frische Brüche. Also kurz vor oder kurz nach ihrem Tod. Wie bei einem Verkehrsunfall. Einen Sturz aus großer Höhe können wir schon jetzt anhand des Bruchbildes ausschließen.«

»Sie wurden also eventuell mit einem Auto hierhergefahren, das in einen Unfall verwickelt war. Aber nicht so heftig, als dass die Fahrt nicht mehr zu Ende geführt werden konnte«, folgerte Craig. Er grub in seinem Gedächtnis nach, was er über den Fall noch wusste. »Der Wagen der Jeffersons ist in dieser Nacht gestohlen worden. Ein Honda CRX. Grünmetallic.«

»Nicht gerade eine Familienkutsche, eher ein Rennwagen. Deswegen wurde ja der Vater der beiden verdächtigt«, sagte Sienna. »Man warf ihm vor, sie getötet und zusammen mit der Kiste irgendwo versenkt zu haben. Aber der Wagen wurde nie gefunden.«

»Und dem Vater konnte nichts nachgewiesen werden«, sagte Craig. »Als er sich dann umgebracht hat, wurde das allgemein als Schuldeingeständnis gewertet. Und die Akte wurde geschlossen?«

»Nicht ganz. Es gab ja kein Gerichtsurteil. Sie wurde, ich sage mal, tiefgekühlt, also aus den Revisionen für Cold Cases herausgenommen.«

»Achtzehn Jahre Dornröschenschlaf. Und kein Prinz mit scharfem Schwert in Sicht, um die Dornenhecke zu zerschneiden, sondern nur ein Detective mit einer stumpfen Gartenschere«, sagte Craig.

Fly riss die Augen in gespieltem Entsetzen auf. »Holla, das kann ja heiter werden. Stumpfe Gartenscheren hinterlassen hässliche Wunden, Craig. Also immer schön vorsichtig.« Sie lachte leise und legte ihm eine Hand auf den Arm. »Nichts für ungut, Craig.«

»Sie haben ja recht, Sienna …«

Ein Constable sprach Craig an. »Die Vikarin möchte Ihnen noch etwas zeigen.«

Craig verneigte sich vor Sienna und Caine und ging zurück in die Kirche. O'Grady kniete vor dem Altar und betete. Craig wartete, bis sie fertig war.

»Vielen Dank, dass Sie gewartet haben, Detective. Im Gebet finde ich immer Trost. Das nimmt mich alles sehr mit. Die Mädchen, die Polizei – und die Medien werden sich auf mich und meine Gemeinde stürzen.«

O'Grady führte ihn in einen Raum, der im Turm lag. Dort war ihr winziges Büro. Auf einem alten verschnörkelten Sekretär stand ein Mac der neuesten Generation, daneben lagen zwei externe Festplatten.

»Hier ist alles gespeichert, was Sie benötigen. Alles, was in vordigitaler Zeit an Informationen angefallen ist, habe ich digitalisiert. Mein Archiv umfasst die Sterbebücher der letzten hundert Jahre.«

»Das war eine Menge Arbeit, Frau Vikarin, alle Achtung.«

O'Grady lächelte. »Meine Gemeinde ist nicht sehr groß, ich

habe viel Zeit, mich um solche Dinge zu kümmern. Soll ich Ihnen den ganzen Kram mailen?«

Craig reichte ihr seine Karte.

Sie tippte seine Dienstadresse ein und betrachtete die Festplatten. »Es sind zu viele Daten.« Sie trennte eine vom Mac und reichte sie Craig. »Jetzt wissen Sie alles über St. Michael and All Angels.«

»Das wage ich zu bezweifeln«, antwortete Craig.

O'Grady schmunzelte. »Brauchen Sie mich noch?«

O'Grady schlurfte mit einer Sohle über den Steinboden, der wie gewienert glänzte.

»Ich danke Ihnen vielmals. Ich werde die Daten sichten.«

O'Grady schwieg, sah ihn mit einer Mischung aus Zweifel und Mitleid an. Durchschaute sie ihn? So wie Stone?

Craig drehte sich um, verließ die Kirche, bevor die Bilder seiner Hochzeit ihn einholen konnten.

5

Craig parkte den Spitfire auf dem Parkplatz des Headquarters neben zwei schwarzen, überbreiten SUVs, die den Eindruck von Wichtigkeit vermittelten.

Morrison begrüßte ihn mit einer schlappen Geste, Craig ließ sich nicht auf ein Gespräch ein, sondern eilte zu seinem Büro. Die Tür stand offen, Craig hörte Leightons Stimme.

»Stell die Ordner einfach unter den Tisch.«

Jemand ächzte.

»Okay, danke«, sagte Leighton.

Ein junger Mann kam durch die Tür, ignorierte Craig und eilte davon. Craig trat ein und erstarrte. Das ganze Büro war voll mit Ordnern.

Leighton winkte ihm mit einer Hand zu. »Willkommen in der Hölle. Die haben nichts ausgelassen vor zwanzig Jahren. Haben jeden Stein umgedreht und halb Devon vernommen. Nicht nur einmal. Heather müsste gleich da sein. Sie ist beim Propheten und lässt sich mehr Speicher einrichten. Und sie hat einen automatischen Scanner geordert.«

Craig spürte ein Kribbeln in der Nase und musste heftig niesen.

»Das ist der Staub. Ich habe schon jede Menge Taschentücher gekauft.«

»Wie viele Seiten …«

»Ich schätze zehn- bis fünfzehntausend. Das eine oder andere liegt digital vor, der Prophet versucht gerade, unser System zu überreden, die Daten zu erkennen.«

»Gibt es eine Timeline? Einen Spurenindex?«

Leighton stöhnte. »Heather müsste das wissen. Ich habe mich bemüht, die Reihenfolge beim Stapeln nicht durcheinanderzubringen.« Leighton kletterte über einen Berg Ordner. »Treffer! Hier sind der Index der Hauptakte und die Zusammenfassung.« Leighton zog einen braunen, prall gefüllten Ordner heraus und reichte ihn Craig.

Er nahm ihn entgegen, schob vorsichtig einen recht instabil wirkenden Berg Papier auf seinem Schreibtisch ein wenig nach links und setzte sich. Er brachte Leighton auf den neuesten Stand. Dann spitzte er einen Bleistift, legte sich einen Block zurecht und schlug den Deckel des Ordners auf.

Das Deckblatt hatte an den Rändern vergilbte Streifen, da, wo Licht eingedrungen war. Quer über der Vermisstenanzeige prangte ein dicker Schriftzug: Verbleib der Vermissten nicht ermittelbar. Die Anzeige war von Charlottes und Sophies Eltern am 12.10.1997 um 15:47 Uhr bei der Central Police Station in Exeter erstattet worden. Ruth und Albert Jefferson waren vollkommen aufgelöst gewesen, sie hatten beide geweint, ihr Sohn Joseph hatte zunächst überhaupt nicht begriffen, worum es ging, und musste später psychologisch betreut werden. Freunde hatten sie nach Exeter gebracht, denn zu allem Überfluss war auch ihr Auto gestohlen worden. Craig entzifferte den Namen des diensthabenden Constables, der die Anzeige aufgenommen hatte. Sieh an. Es war Oscar Pettigrew, der jetzt, zwanzig Jahre später, Leiter der Exeter Central Police Station war.

»Sir?«

Craig schaute auf. Heather Moorcraft stand vor ihm. Er lächelte sie an, sie strahlte.

»Schön, dass wir wieder ein Team sind, Heather.«

Craig hielt ihr die Hand hin, sie schlug kräftig ein.

»Geht mir genauso, Sir.«

»Eins müssen wir mal klarstellen: Ich bin Craig.«

Sie wurde puterrot. »Äh, ja, okay, Craig. Ich bin Heather.«

»Haben Sie, was Sie brauchen?«

»Ja, S… äh, Craig.«

Craig kannte Heather ein wenig, gut genug, um zu wissen, dass ihr normalerweise nicht die Worte fehlten. Sie war schlagfertig, und so mancher Schleimbeutel hatte seine zweideutigen Komplimente aufgrund ihres guten Aussehens bereut. Heather war der Elfentyp, zierlich, große Augen, langgliedrige Finger, ausgeglichene Proportionen.

Er drückte ihr die Festplatte in die Hand. »Da ist alles über St. Michael drauf.«

»Danke, Craig. Jamili, also der Prophet, ja, er, äh, ich glaube, ich habe alles.«

»Scanner?«

»Steht bereit.«

»Speicherplatz?«

»Zehn Terabyte, bei Bedarf das Doppelte.«

»Brauchen Sie meine Hand noch?«, fragte Craig.

»Oh mein Gott, Sir, äh, Craig, nein, entschuldigen Sie.«

»Kein Problem, Heather.«

Sie ließ los und stürmte aus dem Büro.

Leighton ging zur Tür, spähte in den Flur. »Jesus Christus, die ist komplett verknallt in Sie. Wenn das mal keinen Ärger gibt.«

»Fein beobachtet, Tyler. Aber keine Sorge. Es wird keine Probleme geben. Sie ist tough, und ich bin nicht auf der Balz.«

»Ich hoffe, sie weiß das.« Leighton musterte Craig. »Ein bisschen Bewunderung kann ja nichts schaden.«

»Ich gebe zu, von einer Frau wie Heather angehimmelt zu werden ist eine Ehre für mich. Ich bin also doch kein durch und durch gefühlloser Mensch.«

Leighton wollte protestieren, aber das Telefon rettete Craig vor einer scharfzüngigen Bemerkung. Es war die Nummer von Sienna Fly.

»Sienna. Was gibt's? Ich stelle auf laut, damit Tyler mithören kann.« Craig drückte die Mithörtaste.

»Grüße Sie, Mr. Leighton. Wir haben die beiden mit Sicherheit identifiziert. Charlotte wurde erwürgt oder erdrosselt. Bei Sophie haben wir noch keine Todesursache feststellen können. Wir werden bei den beiden nichts auslassen.«

»Das heißt, ich kann die Angehörigen informieren?«

»Sie haben meinen Segen. Viel Glück.«

Fly unterbrach die Verbindung.

»Ruth Jefferson«, sagte Leighton. »Sie wohnt am Friars' Gate. Winzige Wohnung. Ein Zimmer, Nasszelle, Kochecke. Lebt vom Sozialamt. Hat wegen ihrer Vergangenheit so was wie einen Freifahrtschein. Wird anständig gepampert. Hat auch eine umfangreiche Polizeiakte. Nichts Schlimmes. Renitenz vor allem. Hat jahrelang behauptet, die Polizei würde ihren Job nicht machen und ihre Töchter würden noch leben. Irgendwann hat sie aufgegeben.« Leighton überlegte einen Moment. »Ziemlich genau vor zehn Jahren. Seitdem hält sie still.«

»Noch jemand aus der Familie?«

»Der Sohn. Joseph Jefferson. Der hat sich gemacht. Ist dreiunddreißig, Professor für Mathematik und Informatik in Oxford.«

Craig pfiff durch die Zähne.

»Er ist verheiratet und hat zwei Töchter. Sechs und sieben Jahre alt. Alles bestens.«

»Tyler, sind Sie sicher, dass wir einen Computer brauchen? Ich finde, wir sollten Sie hier anketten, bei Wasser und Brot, dann lesen Sie in drei Tagen die Akten und fertig.«

»Normale Hintergrundrecherche für den Anfang.«

»Gut gemacht! Auf geht's. Und weil Sie so fleißig waren, sage *ich* der Mutter die bittere Wahrheit.«

Da Keen größtmögliches Feingefühl angemahnt hatte, lud sich Craig neben der Kontaktbeamtin noch eine Psychologin ins Auto. Kostete extra, aber Keen wollte es ja so.

6

Das Friars' Gate lag oberhalb der Quays, des ehemaligen Hafenbeckens, das jetzt kleine Läden, Restaurants und Pubs beherbergte. Die Quays waren bei Einheimischen wie bei Touristen gleichermaßen beliebt. Im Gegensatz zu den Quays war in die Wohngebäude am Friars' Gate nicht viel investiert worden. Es handelte sich um viereckige Wohnklötze, die Fenster waren einfach verglast, die Fassade war vor zehn Jahren das letzte Mal gestrichen worden, statt einer Grünanlage war alles mit Verbundsteinen ausgelegt. Immerhin lagen keine benutzten Spritzen herum, und Obdachlose wurden hier regelmäßig entfernt. Die Gegend war nicht schick, aber auch nicht wirklich heruntergekommen. So nah an den Quays wollten die Stadtväter keinen Slum haben.

Sie stiegen aus. Craig sah sich um.

Auf der Straße parkten mit einer Ausnahme nur Kleinwagen, ein deutlicher Hinweis auf die Gehaltsklassen der Anwohner.

Ruth Jefferson wohnte in 2B, Craig drückte den abgewetzten Klingelknopf. Wartete. Drückte erneut. Wartete. Keine Reaktion. Er zückte sein Handy, wählte die Nummer von Ruth Jefferson. Niemand ging ran, auch kein Anrufbeantworter.

Die Psychologin und die Kontaktbeamtin plauderten über das Wetter, Leighton begutachtete die Fenster der Wohnung, die zur Straßenseite lagen. Auch da regte sich nichts.

»Sie ist nicht da«, folgerte Leighton.

Craig presste seinen Daumen auf die Klingel. Schaute auf die

Uhr. Eine Minute. Noch eine. Drei. Eine Ewigkeit. Der Türschließer summte. Craig drückte die Tür auf.

»Man muss nur hartnäckig sein, Tyler.«

»Das grenzt ja schon an Ruhestörung. Ein Wunder, dass sich niemand beschwert hat.«

Craig ging vor. Der Flur war weiß gestrichen, Boden und Treppenstufen mit grauem Linoleum ausgelegt. So richtig zum Wohlfühlen.

Die Wohnungstür von 2B stand einen Spalt offen. Muffiger Geruch schlug Craig entgegen, so wie von einem Messie-Haushalt.

Er klopfte. »Mrs. Jefferson? Mein Name ist Craig McPherson. Ich bin Detective Chief Inspector. Mein Kollege DC Tyler Leighton und ich würden gerne mit Ihnen reden. Außerdem haben wir noch zwei Kolleginnen dabei, die uns unterstützen. Dürfen wir hereinkommen?«

Eine raue Stimme antwortete. »Die Tür ist doch offen?! Machen Sie nicht so ein Gedöns!«

Craig schob die Tür auf. Der muffige Geruch verstärkte sich, doch seine Befürchtung, Ruth Jefferson sei ein Messie, bestätigte sich nicht. Craig roch jetzt deutlich kalten Tabak und schales Bier, durchmischt mit dem typischen Geruch von Fertiggerichten. Der Flur war bis auf ein Tischchen, auf dem ein altes Tastentelefon stand, leer, die Wände kahl.

»Hier rüber, in der Küche.«

Scharfer frischer Tabakgeruch durchzog die abgestandene Luft. Ruth Jefferson hatte sich wohl eine Zigarette angezündet, eine mit sehr schwarzem Tabak.

Craig und Leighton gingen den Flur entlang, der in die Küche mündete.

Ruth Jefferson saß an einem dünnbeinigen Tisch mit grüner Platte, die mit Brandspuren übersät war. Der Aschenbecher quoll über, daneben lag ein fast leeres Päckchen Tabak der Sorte Auld Kendal Dark, mit dem man Straßen teeren konnte.

Ruth Jefferson schaute sie mit leerem Blick an. Wie oft sie wohl mit rasendem Herzen einem Polizisten die Tür geöffnet hatte, nur um wieder enttäuscht zu werden? Jahrelang, bis die Ermittlungen eingestellt wurden. So lange, bis sie ebenfalls aufgegeben hatte. Es machte keinen Sinn, um den heißen Brei herumzureden.

»Mrs. Jefferson, es tut mir unendlich leid, aber ich muss Ihnen mitteilen, dass wir Charlotte und Sophie gefunden haben. Leider sind beide tot.«

Ruth Jeffersons Augenlider zuckten. Sie schob sich die Zigarette in den Mund, die Spitze glühte auf. Sie zog den Rauch tief in ihre Lungen, hustete, hielt sich ein Taschentuch vor den Mund. »Unsinn«, nuschelte sie. »Den beiden geht es bestens.«

Leighton warf Craig einen gequälten Blick zu. Ruth Jefferson war nicht erreichbar. Sie hatte eine Mauer aus Fantasien um sich herum aufgebaut, hatte die Realität schon lange ausgesperrt. Craig gab der Psychologin und der Kontaktbeamtin ein Zeichen. Die beiden nahmen Jefferson in die Mitte. Die Psychologin stellte ein paar Fragen, aber Jefferson reagierte immer gleich.

»Unsinn, alles Unsinn«, war alles, was sie von sich gab.

»Wir müssen sie einweisen«, sagte die Psychologin. »Sie ist eine Gefahr für sich und andere.« Sie deutete auf einen Topf auf dem Herd, in dem eine braune Masse vor sich hin brodelte.

Craig hielt die Luft an, aber Ruth Jefferson reagierte nicht auf diese Ankündigung. Er trat an den Herd, schaltete die Platte aus.

Wieso war das nicht schon viel früher geschehen? Weil bis jetzt nichts passiert war, weil sich niemand gekümmert hatte? Was war mit ihrem Sohn? Er musste Joseph Jefferson anrufen. Sofort. Eigentlich sollten die Kollegen vor Ort ihn informieren, aber er wollte ihn nun selbst sprechen. Zuerst verständigte Craig die Dienststelle in Oxford, dann wählte er Joseph Jeffersons private Handynummer. Zweimal erklang das Freizeichen, dann hob Jefferson ab.

»Joseph Jefferson.«

»Guten Tag, Professor Jefferson. Ich bin DCI Craig McPherson von der Devon and Cornwall Police. Ich bin untröstlich, Ihnen nicht persönlich diese Nachricht überbringen zu können, aber ich brauche Ihre Hilfe.«

Jefferson atmete völlig ruhig und unterbrach nicht.

»Heute Morgen haben wir die sterblichen Überreste Ihrer Schwestern Charlotte und Sophie gefunden.«

Jefferson schwieg, aber sein Atem ging schneller.

Craig ließ ihm Zeit.

Schließlich sagte Jefferson: »Oh mein Gott. Wo? Wie? Kann ich sie sehen? Was ist mit meiner Mutter? Weiß sie Bescheid?«

»Das ist der Grund, warum ich Sie anrufe. Ich nehme an, Sie haben nicht viel Kontakt zu ihr?«

»Ich hätte gerne, aber sie hat mich vor zehn Jahren hinausgeworfen und den Kontakt abgebrochen, weil sie mir vorwarf, ich würde meine Schwestern im Stich lassen, weil ich nicht daran glaubte, dass sie noch leben.«

»Ihre Mutter ist in einem sehr schlechten Zustand. Unsere Psychologin ist der Meinung, man müsse sie einweisen. Ihre Mutter glaubt noch immer, dass ihre Töchter am Leben sind.«

Jefferson atmete tief ein und aus. »Wenn es an mir hängt, tun Sie, was Sie für das Beste halten.«

Seine Stimme war noch immer neutral. Lag es daran, dass er Wissenschaftler war? Dass er seine Emotionen unter Kontrolle hatte? Oder hatte er den Tod seiner Schwestern bereits verarbeitet?

»Wissen Sie was?«, fragte Jefferson.

»Sagen Sie es mir.«

»Ich mache mich sofort auf den Weg. Können Sie mit der Einweisung drei Stunden warten? Ich werde versuchen, sie zur Vernunft zu bringen.«

»Kein Problem. Bitte melden Sie sich bei mir, wenn Sie in der Wohnung Ihrer Mutter sind. Die Nummer haben Sie auf dem Display?«

»Ja. Bis später dann.«

Jefferson unterbrach die Verbindung.

Craig unterrichtete die Psychologin und die Kontaktbeamtin und bat sie, bei Ruth Jefferson zu bleiben, bis ihr Sohn eintreffen würde.

Er verließ mit Leighton diesen Ort der Hoffnungslosigkeit und des Verfalls.

Wie würde er reagieren, wenn eines Tages ein Kollege vor der Tür stünde, mit dem typischen Gesichtsausdruck? Wenn der Kollege sagen würde: »Es tut mir so unendlich leid, aber wir haben die sterblichen Überreste von Mary gefunden.«

7

Eine Viertelstunde später waren sie zurück im Präsidium. Anscheinend hatten die Medien noch nicht Lunte gerochen. Es waren Anfragen gekommen, was in Princetown los sei, aber noch hatten die Bollwerke der Nachrichtensperre gehalten. Vielleicht lag es aber auch daran, dass die Wut auf einen Kinderschänder größer war als die Gier nach Geld und Ruhm. Alle wollten das Monster fangen, dass die beiden Schwestern missbraucht und getötet hatte. Beim Flurfunk war schon von brutalem Abschlachten die Rede, obwohl der Bericht des Coroners noch nicht vorlag und man wahrscheinlich nie genau erfahren würde, was mit den Mädchen geschehen war. Viele Kollegen waren ebenso empfänglich für Gerüchte wie die ganz normalen Bürger auf der Straße.

Ein Drittel der Ordner war aus dem Büro verschwunden, Heather hatte sie mit zum Scanner genommen. Die ersten Akten waren bereits digitalisiert, darunter auch der Index der Hauptakte mit der Timeline. Manches war nur eine digitale Kopie der Blätter, manche Daten lagen maschinenlesbar vor. Craig rief die Daten auf, starrte den Bildschirm an. Der Index war mehrfach geändert und ausgebessert worden und hatte damit seine Folgerichtigkeit und Übersichtlichkeit verloren.

Schon wieder musste Craig an Mary denken. Sie waren nach Oban gefahren, hatten sich in einem Hotel eingemietet und eine Woche nur im Bett verbracht, sich geliebt, sich ihr Leben erzählt, stundenlang einfach nur Arm in Arm dagesessen und die Gegenwart des anderen genossen. Der Hals wurde ihm eng. Seine

Augen schwammen in Tränen, sein Blick trübte sich. Er hatte die Erinnerungen im Griff gehabt, eigentlich, und seit heute entglitten sie ihm. Das durfte nicht sein. Es würde ihn lähmen, ihn zurückstoßen in die Drogenhölle, aus der er nur mit knapper Not entkommen war. Er kniff sich in die Hautfalte zwischen Daumen und Zeigefinger. Schmerz schoss ihm den Arm hoch bis in den Rücken. Ein Blutstropfen quoll hervor. Leighton war glücklicherweise in einen Ordner vertieft und bemerkte nichts von Craigs Ausbruch der Gefühle und seiner Therapie dagegen. Die Erinnerungen verblassten, Trauer und Verzweiflung zogen sich zurück, aber Craig wusste, die Büchse der Pandora war geöffnet. Der Moment, vor dem er sich so gefürchtet hatte, war gekommen. Er hatte gewusst, dass es irgendwann unausweichlich war, sich dem zu stellen, was er getan hatte. Aber jetzt schon? Es ging alles zu schnell. War seine Seele so sehr überlastet? Sein Studium half ihm nicht weiter. Er konnte vielleicht analysieren, was mit ihm geschah, und dem ganzen Elend auch einen Namen geben. Dadurch änderte sich nichts. Er musste sich erinnern. Er hatte keine Wahl – oder er würde enden wie Ruth Jefferson. Oder schlimmer.

Craig wischte sich das Blut ab und die Tränen. Sein Hals entspannte sich, er konnte wieder frei atmen. »Siehst du«, sagte er zu sich. »Allein die Entscheidung hinzusehen wirkt wie eine ganze Packung Betablocker.«

Sein Blick klarte auf. Vor sich auf dem Monitor erkannte er Daten und Texte. Er ging die Spalten durch, hielt inne, rechnete, ließ alles auf sich wirken, spürte, dass etwas fehlte. Hunderte Zeugen waren vernommen worden. Wer immer sich in der Nähe der Wohnung der Jeffersons befunden hatte und sich gemeldet hatte oder ausfindig gemacht worden war, hatte eine Aussage machen müssen. Mit Hundertschaften und Hubschraubern, mit Hunden und sogar einem Wünschelrutengänger war nach

Charlotte und Sophie gesucht worden. Monatelang. Die Medien hatten nicht aufgehört, die Bilder der beiden zu zeigen, und die Eltern hatten den Täter immer wieder in Fernsehansprachen angebettelt, er solle doch sagen, wo die beiden seien. Nach einem halben Jahr war das Interesse abgeflaut, die Ermittlungen waren im Sande verlaufen. Ein ungeheurer Aufwand war getrieben worden. Doch irgendetwas fehlte. Craig rieb sich die Schläfen.

Der Wagen der Jeffersons! Nirgends stand etwas über die Suche nach dem Wagen. War denn niemand auf die Idee gekommen, dass der Täter ihn zur Flucht und zum Transport der Leichen benutzt haben könnte? Craig ging die Listen noch mal durch. Ganz am Ende, in fast unleserlicher Schrift, stand: »Suche nach dem Honda CRX eingestellt, wegen mangelndem Bezug zum Fall ChaSo.«

»ChaSo« war die interne Abkürzung für die Mordkommission gewesen. Craig beschlich der Verdacht, dass die Buchstaben nur verrutscht waren und sie besser »Chaos« geheißen hätte.

Craig suchte den Querverweis zu dem Ordner, in dem die dazugehörigen Protokolle abgelegt waren. Zu finden sein sollte die Erklärung des Vermerks in einem Ordner mit dem Namen »ChaSo/Nebenermittlungen«. Dort war alles abgeheftet, dem zwar nachgegangen werden musste, was aber nicht direkt mit dem Fall zu tun hatte.

»Tyler!«

Leighton schreckte hoch. Wenn er Akten las, besser gesagt, in sich aufsaugte, war er wie in Trance.

»Unsere Vorgänger haben den Autodiebstahl in die Nebenermittlungen verbannt.«

»Was? Aber das ist doch …?!«

»Im besten Fall Schlamperei.«

»Wer hat die Ermittlungen geleitet?«

»Das ist das Problem.« Craig hielt ihm eine Notiz hin.

Leighton beugte sich über seinen Schreibtisch und kniff die Augen zusammen, um die winzigen Buchstaben erkennen zu können. »DCI Rowan Humble, 1942 bis 2012. Verdammt.«

»Spüren Sie es, Tyler?«

»Allerdings. Und vor allem rieche ich es.«

»Scheint ein Fass voller Gülle zu werden.«

Leighton zeigte auf die Ordner, die seinen Schreibtisch einnahmen. »Es fehlen jede Menge biographische Daten. Es fehlen Unterschriften. Es fehlen Querverweise. Es gibt eine Liste der Zeugen, die vernommen wurden. Die meisten haben ein rotes Kreuzchen. Und obwohl das bedeutet, dass ihre Aussage nicht relevant ist, habe ich schon zwei Aussagen gefunden, bei denen das nicht so ist. Von den Zeugen nämlich, die den Wagen gesehen haben wollen, nachdem er als gestohlen gemeldet wurde.«

»Was sollen wir tun, Tyler?«

Craig wusste, dass Leighton alle Vorschriften der Polizei auswendig kannte. Anfangs hatte ihn das wahnsinnig gemacht, inzwischen nutzte er das lexikalische Gehirn seines Mitarbeiters. Partner konnte er ihn nicht nennen, dafür fehlte noch immer das Vertrauen.

»Bevor wir Keen informieren, sollten wir uns ein klares Bild machen. Vielleicht war Humbles Strategie ja richtig?!«, sagte Leighton.

»Sollten wir nicht nach dem Wagen suchen lassen? Er ist nie gefunden worden.«

»Der Täter muss ihn in einem Gewässer versenkt haben.«

»Oder er hat ihn außer Landes geschafft«, gab Craig zu bedenken. »Oder er hat ihn in seine Bestandteile zerlegt. Dann werden wir ihn nie finden.«

Tyler wedelte mit dem Zeigefinger. »Die Kiste war nichts wert. Kein Schmuggler dieser Welt hätte dafür Knast riskiert.«

»Bliebe die geringe Wahrscheinlichkeit, dass er jemanden bezahlt hat.«

Craig sah ein, dass es vorerst keinen Sinn ergab, nach dem Wagen zu suchen. Wenn der Täter nur hundert Kilometer gefahren war, konnten sie noch mal zwanzig Jahre jeden Stein umdrehen, und sie würden nichts finden. Hier schien ein Profi am Werk gewesen zu sein, der alle Spuren verwischt hatte. Und die Ermittlungen hatten ihm dabei geholfen. Schöne Scheiße.

8

Craigs Tischtelefon gab ein nervtötendes elektronisches Geräusch von sich. Die Zentrale. Joseph Jefferson war da. Warum war er nicht zu seiner Mutter gefahren, wie sie es vereinbart hatten? Craig warf einen Blick auf die Uhr. Zwanzig vor sechs. Jefferson musste gefahren sein wie der Teufel.

»Jefferson«, sagte Craig in den Raum und zeigte mit dem Finger auf den Boden. »Ich geh ihn holen.«

Leighton hob nur kurz eine Hand, ohne von den Papieren aufzublicken, die er vor sich hatte.

Craig malte sich aus, wie Jefferson wohl aussehen würde. Oxford, Mathe-Prof. Die Mutter hatte ein rundliches Gesicht und schwere Knochen. Sie hatte sicherlich erhebliches Übergewicht, aber die Pfunde verteilten sich gleichmäßig über den ganzen Körper. Ob ihr Sohn ihr ähnelte?

Craig öffnete die Tür zur Eingangshalle. Der Portier lauschte einem Mann, der Jefferson sein musste, denn er erfüllte alle Klischees eines Oxford-Professors: Tweed-Sakko, Grobcordhose, ochsblutrote Lackschuhe, Hornbrille – und ein kleiner Aufnäher der Universität von Oxford. Der Portier erspähte Craig, sagte etwas zu Jefferson, der sich Craig zuwandte. Craig setzte ein verbindliches Lächeln auf, ging mit ausgestreckter Hand auf Jefferson zu. Als er vor ihm stand, musste Craig tatsächlich zu Jefferson aufblicken. Der Professor war einen halben Kopf größer als Craig, schlank wie eine Tanne. Sein Schädel sah aus, als sei er ein wenig in die Länge gezogen worden, an den Seiten sprossen Büschel dicker schwarzer Haare, die Mitte war bereits kahl. Ein paar lange Haare waren über die kahlen Stellen gekämmt. Tiefe dunkle Ringe gaben Jefferson das Aussehen eines überarbeiteten Genies. Jefferson packte Craigs Hand, drückte zu, aber hinter dem Händedruck fehlte die Kraft. Er blieb lasch, dafür riss er Craigs Hand nach oben und unten.

»Joseph Jefferson, angenehm.«

Er ließ seinen Titel weg. Das sprach für ein gesundes Selbstwertgefühl.

»Nennen Sie mich Joseph.«

Craig stoppte die Berg-und-Tal-Fahrt ihrer Hände. »Ich bin DCI Craig McPherson. Ich leite die Ermittlungen. Wir haben telefoniert.« Craig kam die Vertraulichkeit von Jefferson zu schnell. »Bitte folgen Sie mir.«

Jefferson verabschiedete sich bei dem Portier, der über das ganze Gesicht strahlte.

»Endlich habe ich begriffen, was die Relativitätstheorie ist«, rief er Craig und Jefferson noch hinterher.

»Mathematik kann man auch so erklären, dass Menschen sie verstehen«, rief Jefferson zurück.

»Wo waren Sie, als ich in Mathe durchgefallen bin?«, fragte Craig.

Jefferson lachte leise.

Craig führte ihn durch das Labyrinth des Präsidiums, hielt ihm Türen auf und bat ihn schließlich in sein Büro, das nach wie vor aussah wie ein Aktenarchiv, durch das ein Hurrikan gefegt war. Leighton riss sich von seinem Aktenstudium los, drückte kurz Jeffersons Hand und stellte sich vor. Craig räumte einen Stuhl frei und bot ihn Jefferson an, der dankend annahm.

»Wollten wir uns nicht bei Ihrer Mutter treffen?«

»Ich dachte, es ist besser, wenn ich mir vorher ein Bild mache.«

Hatte Jefferson Angst bekommen, dass er mit der Situation doch nicht klarkam? Egal, Hauptsache, er war hier.

»Gut, dass Sie es einrichten konnten, sofort herzukommen. Ihre Mutter benötigt dringend Hilfe – und wir auch.«

»Ich werde tun, was irgend geht.«

Craig machte eine Kreisbewegung mit seinen Armen. »Sie sehen, der Aktenberg ist gigantisch. Wir müssen von vorne anfangen und haben das Problem, dass zwanzig Jahre vergangen sind.«

Jefferson nickte. »Big Data im embryonalen Zustand. Ein Albtraum.«

»Danke, dass Sie dafür Verständnis haben, Professor Jefferson.«

Jefferson schien einen Moment zu überlegen, ob er Craig drauf hinweisen sollte, dass er ihm die vertrauliche Anrede mit Vornamen angeboten hatte.

»Das ist mein Metier, DCI McPherson.«

»Ich dachte, Sie seien Mathematiker?!«

»Oh ja, das bin ich. Mein Spezialgebiet ist allerdings die Angewandte Mathematik. Nichts in unserer technischen Welt geht ohne. Ich habe übrigens mit meinen Studenten einige Algorithmen für Ihr SSP entwickelt.«

»Das Smarter Systems Programme?«

»Genau das.«

»Aber Sie sind nicht für das Backend verantwortlich?«, warf Leighton aus dem Hintergrund ein.

»Oh nein. Design und Human Interfaces machen die Softwarehersteller. Würden wir das machen, könnte das Programm niemand bedienen. Es sei denn, Sie beherrschen C++ oder Ähnliches.«

»C++ nicht, aber ein wenig Java kann ich noch programmieren«, sagte Leighton. »Das Backend ist meines Erachtens unübersichtlich. Es erklärt sich nicht von selbst.«

»Sehr interessant, meine Herren, aber ich denke, wir haben ein wichtigeres Thema«, sagte Craig.

»Natürlich, DCI McPherson. Was wissen wir?«

»*Wir*«, Craig betonte das Wort, um klarzustellen, dass Jefferson nicht zu dem »Wir« gehörte, »wissen, dass Charlotte erwürgt oder erdrosselt wurde. Die Todesursache von Sophie steht noch nicht fest.«

Ein Schatten legte sich über Jeffersons Gesicht. »Mussten sie leiden?«

Craig blieb bei den Tatsachen. Er hielt es für falsch, zu lügen, um Angehörigen von Opfern einen vermeintlichen Trost zu spenden. In der Regel wollten sie keinen Trost, sondern die Wahrheit. Viele Kollegen wollten sich vor emotionalen Reaktionen der Angehörigen schützen, indem sie schönredeten, was nicht schönzureden war.

»Wir wissen es nicht. Wir wissen allerdings, dass sie nach ihrer Entführung noch maximal sechs bis sieben Stunden gelebt haben. Selbst, wenn sie noch nicht tot waren, als man sie in das Grab legte, sind sie spätestens erstickt, als das Grab nach der Beerdigung geschlossen wurde.«

Jefferson schlug die Hände vors Gesicht. »Mein Gott. Eine Ewigkeit.« Er blieb eine Weile in sich gekehrt, dann straffte er seinen Körper und ließ die Hände fallen. »Was immer ich tun kann, ich werde es tun, um Ihnen zu helfen.«

»Da wüsste ich etwas.«

Craig fuhr herum. In der Tür stand der Prophet, die Verkörperung der Bits und Bytes.

»Verzeihung, aber die Tür stand offen. Es tut mir so leid, Professor Jefferson.«

»Ich danke Ihnen für Ihre Anteilnahme Mr. …?«

»Verzeihen Sie, Professor. Ich bin Mohammed Jamili, Leiter der Abteilung IT-Forensik.«

Craig nickte Jamili zu und wollte damit sagen, er solle sich zurückziehen, aber Jamili verstand ihn falsch.

»Bevor Sie fragen, McPherson. Professor Jefferson ist eine Koryphäe. Jeder, der sich ernsthaft mit Informatik beschäftigt, kennt ihn. Professor Jefferson hat einige Grundlagen für die Computermathematik geschaffen, ohne die wir auf der Stelle treten würden. Er hat zum Beispiel …«

»Moment«, sagte Craig.

Er hatte kein Interesse an Erklärungen, von denen er nichts verstehen würde. Jamili war ein hervorragender Informatiker, aber er vergaß zu oft, dass außerhalb seiner Computerwelt noch eine andere existierte.

»So leid es mir tut und so gerne ich die Hilfe eines anerkannten Spezialisten gebrauchen könnte – Professor Jefferson ist befangen, denn er ist Angehöriger.«

»Natürlich, DCI McPherson. Ich könnte Ihnen aber meine Studenten ausleihen, um die Akten zu digitalisieren. Mit unserer Hardware würde das keine vier Tage dauern.«

Ein verlockendes Angebot, aber die Gefahr eines Lecks war zu groß. Die Studenten waren *ihrem* Professor sicherlich hörig und würden es nicht wagen, seine Fragen nicht zu beantworten.

»Auch das ist nicht möglich. Es ist ein laufendes Verfahren. Ein Datenschutz-Albtraum.«

Craig sah Jamili eindringlich an.

»Okay, okay, ich habe verstanden. Bedauerlich, aber so sind nun mal die Spielregeln.«

Jamili schüttelte Jefferson die Hand, schaute ihn an, als stünde Gott persönlich vor ihm. Wie ein geschlagener Krieger zog er sich zurück.

»Ich nehme an, die Zeit drängt nicht?«

»Verzeihen Sie, wenn ich das so sage, aber der Fall ist kälter als kalt. Es gibt nicht den Hauch einer Spur. Wir fangen nicht nur von vorne an, wir haben ein Puzzle aus zehntausend Teilen, wobei wir die einzelnen Teile erst noch zusammensuchen müssen.«

»Dann sollte ich mich am besten um meine Mutter kümmern.«

»Eine sehr gute Idee«, sagte Craig. »Ich werde Sie begleiten, dann können wir vor Ort die passenden Maßnahmen treffen.«

Jefferson zögerte einen Moment. »Gut«, sagte er und setzte sich in Bewegung.

Craig fischte sein Jackett vom Stuhl.

Leighton war schon wieder in die Akten vertieft. Wenn das so weiterging, musste er Leighton künstlich ernähren lassen. Irgendetwas schien ihn in den Fall magisch hineinzuziehen.

9

Nichts hatte sich in Ruth Jeffersons Wohnung verändert. Die Kontaktbeamtin stand noch immer am Fenster, die Psychologin saß rechts von Ruth Jefferson auf einem klapprigen Stuhl, Ruth Jefferson rauchte und starrte vor sich hin und sagte immer wieder: »Unsinn. Alles Unsinn.«

Joseph Jefferson stand hinter Craig, schluckte mehrmals hart. Er trat vor, aber Ruth Jefferson reagierte nicht.

»Mutter«, sagte er so leise, dass Craig ihn kaum verstehen konnte.

Anscheinend hatte Ruth Jefferson feine Ohren. Ihr Kopf schnellte nach oben, ihre Augen blitzten auf vor Wut, sie hieb mit dem Zeigefinger auf ihren Sohn ein und brüllte: »Was willst du hier? Ich habe dir verboten, meine Wohnung zu betreten. Verpiss dich!«

Joseph Jefferson wurde blass. »Mutter, ich bin hier, um dir zu helfen …«

»Du missratenes Scheusal.«

Sie warf sich auf ihren Sohn, und ehe Craig reagieren konnte, hatte sie ihm einen Schlag mit der Faust ins Gesicht verpasst. Craig und die Kontaktbeamtin zogen sie von ihrem Sohn weg, sie kreischte wie am Spieß.

Joseph Jefferson war nach hinten getaumelt, hielt sich den Unterkiefer, zitterte am ganzen Leib.

»Es ist wohl besser, Sie gehen. Ich komme gleich nach, warten Sie vor der Haustür«, rief Craig mit voller Lautstärke, um das Geschrei von Ruth Jefferson zu übertönen.

Der Professor stürmte aus der Wohnung.

Ruth Jefferson fiel in sich zusammen, fast wäre sie auf dem Boden aufgeschlagen. Craig und die Kontaktbeamtin hievten sie auf ihren Stuhl. Sie wollte sich eine Zigarette drehen, zerriss zwei Blättchen. Die Kontaktbeamtin bot ihr eine Chesterfield Blue an. Auf der Packung glänzte das Bild einer Raucherlunge und der Hinweis, dass Rauchen neun von zehn Lungenkrebserkrankungen auslöse. Ruth Jefferson griff gierig zu, ließ sich Feuer geben und inhalierte tief.

»Warum hassen Sie Ihren Sohn dermaßen abgrundtief?«

Ruth Jefferson bedachte Craig nur mit einem abschätzigen Blick, dann versank sie wieder in ihrer Trance.

Craig hatte keine Wahl. Er leitete alles Nötige in die Wege, um Ruth Jefferson einzuweisen, überließ die Durchführung der Psychologin und der Kontaktbeamtin, verstärkt durch eine Streifenwagenbesatzung.

Jefferson tigerte vor der Haustür auf und ab. Die Reaktion seiner Mutter hatte ihn augenscheinlich aus dem Gleichgewicht gebracht. Craig hielt ihn an, er drehte sich um. Tränen glitzerten in seinen Augen.

»Ich hätte nicht gedacht, dass es so weh tut. Ich habe ihr zu Weihnachten, zu ihrem Geburtstag und zu Ostern Karten geschickt und Geschenke. Sie hat nicht ein einziges Mal reagiert. Irgendwann habe ich aufgegeben. Jeden Tag habe ich an sie gedacht. Der Schmerz hat sie zerstört. Zuerst ihre Töchter, dann ihr Mann …«

»Und dann ihr Sohn. Sie glaubt nach wie vor, Sie hätten sie verraten.«

Jefferson zog ein Stofftaschentuch mit seinen Initialen hervor und schnäuzte sich. »Wie auch immer. Ich bin es meinen Schwestern schuldig, dass ich helfe, ihren Mörder zu finden. Ich möchte, dass sie die beste Behandlung bekommt, damit sie sich erinnern kann. Vielleicht hat sie doch etwas gesehen oder gehört, das uns weiterbringen könnte.«

»Das ist sehr lobenswert, Professor Jefferson. Aber ich kann Ihnen versichern, sie wird von den besten Fachkräften versorgt, die es gibt.«

Jefferson ließ den Kopf hängen. »Kann ich denn gar nichts tun?«

»Doch, das können Sie. Versuchen *Sie*, sich zu erinnern. Sie waren dreizehn, als Ihre Schwestern verschwanden. Vielleicht haben Sie etwas gehört oder gesehen, das uns helfen kann?«

Er schien erleichtert. »Ja, natürlich.«

»Sollen wir einen Tee trinken und dabei ein wenig reden?«

Jeffersons Augen leuchteten auf. »Ja, gerne, das ist gut.«

»An den Quays ist ein netter Pub, mit Blick auf den Exe. Ist nur ein paar Minuten von hier.«

Craig wies die Straße hinunter. Der Himmel spannte sich blau über die Stadt, das schöne Wetter verbreitete gute Laune, die Menschen hielten sich gerader, lächelten manchmal sogar, an der Kaimauer küsste sich ein junges Pärchen weltvergessen.

Sie bekamen einen Platz am Fenster. Craig orderte Tee, der nach einer Minute vor ihnen stand. Zwei Tassen, eine große Kanne, Zucker, braun und weiß, ein Kännchen Milch und zwei Löffel. Das Geschirr war einfach, die Kanne aus Metall, die Tassen aus Steingut.

»Fangen wir mit dem großen Ganzen an. Sie sind dreizehn Jahre alt. Sie gehen zur Schule. Wie ging es Ihnen dort?«

Jefferson schüttete drei Teelöffel Zucker in seinen Tee und nahm einen Schluck, der die Tasse bis zur Hälfte leerte.

»Es war die Hölle.«

»Bei Ihrer Intelligenz?«

»Stellen Sie sich einen Ferrari vor, der mit angezogener Handbremse hinter einem Ford Fiesta herfahren muss.«

»Die Bremsen werden heiß, und irgendwann glühen sie durch.«

»So ist es, Chief Inspector. Die Lehrer haben mich gehasst, weil ich besser war als sie, weil ich Dinge wusste und konnte, die sie überhaupt nicht begriffen. Und trotzdem hatte ich schlechte Noten.«

»Alle Lehrer?«

»Oh nein. Nur die wissenschaftlichen Fächer.« Jefferson betrachtete seine Tasse. »Viel zu viel Zucker. Manchmal merke ich nicht, dass ich etwas tue, bis ich die Auswirkungen spüre.« Jefferson goss sich Tee nach, füllte die Tasse bis zum Rand. »Meine Lehrer waren Provinztrottel. Sie hatten Mathematik studiert, Informatik oder Physik. Aber sie waren keine Mathematiker, Informatiker oder Physiker. Sie leierten den Stoff herunter, ohne Leidenschaft, ohne Farbe, ohne Perspektive. Bis ich begriffen hatte, dass ich nicht einfach das Ergebnis der Aufgaben hinschreiben durfte, weil man mich sonst des Betruges verdächtigte und mir schlechte Noten gab, war ich schon zu einem renitenten Quertreiber geworden. Ich sprengte die Unterrichte, indem ich die Trottel nach einfachen mathematischen Problemen fragte, die sie nicht lösen konnten. Sehen Sie, DCI McPherson, ich denke in Zahlen, in Formeln. Ich begreife diese Welt als Algorithmus. Als Dreizehnjähriger war ich ein Freak. Meine Mitschüler haben mich verprügelt, weil sie glaubten, ich sei vom Teufel besessen.«

»Das ist hart. Aber anstatt zum Amokläufer zu mutieren, haben Sie es allen gezeigt.«

»So sehe ich das nicht, habe es noch nie so gesehen. Ich musste niemandem etwas beweisen.« Er seufzte. »Selbst meine Eltern hielten mich für verrückt. Nur meine Schwestern haben mich so geliebt, wie ich war.« Jeffersons Blick verlor sich in der Ferne. »Sie können sich nicht vorstellen, was es bedeutet, die einzigen beiden Menschen zu verlieren, die einen verstehen. Die Einzigen, mit denen ich lachen konnte, die zugehört haben, wenn es mir dreckig ging.«

»Wie sind Sie damit fertiggeworden?«

»Ich hatte Glück. Während der psychologischen Betreuung fiel einem der Mitarbeiter auf, dass ich anders war als andere. Er hieß Brian Rogar. Er machte einen Intelligenztest mit mir. Der Wert war höher als 160 und damit nicht feststellbar. Rogar verschaffte mir ein Stipendium in einer privaten Schule für Höchstbegabte. Ich habe ihn nie wiedergesehen. Es hieß, Kontakt zu ihm sei nicht sinnvoll. Damals habe ich mir keine Gedanken gemacht, und dann war es nicht mehr wichtig.«

»Wie haben Ihre Eltern auf den Tod Ihrer Schwestern reagiert?«

Jefferson schien zu schrumpfen. »Mutter war vollkommen gelassen. Sie war von Anfang an davon überzeugt, dass Charlotte und Sophie bald zurückkämen. Aber nach drei Monaten brach sie zusammen. Ich weiß nur noch, dass ein Krankenwagen sie abholte und Vater furchtbar wütend war.«

Craig nahm einen Schluck Tee. »Weswegen?«

»Er warf meiner Mutter vor, sich vor der Wahrheit zu drücken und ihn im Stich zu lassen.«

»Wie lange …«

»Fast ein Jahr war sie in Behandlung.«

»Das heißt, Sie haben nicht nur Ihre Schwestern verloren, sondern auch Ihre Mutter.«

»Und meinen Vater. Er ergab sich vollkommen dem Alkohol.«

»Wie haben Sie das ertragen können?«

»Rogar hatte nachgewiesen, dass ich hochbegabt bin. Zunächst änderte sich nichts für mich. Mit dem Stipendium, das dauerte eine Weile. Ich ging weiter zur Schule und wurde durch den psychologischen Dienst betreut. Doch bald wurde die Situation unhaltbar.«

Jefferson legte den Kopf auf seine Hand. Sie war feingliedrig, hätte gut zu einem Musiker gepasst.

»Ich klinge wahrscheinlich vollkommen teilnahmslos.«

Craig bestätigte die Aussage durch Kopfnicken. Er konnte bei Jefferson tatsächlich keine Gefühle erkennen.

»Es gibt zwei Joseph Jeffersons. Der eine ist ein Fremder für mich, jemand, den ich sehr gut kannte, der mich aber nicht berührt. Der andere ist der, der vor Ihnen sitzt und Ihnen von diesem Joseph erzählt und das nicht besonders gerne tut.«

»Die Zeit muss furchtbar gewesen sein.«

»Unerträglich. Doch dann kam die Wende. Rogar hatte mich nicht einfach fallen lassen, nachdem er meine intellektuellen Fähigkeiten erkannt hatte.« Jefferson leerte seine Tasse in einem Zug, starrte einen Moment aus dem Fenster, seufzte. »Hinter meinem Rücken hatte er meine Zukunft geplant und alle nötigen Schritte in die Wege geleitet. Am 7. Januar 1998 fuhr ein schwarzer Bentley vor unserem Haus vor. Drei Männer stiegen aus, redeten auf der Straße kurz mit meinem Vater, überreichten ihm einen Briefumschlag. Er ließ sie ins Haus, sagte mir, ich solle mit den Männern gehen, und versprach, mich am Wochenende zu besuchen. Die Männer waren sehr freundlich und boten mir an, mich in eine Schule zu bringen, in der ich keine Probleme mehr haben würde, in der ich alles lernen könne, was ich wollte. Und wenn es mir dort nicht gefiele, würden sie mich selbstverständlich jederzeit wieder nach Hause bringen.«

»Sie zögerten nicht eine Sekunde.«

»Es war wie im Märchen. Dennoch waren die ersten beiden Jahre schwierig. Vater kam nicht ein einziges Mal zu Besuch. Mutter kam an Weihnachten und an meinem Geburtstag, bis ich siebzehn war, dann nicht mehr.«

»Was war vorgefallen?«

Jeffersons Augen wurden feucht. Also hatte er doch noch nicht mit seiner Vergangenheit abgeschlossen.

»Sie sagte: ›Ich ertrage es nicht, dich lebend zu sehen, und meine Engel sind fort.‹«

»Sie war nach wie vor davon überzeugt, sie müssten zurückkommen?«

»Ja.«

»Und Ihr Vater?«

»Der ertränkte sich in seinem Selbstmitleid.«

»Und beendete sein Leben.«

»Und alle sagten, das sei sein Schuldeingeständnis. Das ist Unsinn. Mein Vater hatte viele Fehler, aber er hat uns nie angefasst. Nein, er hat sich umgebracht, weil er seine Töchter nicht hatte schützen können, davon bin ich überzeugt.«

»Der Täter läuft also noch frei herum. Haben Sie Angst um Ihre Töchter?«

»Welcher Vater hat keine Angst um seine Töchter? Wir geben acht, aber wir wollen sie auch nicht einsperren. Unser Haus hat eine wirklich gute Alarmanlage, und wir sorgen dafür, dass wir immer wissen, wo die beiden sind.«

»Vielen Dank, Professor Jefferson. Das war sehr aufschlussreich. Allerdings muss ich Sie bitten, noch einmal zur Tatnacht zurückzukehren.«

Jefferson goss sich Tee nach, vergaß den Zucker, trank, bemerkte nichts. Er stellte die Tasse so vorsichtig ab, als wäre sie ein hochsensibler Zünder für eine Bombe.

»Ich war in meinem Zimmer. Fast den ganzen Samstag. Löste Mathematikaufgaben. Integralrechnung. Charlotte und Sophie spielten in ihrem Zimmer. Sie waren fröhlich, lachten und sangen. Um sechs gab es Abendessen. Vater war mürrisch, er hatte getrunken, Mutter schwieg vor sich hin. Wir Kinder wussten, bei dieser Stimmungslage war es besser stillzuhalten. Für den Sonntag war ein Ausflug geplant, aber so wie das Wetter sich gebärdete, würde er wohl ausfallen. Nach dem Essen bin ich wieder in mein Zimmer, um zwölf bin ich ins Bett. Am nächsten Morgen waren Charlotte und Sophie weg. Als sie abends noch nicht zurück waren, bekam ich Angst. Meine Eltern gingen zur Polizei. Bald war das ganze Haus voll mit Menschen in blauen Anzügen, jeder Winkel wurde durchsucht, auch mein Zimmer. Immer mehr Polizisten tauchten auf, die ganze Gegend wurde abgegrast, aber es wurde nichts gefunden. Noch nicht einmal ein Kleidungsstück. Und jetzt das. Wer tut so etwas?«

»Wir werden versuchen, es herauszufinden.«

Jefferson konnte ihm jedenfalls nicht weiterhelfen.

»Ich glaube, es ist besser, Sie fahren vorerst wieder nach Hause. Ihrer Mutter können Sie nicht helfen, uns ebenfalls nicht, es sei denn, Sie erinnern sich an etwas. An etwas Echtes.«

Jefferson betrachtete seine Tasse. »False Memories. Ich verstehe.« Er drehte die Tasse. »Sehen Sie? Ich habe den Zucker vergessen. Tee ohne Zucker ist grauenhaft. Bitter. Scharf.« Er klatschte leise in die Hände. »Dann werde ich mich mal auf den Weg machen. Auf mich warten eine wunderbare Frau und zwei wunderbare Töchter. Wie schön es wäre, wenn meine Töchter zwei Tanten hätten.« Er reichte Craig die Hand über die Teekanne hinweg. »Vielen Dank, DCI McPherson. Die Ermittlungen sind bei Ihnen in den besten Händen, davon bin ich überzeugt. Wenn irgendetwas sein sollte, ich bin in zweieinhalb Stunden hier.«

Sie standen auf, Jefferson ging vor.

Der Mann war glimpflich davongekommen. Andere waren für ihr Leben gezeichnet und nicht mehr in der Lage, ein normales Leben zu führen, wenn sie ein solcher Schicksalsschlag traf. Wie seine Mutter.

Die Sonne glitzerte auf dem Exe, die Quays waren bevölkert, die Geschäfte gingen gut. Jefferson achtete nicht darauf. Mit großen Schritten ging er zu seinem Wagen, einem VW-Touran in Silbermetallic, einer echten Familienkutsche, grüßte noch einmal kurz und fuhr los. Craig wünschte ihm stumm alles Gute.

Er hatte viel über Joseph Jefferson und das Verhältnis zu seinen Eltern erfahren. Nichts jedoch über Charlotte und Sophie. Wer waren die beiden gewesen? Welches Geheimnis hatte zu ihrem Verschwinden und ihrem Tod geführt?

TAG 2

10

Craig warf einen Blick auf die Uhr. Es war Viertel vor eins. Nach dem Treffen mit Joseph Jefferson war er ins Büro zurückgefahren, hatte ein Gedächtnisprotokoll geschrieben und sich dann in die Akten vertieft, ebenso wie Leighton, der sich anscheinend seit zwölf Stunden nicht bewegt hatte. Gerade studierte er den Spurenordner, der verdächtig dünn war für einen solchen Fall. Moorcraft war bereits nach Hause gegangen, sie war eindeutig das einzige vernünftige Teammitglied.

Craig schlug den Aktendeckel zu. »Tyler!«

Leighton rührte sich nicht.

»Muss ich den Coroner rufen, Tyler? Oder den Abdecker?«

Leighton brummte etwas Unverständliches.

»Wie bitte?«

Leighton schob seinen Kopf über den Rand des Aktenberges, der ihn umgab. »Das Ehepaar Jefferson hat sich gegenseitig ein Alibi gegeben.«

»Ich weiß, Tyler. Und Joseph Jefferson hat es bestätigt. Seine Glaubwürdigkeit ist von zwei Gutachtern bestätigt worden.«

»Sie gehen ins Bett, wachen auf, die Kinder sind weg. Niemand hat etwas gehört oder gesehen.«

Craig hustete. »Die Eltern haben sich vor dem Fernseher wahrscheinlich volllaufen lassen und sind dann irgendwann ins Bett gekrochen. Die hätten den Dritten Weltkrieg verpennt. Und Albert Jefferson hat sich umgebracht, weil er sich die Schuld gegeben hat.«

Leighton stemmte sich hoch. »Ich geh ins Bett. Um acht wieder hier?«

»Um acht. Schlafen Sie gut.«

»Danke. Sie werden wahrscheinlich kein Auge zutun, oder?«

»Ich werd's zumindest probieren.«

Leighton winkte noch einmal lasch, dann war er weg.

Craig loggte sich aus, löschte das Licht. Das Präsidium schien zu schlafen, die Flure waren leer, nur hier und da ging eine Tür. Die Nacht gehörte der Central Police Station. Da wurden die akuten Fälle hingebracht, da spielten sich die alltäglichen Dramen ab, da waren die Bereitschaftsdienste stationiert.

Bei seinem Abstecher in die Einsatzzentrale grüßte er Morrison, der aussah, als müsse er jeden Moment von seinem Stuhl fallen, aber das täuschte. Morrison war hellwach, er lief nur im Standby-Modus.

Craig stieg in seinen Spitfire und fuhr gemächlich nach Hause, fand einen Parkplatz direkt vor der Türe auf der Holloway Street. In der Kirche der Zeugen Jehovas, die rechts von seinem Haus lag, brannte noch Licht, beim Bestatter herrschte Totenstille.

Er öffnete die Tür, ein Stapel Briefe lag im Flur, er griff sie und legte sie auf den Küchentisch. Darum würde er sich später kümmern, das meiste war Werbung, alles andere Rechnungen, wie immer. Seit er in Exeter lebte, hatte er noch nicht einen persönlichen Brief bekommen. Seine Eltern waren tot, sein Bruder hielt Briefeschreiben für vollkommen spießig. Sein Bekanntenkreis in Edinburgh war nach seinem Abgang bis auf wenige Ausnahmen quasi verdampft. Wenn er ehrlich zu sich war, musste er sich eingestehen, dass er ziemlich allein auf dieser Welt war. Und wenn er noch ehrlicher war, machte ihm das nichts aus. Im Gegenteil. Es schützte ihn vor Enttäuschung, Verlust, Schmerz und dummen Fragen.

Er drückte sich eine Tube Gulasch mit Nudeln in den Magen, warf die Kleider auf den Boden, legte sich hin, zog sich die Decke bis zum Kinn, wartete.

Es dauerte keine fünf Minuten, bis sein rechter Arm zitterte und ihm übel wurde. Seit Monaten hatte er diese Anfälle nicht mehr gehabt. Doch mit den Erinnerungen an Mary kam die Schlaflosigkeit zurück, waren die Dämonen aus ihren Käfigen entflohen.

Craig sprang auf, legte seine Joggingsachen an und den Gurt mit dem Handy, seinem Dienstausweis, zwei Zwanzig-Pfund-Noten und seinen Schlüsseln.

Er trat vor die Tür und nahm die übliche Strecke: Die Holloway Street hinunter, er passierte erneut die Kirche der Zeugen Jehovas, die sie »Königshalle« nannten. Das Zittern, das Zucken und die Übelkeit verschwanden. Aber nur, solange er in Bewegung blieb.

Craig nahm mit Leichtigkeit den kleinen Anstieg auf der Topsham Road, bog rechts in die Weirfield Road ab, die steil hinab zum Exe und den Quays führte. Er bog nach rechts auf den Pfad, der den Exe säumte. Nur jede zweite Straßenlaterne spendete Licht, ausreichend, um den Weg gut zu erkennen und nicht in ein Loch zu treten.

Er wendete, lief den Exe flussabwärts Richtung Belle Isle Park. Dort überquerte er den Fluss auf der Fußgängerbrücke und folgte dem Weg, der über eine weitere Brücke zu den Quays zurückführte. Er begegnete niemandem, denn der Tag war zwar schön gewesen, aber jetzt war es empfindlich kalt. Freiwillig trieb sich niemand hier herum.

Als er wieder in die Holloway Street einbog, stutzte er. Vor seiner Haustür lag ein farbiges Bündel. Ein großes Bündel. Mehr konnte er in dem schummrigen Licht der Straßenlampen nicht erkennen. Er wechselte die Straßenseite, pirschte sich heran. Plötzlich bewegte sich das Bündel und wuchs. Es sah aus, als öffnete sich eine Blüte, aber was herauskam, war alles andere als ein duftendes Gewächs.

»Verdammt, Poznov, was suchst du hier?«

»Warum so unfreundlich? Hast du meine standesgemäße Anrede vergessen?«

Poznov war ein Kleinkrimineller, der viele Jahre seines Lebens im Gefängnis gesessen hatte, jetzt aber für Craig als Informant arbeitete und seitdem sauber geblieben war. Das bezog sich jedoch nicht auf seine Kleidung und seinen Körpergeruch.

»Verzeiht, King George. Was, verdammt, suchst du hier? Wenn dich jemand sieht …«

»Darum geht's ja. Die Conelly-Brüder sind sauer auf mich.«

Craig spähte die Straße hinauf und hinunter. »Die Conelly-Brüder?« Craig schloss die Tür auf. »Rein mit dir, und fass nichts an. Und setz dich nirgends hin.«

Bevor Craig die Tür schloss, überzeugte er sich noch mal, dass die Luft rein war. Er lotste Poznov in die Küche, breitete eine Plastiktüte über einen Stuhl und wies darauf. Craig nahm auf der anderen Seite Platz. Stand wieder auf und öffnete das Fenster. Setzte sich. Verfluchte sich für seine Gutherzigkeit.

»Ich komme einfach nicht dazu, im Brüder-Haus ist die Dusche ständig besetzt.«

»Noch so ein Märchen, und ich liefere dich bei den Conelly-Brüdern höchstpersönlich ab.«

King George räusperte sich. »Hast du was …«

»Vergiss es. Was ist mit den Brüdern?«

»Irgendwie ist durchgesickert, dass ich euren Jungs vom Drogendezernat was gesteckt habe.«

Craig verdrehte die Augen. »Herrgott! Bist du lebensmüde?

Warum hältst du dich nicht an die Vereinbarung, nur mit mir zu reden?«

»Na ja …«

Poznov war gierig geworden.

»Wie viel haben sie gezahlt?«

»250 Pfund. Cash auf die Kralle.«

»Du gottverdammter Hornochse! Wie viel hast du noch?«

»Na ja …«

»Keinen verdammten Penny, richtig?«

»Na ja …«

Craig konnte Poznov nicht schützen, nicht vor den Conelly-Brüdern. Die kontrollierten den Drogenhandel entlang der Südküste und schreckten nicht davor zurück, Singvögeln das Maul zu stopfen. Natürlich nicht persönlich. Die hatten ihre Spezialisten. King George musste weg. Weit weg. Craig war ihm noch einen Gefallen schuldig.

»Du hast die Wahl. Ein kaltes Grab oder Inverness.«

»Was ist Inverness?«

»Schottland, Highlands. Groß genug, damit du dich verstecken kannst, und weit genug weg, damit der Arm der Conellys nicht hinreicht. Ich zahle dir die Bahnfahrt und Wegzehrung. Und wehe, du hältst dich nicht daran.«

»Und womit soll ich dort mein Geld verdienen?«

»Freunde dich mit den Cops an. Oder geh arbeiten.«

Poznov verzichtete auf eine Antwort.

Craig fuhr seinen Rechner hoch, buchte eine Verbindung, druckte sie aus und reichte sie Poznov. »Fünf Uhr vierzehn. Exeter Central. Heute Abend bist du in Inverness. In Sicherheit. Nicht verlieren, nicht einschlafen, du musst viermal umsteigen. Hast du deine Papiere?«

»Logo.« Poznov steckte den Fahrschein ein. »Und die Wegzehrung?«

Craig drehte sich um und griff ein Paket Astronautennahrung. »Das reicht locker für eine Woche. Bis dahin warst du beim Sozialamt oder hast eine Armentafel gefunden.«

Poznov schob die Unterlippe vor wie ein kleiner Junge, der sein Lieblingsspielzeug nicht bekommt.

»Du glaubst doch nicht im Ernst, dass ich dir Geld gebe, damit du es an der nächsten Bude in Alkohol umsetzen kannst?«

Irgendetwas fehlte noch. Craig ging ins Bad, nahm eine Flasche Rasierwasser, zeigte sie Poznov. »Nicht bewegen.« Er sprengte ihn von oben bis unten damit ein. Das dämpfte den strengen Schweißgeruch ein wenig, hoffentlich so weit, dass er nicht aus dem Zug geworfen wurde, trotz gültigem Fahrschein. Es war kurz nach drei. Bis zur Abfahrt musste Poznov hierbleiben.

»Du bleibst genau da sitzen, wo du bist. Schlaf ein wenig oder denk über dein Leben nach, wie du willst. Ich fahre dich zum Bahnhof und setze dich in den Zug.«

»Was ist mit den Conelly-Brüdern?«, fragte Poznov kleinlaut.

»Da ist nichts zu machen. Die müssen erst aussterben, bevor sie dich in Ruhe lassen.«

Craig stellte Poznov ein Glas Wasser hin, wusch sich, zog sich einen Schlafanzug an, legte sich in sein Bett und stellte seinen Handywecker auf zwanzig vor fünf. Sein Arm blieb ruhig, sein Magen ebenso. Ein Strom an Bildern zog an seinem inneren Auge vorbei. Keines konnte er greifen, sosehr er es versuchte. Er bremste den Strom, und gerade, als er ein Bild erhaschen wollte, plärrte sein Handy los. Es fühlte sich an wie ein Hieb in den Magen.

Poznov hatte sich nicht vom Fleck gerührt, nur das Glas Wasser war leer.

»Ich habe über mein Leben nachgedacht.«

Craig gähnte, verscheuchte das taube Gefühl aus seinem Kopf. »Und?«

»Wenn's geklappt hat, sag ich's dir.«

»Dann mal los.«

Craig schob Poznov vor sich her auf die Straße, überzeugte sich davon, dass niemand auf sie wartete, und bugsierte Poznov in den Spitfire.

»Was ist eigentlich mit deinem Gepäck?«

»Keine Zeit gehabt. Bin denen gerade so entwischt.«

Wenig später parkte Craig den Wagen und begleitete Poznov zum Eingang. »Wenn du dein Leben ändern willst, dann kannst du gleich damit anfangen.« Craig zog fünfzig Pfund aus der Tasche. »Leg es gut an. Und ruf mich an, wenn du in Inverness bist.«

Es wurde Zeit.

Poznov reichte Craig die Hand. »Danke, Laddie. Bist echt in Ordnung. Wenn alle Bullen so wären …«

Craig drückte die schwielige, raue Hand. »Wenn du dich da mal nicht täuschst. Mach's gut. Und melde dich.«

Poznov stiefelte los, blickte sich nicht mehr um.

Craig wurde es schwer ums Herz. Verrückt! Poznov war nicht sein Freund. Oder doch? Hatte er nicht immer zu ihm gehalten? Auch wenn alles gegen ihn gesprochen hatte? Hatte er ihn nicht vor einer großen Dummheit bewahrt? Hatte er ihn jemals belogen? Das wusste Craig nicht, aber er ging davon aus, dass er es nicht getan hatte. Craig mochte Poznov, weil er sich am eigenen Schopf aus der Scheiße gezogen hatte und nie wieder straffällig geworden war. Vielleicht wurde es ja noch etwas mit dem alten Kerl. Craig wünschte ihm im Stillen alles Gute, verließ den Bahnsteig und drückte sich eine Träne weg.

11

Um Punkt sechs Uhr stand Craig vor Morrison in der Zentrale und erfuhr, dass es nichts Neues gab.

Morrison winkte ihm müde zu. »Noch eine Stunde, dann kann ich nach Hause. Ins Bett. Ich werde zwölf Stunden schlafen.«

»Wünsche angenehme Träume, Dracu. Und pass auf, dass dich die Sonne nicht erwischt. Das gibt hässliche Verbrennungen.«

Craig machte einen Abstecher ins Untergeschoss, wo Moorcraft ihren Platz hatte und die Server zu finden waren. Der Prophet hatte hier einen Raum weiter seine Werkstatt. Die Tür stand offen, Craig sah den schwarzen Lockenkopf seiner Kollegin, die Blätter aus einem Ordner nahm, Heftklammern entfernte und den Stapel dann auf den Scanner legte.

Craig klopfte an den Türrahmen, Moorcraft drehte sich nicht um, sondern sagte nur: »Immer herein in die gute Stube.« Ihre Stimme klang hell und klar.

»Guten Morgen, Heather.«

Sie fuhr herum. »Oh, guten Morgen, Sir.«

»Craig, Heather. Nicht Sir. Haben Sie es vergessen? Wir sind schließlich in einem Team.«

Sie holte tief Luft. »Okay, Craig. Muss mich nur daran gewöhnen. Gibt es was Neues?«

Sie war vollkommen entspannt. Vielleicht hatte sich Leighton getäuscht, und Moorcraft betrachtete Craig einfach als Vorgesetzten und war deshalb nervös gewesen.

»Nichts Weltbewegendes. Ich habe mit Joseph Jefferson gesprochen, er ist wieder nach Oxford zurück. Seine Mutter hasst ihn, und er hatte keine neuen Sachverhalte beizusteuern. Er hat uns angeboten, Algorithmen für unsere digitale Aktenführung zu schreiben, ich habe es abgelehnt.«

»Ein Fehler, wenn Sie mich fragen.« Jamili betrat den Raum. »Professor Jefferson ist einer der Besten weltweit. Er könnte einige Probleme in der Programmierung beseitigen und neue Features implementieren, von denen wir ansonsten nur träumen können.«

Craig wusste, dass die Systeme der britischen Polizei zu den am höchsten entwickelten zählten und Millionen gekostet hatten. Aber auch dieses Budget hatte einen Deckel. Und der war inzwischen geschlossen. Und selbst wenn – es wäre illegal gewesen, Jefferson in die Ermittlungen miteinzubeziehen.

»An was denken Sie?«

»KI.«

»Künstliche Intelligenz?«

Jamili legte eine Hand auf den Scanner. »Die Daten, die vom Scanner kommen, würden von intelligenten Algorithmen gefiltert, sortiert und bewertet. Jefferson könnte so etwas entwickeln. Kostenlos! Es würde Unsummen sparen.«

Moorcraft schnaubte. »Und was ist mit meinem Arbeitsplatz?«

»Dich kann man überall brauchen, Heather.«

»Schleimer!«

»Immer gerne«, sagte Jamili. »Wir könnten enorm viel Zeit einsparen.« Er tippte sich an den Kopf. »Wir können diese Datenmengen nicht verarbeiten. Dazu sind wir nicht gemacht. Wir sind dazu gemacht, Geräte zu entwickeln, die das für uns übernehmen. Wir sind Schöpfer.«

»Mag sein, dass das funktionieren würde, Jamili. Aber es

geht nicht. Wir würden in Teufels Küche kommen, wenn wir Professor Jefferson ranlassen.«

»Die Vorschriften«, sagte Jamili tonlos, drehte sich um und ging, brummelte vor sich hin. »Wie dumm, dass die Verbrecher sich nicht an Vorschriften halten.«

Craig konnte Jamili gut verstehen. Ihm stand oft das Regelwerk des Polizeiapparates im Weg.

»Wie lange brauchen Sie, um die Daten aufzunehmen, Heather?«

»Acht Tage, ab heute.«

Nur doppelt so lang wie Jefferson mit all seinen Studenten.

»Sie machen einen verdammt guten Job, Heather.«

Sie errötete. »Danke, Craig. Ich gebe mir Mühe.«

»Ich lasse ein paar Rookies abstellen, die Ihnen helfen werden. Was die Studenten können, können unsere Leute allemal. Ich informiere Tyler über den Stand Ihrer Arbeit, dann werde ich mir mal das Haus der Jeffersons anschauen.«

»Wann ist das Briefing?«

»Ich würde sagen, heute Abend, achtzehn Uhr, falls sich nichts Dramatisches ereignen sollte.«

Craig wandte sich um, Heather machte einen Schritt zur Seite, der rechte Arm schwang aus, ihre Hand berührte Craigs Hand, ihre Haut war warm und samtig. Sie zog ihre Hand hastig zurück, Craig machte einen Schritt auf den Flur, sah sich nicht um. War die Berührung ein Zufall gewesen? Und wenn nicht? Ein Zeichen der Sympathie? Der unbewusste Wunsch, Craig näherzukommen? War sie doch verliebt in ihn? Warum machte er sich so viele Gedanken darum? Craig kniff sich in die Hand. Es wirkte.

In seinem Büro brannte bereits Licht, Leighton saß hinter seinem Aktenberg, blickte auf.

»Auch schon da?«

»Bin gleich wieder weg. Das Haus der Jeffersons.«

Leighton hackte auf seiner Tastatur herum, der Drucker summte, spuckte fünf Blätter aus, mit Grundriss und allen anderen relevanten Daten: Baujahr, Besitzverhältnisse, Hypotheken, Kosten.

»Monitor Close«, sagte Leighton. »Es steht seit Ende 2005 leer. Ruth Jefferson ist ausgezogen, wollte es verkaufen, aber sie hat niemanden gefunden, der es haben wollte.«

»Es steht seit zwölf Jahren leer? Wie bezahlt sie das?«

»Sie bezahlt nichts. Joseph Jefferson zahlt die Steuern und sorgt dafür, dass es nicht verfällt.«

»Davon hat er mir nichts gesagt.«

»Sicherlich hat er viel nicht erzählt.«

Craig lachte. »Okay, wir haben zwei Stunden geredet, das ist wirklich wenig Zeit für ein ganzes Leben. Ich werde ihn bei Gelegenheit danach fragen.«

Leighton hielt einen Schlüssel in die Luft. »Der ist im Ordner gelandet. Vielleicht passt er ja.«

Er warf ihn Craig zu, der ihn mit der Linken fing. »Sollen wir nicht besser die Spurensicherung zuerst reinschicken? Was meinen Sie, Leighton?«

»Das halte ich für Verschwendung. Rowan Humble mag schlampig ermittelt haben, mit jedem Ordner wird es schlimmer, aber die Spurensicherung hat nichts ausgelassen. Das ganze Haus ist nach Fingerabdrücken, Faserspuren, DNA und noch zwanzig anderen Sachen abgesucht worden. Die haben drei Wochen lang jeden Millimeter abgegrast. Keine Abdrücke Unberechtigter, die DNA war meist so durchmischt, dass sie nicht verwertbar war. Auch für heutige Maßstäbe. Am Fenster im Zimmer der Mädchen konnte nichts gefunden werden. Es war geöffnet. Man ging davon aus, dass der Täter dort eingedrungen und auch wieder verschwunden ist. Und dass er Handschuhe getragen hat, vielleicht auch einen Ganzkörperschutz. Es sei denn, Albert Jefferson ist der Täter. Und nach zwanzig Jahren ist sowieso nichts mehr übrig. Sie können nichts zerstören.«

Ein Fenster. Zwei Mädchen. Warum war niemand auf die Idee gekommen, dass es zwei Täter gewesen sein könnten? Er musste das Haus unbedingt sehen.

»Wollen Sie nicht mitkommen? Ein bisschen Freigang? Vier Augen sehen mehr als zwei.«

Leighton wedelte mit der Hand. »Nein, danke. Wir brauchen die Daten. Machen Sie das ruhig alleine.«

Craig packte die Blätter ein, nahm einen Dienstwagen, einen fast neuen Ford Mondeo, den die Kollegen von der Wirtschaft beschlagnahmt hatten. Die Morgendämmerung setzte gerade ein, die Straßen füllten sich langsam, aber noch war die Rushhour nicht in vollem Gange.

Bis zur Monitor Close brauchte Craig keine zehn Minuten. Die Straße hatte die Form eines »T«. Beide Seiten des Querbalkens über dem T endeten als Sackgasse, nur Fußwege führten weiter. Das Haus der Jeffersons war das letzte im rechten Teil der Sackgasse. Es war links einseitig angebaut, rechts führte ein schmaler Weg vorbei, der von Autos befahren werden konnte, aber hinter einer Halle mit Flachdach endete. Dort war ein Fitnesscenter untergebracht und ein Lager für Bauelemente. Hinter den Häusern dehnte sich ein großer Parkplatz aus, der zum Industrie- und Gewerbegebiet gehörte. Aber wie hatte es hier vor zwanzig Jahren ausgesehen?

Craig zückte sein Handy und rief die Akten des Falls auf. Aber die Fotos des Hauses und des Umfeldes waren noch nicht online. Er ging auf die Seite des Katasteramtes, klickte sich durch die Jahre und fand schnell, was er suchte. Vor zwanzig Jahren dehnte sich hier auf dreißigtausend Quadratmetern eine Industriebrache aus. Weit und breit keine Kamera, kein Wohnhaus, keine Firma. Der Täter hatte sich seine Opfer sorgfältig ausgesucht. Er hatte hier parken können, wäre ohne großes Risiko an die rechte Seite des Hauses gelangt, wo das Fenster des Kinderzimmers von Charlotte und Sophie lag. Vielleicht war der Täter schon mehrfach hier gewesen, hatte aber ein geschlossenes Fenster vorgefunden und war wieder abgezogen. Doch am 11. Oktober 1997 war das Fenster offen gewesen. Diese Gelegenheit hatte er sich nicht entgehen lassen. Er war auf die Gartenmauer geklettert, hatte die schlafenden Kinder überrascht. Vielleicht war Charlotte aufgewacht, und er musste sie sofort töten. Sophie hatte er geknebelt und vielleicht bewusstlos geschlagen, dann beide Kinder mitgenommen. Sophie hatte die schlechteren Karten. Sie musste erleiden, was der Täter sich in seinen Fantasien ausgemalt hatte. Vielleicht war es auch ganz anders gewesen: Die beiden waren aus dem Fenster geklettert, wollten ein Abenteuer erleben, ein wenig herumstreunen und begegneten zufällig ihrem Mörder, der auf der Suche nach Beute umherstreunte.

Aber der Wagen der Jeffersons passte nicht ins Bild. Wer war so dumm, ohne Fluchtfahrzeug zwei Mädchen entführen zu wollen? Tatsache war allerdings, dass die dummen Täter später gefasst wurden als die intelligenten. Wer dumm war, machte Dinge, die sich intelligente Menschen nicht vorstellen konnten. Brauchte die Polizei also mehr dumme Ermittler? Noch mehr?

Craig schmunzelte und steckte den Schlüssel in die schwarzlackierte Tür. Er spürte keinen Widerstand, der Schlüssel passte, das Schloss war gut geölt. Craig drückte die Tür nach innen auf und stand im Flur. Weiße Kacheln auf dem Boden, die Wände weiß gestrichen. Craig schloss die Haustür, sie fiel geschmeidig ins Schloss. Nach rechts ging die Tür zu einem kleinen Zimmer ab, er schaute hinein. Das Zimmer verfügte über Anschlüsse für Fernsehen und Radio, also war es wohl das Wohnzimmer gewesen. Auch hier waren die Wände weiß, auf dem Boden lag braunmelierter Teppich, der keine Gebrauchsspuren aufwies, keine Druckstellen, die entstanden wären, hätten hier jahrelang Möbel gestanden.

Der Flur endete in einer Wohnküche mit einem winzigen Bad, Craig sah den Wasser- und den Gasanschluss. Von dort führte eine Tür in den kleinen Garten. Das Haus war zwar schmal, aber dafür sicherlich zehn Meter lang. Die Wohnküche hatte eine Grundfläche von gut zwanzig Quadratmetern. Komfortabel.

Eine enge Wendeltreppe führte in den ersten und einzigen Stock, der in drei Räume aufgeteilt war. Zwei davon etwas länger, der andere dafür fast quadratisch. Alle drei hatten an einer Seite eine Dachschräge. Das Zimmer von Sophie und Charlotte mit dem Fenster zur Industriebrache, Josephs Zimmer mit dem Fenster zur Straße und das Schlafzimmer der Eltern mit dem Fenster zum Garten. Auch hier dasselbe Bild: weiße Wände und Decken, braunmelierter Teppich. Alles sauber und ordentlich. Man hätte sofort einziehen können. Joseph Jefferson kümmerte sich darum.

Craig rief ihn an, Jefferson hob sofort ab.

»DCI McPherson hier. Guten Morgen, Professor Jefferson, haben Sie einen Moment Zeit für mich?«

»Aber ja, gibt es etwas Neues?«

»Leider nein. Aber ich habe eine Frage.«

»Schießen Sie los.«

Jefferson klang aufgeräumt und ausgeruht.

»Das Haus Ihrer Mutter ist in bestem Zustand. Sie sorgen dafür, dass es so bleibt. Warum?«

»Ich bin meiner Mutter etwas schuldig. Auch wenn es manchmal schwierig war, sie hat uns immer versorgt, mit allem, was wir brauchten. Als meine Schwestern verschwunden waren und mein Vater tot war, hat sie es nicht mehr lange in dem Haus ausgehalten. Sollte sie es sich anders überlegen, wann auch immer, ist das Haus bereit. Zum Verkauf oder zum Wohnen, wie sie es möchte.«

Das klang überzeugend und nach echter Liebe. Obwohl seine Mutter ihn zurückstieß, blieb er ihr treu.

»Danke, Professor Jefferson, das war's schon. Ich wünsche einen guten Tag.«

»Ebenso.« Er legte auf.

Craig ging nochmals durch alle Räume, strich mit den Händen über die Raufaser, öffnete Fenster und Türen, schloss sie wieder. Was glaubte er, hier finden zu können? Die Zimmertüren im ersten Stock lagen sich direkt gegenüber. Die Wände waren dünn. Was war passiert? Ruth und Albert Jefferson waren betrunken. Wie betrunken? Wäre Albert Jefferson noch in der Lage gewesen, seine Töchter zu töten? Hatte er die Mädchen mit seinem Wagen weggebracht, einen Unfall gebaut, den Wagen verschwinden lassen und ihn dann als gestohlen gemeldet? Sehr gut möglich. Joseph hatte sich mit Kopfhörern, Musik und Mathematik abgeschottet. Er hätte so oder so nichts gehört, es hatte keinen Kampf gegeben, kein Geschrei, kein Poltern.

Er hatte keine neuen Indizien gefunden, keinen Blutfleck oder ein geheimes Fach. Aber er wusste, in welche Richtung er ermitteln musste: Albert Jefferson musste durchleuchtet werden, ebenso alle Sexualstraftäter, die vor zwanzig Jahren in einem Umkreis von hundert Kilometern um Exeter bekannt gewesen waren, und er musste Rowan Humble besser kennenlernen. Er musste herausfinden, warum er seinen Job nicht gemacht hatte. Die Akten konnten warten. Er musste dem nachgehen, was er nicht sehen konnte.

Craig verließ das Haus, begutachtete noch einmal das Umfeld, dann rief er Leighton an. Erst nach dem fünften Klingeln ging er dran.

»Was?«

Leighton klang, als hätte Craig ihn beim Sex gestört.

»Ich brauche einen Datenabgleich und eine Liste.«

Leighton stöhnte. »Wie soll ich das parallel zu …«

»Gar nicht. Lassen Sie die Akten in Ruhe. Wir nehmen uns die üblichen Verdächtigen vor und Albert Jefferson und Rowan Humble. Ich brauche Sie jetzt an der Front. Wir teilen uns auf. Wissen wir, wo Albert Jefferson gearbeitet hat?«

Craig hörte Tastengeklapper.

»Bei Charles Wrench. Autowerkstatt. Sekunde. Laut Google gibt's ihn noch. Ah, ja. Der hat sich gemacht. Am Ende der Christow Road an der Automeile.«

»Wunderbar, Tyler. Sie machen die Liste der üblichen Verdächtigen, fangen bei ›A‹ an. Wir gehen quasi unsichtbar vor. Ich will niemanden der geifernden Öffentlichkeit zum Fraß vorwerfen. Wir checken nur, ob jemand theoretisch infrage kommt. Dann sehen wir weiter.«

»Alles klar. Ich vermerke es für Keen in den Akten.«

»Danke, Tyler.«

»Sie sind der Boss.«

»Trotzdem.«

»Darf ich einmal das letzte Wort haben?«

Craig unterbrach die Verbindung.

12

Für die zwei Kilometer bis zur Christow Road brauchte Craig fast zwanzig Minuten. Die Straßen waren hoffnungslos verstopft, eine Baustelle und ein Auffahrunfall brachten den Verkehr fast zum Erliegen.

Über dem Werkstatttor prangte ein Leuchtschild: »Wrench's Autowerkstatt«. Darunter, etwas kleiner in schwarzer Schrift auf rotem Untergrund: »Reparaturen aller Modelle zu Bestpreisen«.

Rechts neben der Werkstatthalle befand sich das Büro. Alles war blitzsauber und flößte Vertrauen ein. Hier würde Craig seinen Wagen zur Reparatur geben.

Er betrat das Büro. Es gab einen Tresen und eine Sitzgruppe mit Zeitschriften, einen Kaffeeautomaten und einen Wasserspender. Wrench achtete darauf, dass sich seine Kunden wohl fühlten. Hinter dem Tresen stand ein junger Mann, der Craig anlächelte.

»Guten Tag. Wie kann ich Ihnen helfen?«

Craig zückte seinen Dienstausweis. Der junge Mann betrachtete ihn, zeigte keine Schreckreaktion.

»Ich bin DCI Craig McPherson.«

Der junge Mann streckte seine Hand aus. »Wrench junior, angenehm.«

Dass man ihm die Hand reichte, wenn er sich als Bulle zu erkennen gab, hatte Craig noch nicht oft erlebt. Er drückte die Hand kräftig.

»Wie kann ich Ihnen helfen?«, fragte Wrench junior ein zweites Mal.

»Ich möchte mit Charles Wrench sprechen.«

»Kein Problem. Er ist in der Werkstatt. Soll ich ihn holen?«

»Nicht nötig.«

»Okay. Sie können einfach durch die kleine Tür links gehen. Sie werden ihn gleich erkennen. Er sieht aus wie ich, nur ein bisschen älter.« Wrench junior lachte kurz auf.

Craig bedankte sich, wünschte einen angenehmen Tag. Der junge Mann war wirklich bestens geschult. Der würde auch nicht mit der Wimper zucken, wenn ihn ein Yeti ansprechen würde.

Craig öffnete die Tür, der Geruch von Schmierstoffen schlug ihm entgegen. Leise Musik lief, irgendetwas Klassisches, Craig konnte es nicht identifizieren. Drei Hebebühnen gab es in der Halle, die von außen kleiner ausgesehen hatte. Auf jeder Bühne thronte ein Wagen, drei Mechaniker arbeiteten daran. Charles Wrench fettete das Ende einer Achse ein. Er blickte konzentriert auf das Teil vor sich, hatte die Augenbrauen ein wenig zusammengezogen. Sein Sohn war tatsächlich eine fast identische jüngere Kopie von ihm.

»Mister Charles Wrench?«

Wrench legte den Fettpinsel auf einen Werkzeugwagen, in dem jedes Teil seinen klar erkennbaren Platz hatte. Sein Gesicht entspannte sich, er lächelte.

»Der bin ich, korrekt. Wie kann ich helfen?«

Craig zeigte seinen Dienstausweis.

Auch Wrench senior erschrak nicht, sondern zeigte auf seine Hände und machte eine entschuldigende Geste. Anscheinend mochten die Wrenchs die Polizei.

»Haben Sie einen Moment für mich, Mr. Wrench? Unter vier Augen?«

»Sicher. Kommen Sie mit.«

Wrench führte Craig in den hinteren Teil der Halle, in einen kleinen Raum, der spartanisch eingerichtet war: ein alter Tisch, vier abgenutzte Stühle, ein Kühlschrank.

»Hier machen wir zwischendrin mal eine kurze Pause. Worum geht es?«

»Ich ermittle im Vermisstenfall Charlotte und Sophie Jefferson.«

»Vermisstenfall? Ich dachte, die beiden armen Kinder seien für tot erklärt worden?«

»Das ist richtig. Der Fall wird wieder aufgerollt.«

»Sind sie gefunden worden?«

Wrench war eindeutig ein Schnelldenker.

»Dazu darf ich nichts sagen.«

Wrench nickte. »Kein Problem.«

»Mich interessiert Albert Jefferson.«

»Albert.« Wrench schüttelte langsam den Kopf. »Was für eine Tragödie.« Er trat an ein kleines Waschbecken, schrubbte sich die Hände. »Wissen Sie was? Wir gehen einen Kaffee trinken, und dann erzähle ich Ihnen die Geschichte von Albert, so wie ich sie erlebt habe.«

»Eine gute Idee.«

Sie mussten nicht weit gehen. Der Pub nannte sich sinnigerweise »The Wheels«. In Gedanken ergänzte Craig: »... on the bus go round and round all through the town.« »Die Räder am Bus, die drehen sich und drehen sich, quer durch die ganze Stadt.« Im Kindergarten hatte er dieses Lied geliebt.

»The Wheels« öffnete bereits um halb sechs Uhr morgens, um die Angestellten der Automeile mit »Full English Breakfast« zu versorgen: Würstchen, Spiegeleier, Bohnen, knusprig gebratener Bacon, Tomaten und Toast.

Ein paar Nachzügler saßen noch beim Frühstück. Wrench orderte Kaffee, Craig schloss sich an.

»Albert Jefferson«, sagte Wrench zu seiner Kaffeetasse und

rührte um. »Der Junge kam 1981 nach Exeter, suchte einen Job, ich suchte einen Mechaniker, möglichst jung, der anpacken konnte. Albert lief mir in einem Pub über den Weg, wo er jeden anquatschte, ob er nicht einen Job für ihn hätte. Ämter hat er gemieden. Seinen Gesellen hatte er in Manchester gemacht, da ist er auch aufgewachsen. War von Anfang an ein harter Bursche. Ich musste ihm beibringen, nicht gleich draufzuschlagen, wenn jemand pampig wurde. Fix in der Birne war er. Albert hätte studieren können, aber das wollte er nicht. Er hasste die Schule. Trotzdem hatte er in der Ausbildung nur Bestnoten.«

»War er zuverlässig?«

»Der war pünktlicher als ein Schweizer Uhrwerk. Und ist erst heimgegangen, wenn die Arbeit geschafft war. Die meisten Kunden hielt er zwar für bescheuert, aber einen Termin nicht einzuhalten, das kam nicht infrage. Ich bezahlte ihn, so gut ich konnte, ich musste ja den Kredit abstottern für die Werkstatt, echt ein Haufen Kohle. Es kamen immer mehr Aufträge, auch weil Albert hervorragende Arbeit leistete. Ich stockte sein Gehalt auf, er verdiente genug, um ein Haus zu kaufen und eine Familie zu ernähren. Alles lief rund, er heiratete eine gute Frau, hübsch, fleißig und fruchtbar. Joseph kam, dann die Mädchen.« Wrench klackte mit dem Löffel gegen seine Kaffeetasse. »Und dann starb meine Frau, die Wirtschaftskrise schlug zu, und ich kam vollkommen aus dem Tritt. Ich stand kurz vor der Pleite.«

»Sie kündigten Albert Jefferson.«

»Was blieb mir übrig? Ich hatte selber einen Sohn zu versorgen. Immerhin konnte ich Albert noch eine kleine Abfindung zahlen. Auf ein paar Schulden mehr oder weniger kam es damals auch nicht mehr an. Nach zwei Jahren hatte ich mich wieder gefangen, und ich hatte Glück. Ein Freund besorgte mir den Wartungsauftrag für den Fuhrpark einer Baufirma. Das hat mich gerettet. Heute kümmert sich mein Sohn darum. David.« Wrench schüttelte den Kopf. »Ich weiß nicht, womit ich den Jungen verdient habe.«

»Und Albert?«

»Ich bot ihm natürlich sofort einen Job an. Er lehnte ab.«

»Wann war das?«

Wrench rieb sich die glänzende Stirn. »Das muss zwei oder drei Jahre vor dem Verschwinden der Mädchen gewesen sein. 94 oder 95.«

»Wie hat er seine Raten bedient? Die Familie versorgt?«

»Keine Ahnung.«

»Haben Sie engeren Kontakt zu Albert gehabt, als er noch bei Ihnen gearbeitet hat?«

»Aber ja. Ich war bei der Taufe aller drei Kinder dabei. Wir haben zusammen Wochenenden im Grünen verbracht, waren am Strand und haben Grillpartys gefeiert.«

»Wie stand er zu seinen Kindern?«

»Er liebte sie alle drei. Die Mädchen vergötterte er. Joseph hat nicht darunter gelitten, Albert hat ihn nicht vernachlässigt. Die Mädchen waren wirklich nette Kinder.«

»Und Ruth?«

»Sie war das Paradebeispiel einer guten Mutter. Sie war immer da, sie überschüttete die Kinder mit Zuwendung.«

»Wie war Joseph?«

»Introvertiert. Zurückhaltend. Intelligent. Joseph war ein Genie. Er war ein paarmal mit seinem Vater in der Werkstatt. Hat sich ein Teil angeschaut, nachgedacht und dann erklärt, was es ist und wie man es verbessern könnte. Albert war das furchtbar peinlich, er hat ihn nicht mehr mitgebracht. Aber ich wusste: Der Junge ist zu Höherem geboren. Ich hatte recht. Er ist jetzt Professor in Oxford.«

»Sie haben Kontakt zu ihm?«

»Er hat mich besucht. Wollte alles über seinen Vater wissen.

Auch, ob ich glaube, dass Albert seinen Schwestern etwas angetan haben könnte.«

Craig spürte ein mulmiges Gefühl im Magen. War er in der Lage gewesen, Mary etwas anzutun? Im besoffenen Kopf hatte er schon eine Menge Scheiße gebaut. Aber Mary, seiner geliebten Mary etwas antun? Was war an dem Tag passiert? Sie hatten beide frei gehabt, wollten eine gute Zeit miteinander verbringen nach dem ganzen Streit …

»Inspector?«

Craig schreckte hoch. »Ich … äh, Verzeihung … war mit den Gedanken …«

»… ziemlich weit weg.«

Wrench hatte eine zweite Tasse Kaffee vor sich stehen. Es war wieder passiert. Craig war vollkommen weggetreten, hatte die Welt ausgeblendet.

»Lange?«

»Ein oder zwei Minuten. Ich hab mir noch einen Kaffee geholt. Ich kenn so einen Blick. Da stört man besser nicht.«

»Danke für Ihr Verständnis.« Craig fühlte Hitze in seinem Gesicht.

»Kein Thema. Ich erzählte grade, dass Joseph wissen wollte, ob ich Albert zugetraut hätte, den Mädchen weh zu tun. Meine Antwort war: niemals. Ich hätte meinen rechten Arm drauf gewettet. Das würde ich noch immer tun. Albert hatte Probleme, er hat gesoffen, ja, er hat seine Frau manchmal rau angefasst, auch das. Aber nicht die Mädchen.«

»Und Joseph?«

Wrench seufzte. »Na ja, wie gesagt. Ich glaube, Albert schämte sich dafür, dass sein Sohn so viel schlauer war als er. Trotzdem hat er ihn aus tiefstem Herzen geliebt. Väter sind manchmal …«

»Dummköpfe.«

»Ja, so wie ich. Manche müssen dafür büßen, manche nicht.«

»Hat sich Ruth auch für Joseph geschämt?«

»Die hatte andere Probleme. Joseph hatte schlechte Noten. Unglaublich. Sie hat alles versucht, um ihm zu helfen, aber nichts hat genutzt. Erst als er in diese Förderanstalt kam, da konnte er zeigen, was er draufhatte. Teurer Spaß, aber es hat sich gelohnt.«

»Teurer Spaß?«

»Na ja, so was kostet doch immer 'ne ganze Menge, denke ich, oder?«

Craig erkannte sofort, wenn Anfänger zu lügen versuchten.

»*Sie* haben das bezahlt?«

Wrench ließ den Kaffeelöffel fallen. »Woher …« Er schlug sich mit der Hand vor die Stirn. »Ich bin ein lausiger Lügner.«

»So ist es.«

»Joseph soll es nicht erfahren. Ich habe die Hälfte seines Stipendiums bezahlt, die andere Hälfte die Schule.«

»Hatten Sie ein schlechtes Gewissen?«

»Nein, das war es nicht. Ich konnte nicht ertragen, dass ein so begabter und warmherziger Mensch unter die Räder kommt. Joseph konnte nicht nur mit Zahlen und Formeln jonglieren, er hat auch ein großes Herz für Menschen und Tiere. Seine Töchter sind wunderbar.«

»Sie hatten in der letzten Zeit Kontakt zu ihm?«

»Das letzte Mal war er vor knapp einem Jahr übers Wochenende hier. Mit seiner Familie. Es waren schöne Tage.«

»Er weiß nichts von Ihrer heimlichen Wohltat?«

»Nein. Und ich wäre glücklich, wenn es so bliebe.«

Craig behandelte jede Information so lange vertraulich, bis sie relevant wurde.

»Im Moment sehe ich da kein Problem.«

»Das ist gut.«

»Ich danke Ihnen für Ihre Offenheit, Mr. Wrench.« Craig reichte ihm seine Visitenkarte. »Wenn Ihnen noch etwas einfällt …«

Wrench steckte sie in seine Brieftasche. »Ich hoffe, Sie kriegen den Bastard.«

Sein Gesicht wurde für einen Moment zu einer hässlichen Fratze. Hass sprühte aus seinen Augen. Charles Wrench hatte auch eine andere Seite. Hinter der jovialen Fassade lauerte ein wildes Tier.

Craig erhob sich. »Ich werde alles tun, was mir möglich und erlaubt ist.«

Wrench hatte sich wieder im Griff. »Davon bin ich überzeugt.«

Sie verabschiedeten sich am Eingang zur Werkstatt. Craig schaute dem Mann hinterher. Er begrüßte einen Kunden, beide lachten entspannt, verschwanden in der Halle. Der nette Charles Wrench. Was stimmte nicht mit ihm?

13

Craig grüßte Dracus Ablösung. Der tippte sich kurz mit dem Finger an den Kopf und vertiefte sich wieder in seine Formulare. Jeder Anruf, jede Maßnahme wurde peinlich genau dokumentiert.

Leighton saß hinter seinem Schreibtisch, sah Craig und wedelte mit einem Blatt Papier. »Die Liste des Grauens. Sechsundzwanzig Kinderschänder. Drei sitzen im HMP Princetown, vier sind über achtzig und sabbern in Altenheimen vor sich her. Zwölf wohnen in unserem Zuständigkeitsbereich. Der Rest lebt verstreut über die ganze Insel.«

»Das wird ein Spaß«, sagte Craig, setzte sich an seinen Rechner und suchte in allen Datenbanken nach »Wrench, Charles«.

Kein Treffer. Damit war Wrench aber noch lange nicht aus der Schusslinie. Die meisten Täter fanden sich im sozialen Nahraum der Opfer und waren in der Regel vollkommen unauffällig, Meister der Tarnung und davon überzeugt, nichts Unrechtes zu tun. Bei Sophie und Charlotte war etwas aus dem Ruder gelaufen. Denn die Kindsmissbraucher aus dem sozialen Umfeld töteten nicht oft. Wrench konnte als Täter infrage kommen. Er kannte sich mit Autos aus. Er hätte den Wagen der Jeffersons mühelos stehlen können. Er kannte das Haus, die Umgebung, die Mädchen. Sie vertrauten ihm. Sie wären mit ihm gegangen, wenn er sie zu einem Abenteuer überredet hätte. Er konnte zu den extrem seltenen Fällen gehören, die über ihre Ersttat so erschrocken sind, dass sie nie wieder straffällig werden. Oder so gerissen, dass sie durchs Netz schlüpften.

»Wie gehen wir vor?«, fragte Leighton.

»Was meinen Sie?«

»Wir befreien Heather aus ihrem Gefängnis und teilen die Liste auf. Sie bleiben am Umfeld dran, Heather und ich nehmen uns die Monster vor.«

»Eine gute Idee, Tyler. Ich bitte Sie nur, auf Ihre Objektivität zu achten. Leider sind Kindsmissbraucher keine auffälligen Monster, sondern Menschen. Ganz gewöhnliche Menschen. Das macht es schwierig, sie zu erkennen.«

Leighton seufzte. »Ich werde darauf achten, aber Sie können mir meine«, er machte eine kurze Pause, »Abneigung nicht nehmen.«

»Das will ich gar nicht. Solange diese Abneigung Sie zu Höchstleistungen anspornt, begrüße ich sie sogar. Ich will nur nicht, dass Unschuldige leiden, und ich will nicht, dass Schuldige aufgrund unserer Fehler davonkommen. Das ist alles. Deal?«

»Danke für die Moralpredigt.«

»Immer gerne. Das muss ich von Zeit zu Zeit machen. Schließlich bin ich Ihr Vorgesetzter.«

»Nichts bleibt einem erspart.«

»Diesmal habe ich das letzte Wort. Wir machen es, wie Sie es gesagt haben. Befreien Sie Moorcraft, und fühlen Sie den Leuten auf den Zahn. Und nehmen Sie sich vor den Medien in Acht.«

Leighton nahm sein Tweed-Jackett vom Haken, neben dem eine Wimpelsammlung der Devon and Cornwall Police hing.

Craig grinste. »Hätte ich fast vergessen: Steigen Sie nicht zu Fremden ins Auto.«

Leighton verzog das Gesicht und machte sich auf den Weg.

Craig stellte sich das nagelneue Transparent-Board zurecht. Von irgendwoher hatte Keen zusätzliche Gelder bekommen und sie in die Ausrüstung gesteckt. Im großen Besprechungsraum gab es jetzt ein digitales Whiteboard, das mit dem Netzwerk verbunden war. Ein großartiges Werkzeug. Ein riesiger Bildschirm, den man beschriften konnte. Auf alle Akten konnte er zugreifen, er konnte googeln und mit farbigen Stiften oder der Computermaus Zusammenhänge markieren.

In die Mitte des Transparent-Boards hängte er je ein Bild von Charlotte und Sophie. Sie lachten in die Kamera, zwei kleine unschuldige Menschenwesen. Welche verdammte Seele konnte sich an ihnen vergangen haben? Sie ermordet haben? Sein Herz raste los. Craig schnappte nach Luft. Was für Leighton galt, galt auch für ihn. Er musste sich immer wieder erden, um nicht voller glühendem Hass einen Kreuzzug gegen die Kindsmissbraucher loszutreten. Er konnte den beiden nur gerecht werden, wenn er mit kühlem Kopf und freier Intuition an den Fall heranging. Sein Herzschlag beruhigte sich wieder.

Über die Mädchen schrieb er die Namen ihrer Eltern, rechts daneben den ihres Bruders. Weitere Verwandte gab es nicht. Blieben Lehrer, Bekannte, der Pastor, der Briefträger, Wrench.

Charlotte und Sophie waren auf die St. Thomas Primary School gegangen, die nur ein paar Gehminuten vom Haus der Jeffersons entfernt lag. Craig schaute sich im Internet die Bewertung der Schule an. Sie galt als »gute Schule«, aber nicht als »hervorragende«, weil sie nicht genug für hochbegabte Schüler tat und die Fortschritte der Schüler in Mathematik deutlich unter dem nationalen Durchschnitt lagen.

Er wählte die Nummer des Sekretariats, fragte nach der Liste des Personals von vor zwanzig Jahren und den Veränderungen bis heute. Die Sekretärin rief zurück, um sich seiner Identität zu versichern, danach dauerte es keine fünf Minuten, bis Craig die bestens aufbereitete Liste im Posteingang hatte. Er konnte die Daten sofort ins System übernehmen. Die Verwaltung der Schule funktionierte jedenfalls ausgezeichnet.

Einundvierzig Namen standen auf der Liste von 1997. Acht

arbeiteten heute noch an der Schule. Blieben siebenunddreißig. Craig rief Moorcraft an, die bereits unterwegs war, und fragte, wie weit sie sei und ob sie bereits das Umfeld eingepflegt habe. Sie hatte. Er bedankte sich. Gab alle Namen in den Suchalgorithmus ein, der die Listen abgleichen würde.

Craig zählte die Sekunden. Bei siebzehn flackerte der Bildschirm kurz, dann entrollte sich eine Tabelle mit den übereinstimmenden Treffern. Craig fand alle Namen wieder. Bis auf zwei.

Craig spürte, wie sich seine Nackenhaare aufstellten. Er sprang auf, rannte in den Keller, stürmte in den Serverraum. Er wählte erneut Moorcrafts Nummer, sie ging sofort ran.

»Heather, ich brauche die Einsatzprotokolle für die Vernehmungen. Wenn der Computer sich nicht verzählt hat, haben wir eine heiße Spur.«

Moorcraft atmete aus, er hörte Papier rascheln. »Ich habe alle Ordner und Akten nach Themenkreisen vorsortiert und durchnummeriert. Eine Heidenarbeit.«

Craig musste sich zusammenreißen, um ihren Wunsch nach Lob nicht zu ignorieren. »Großartig, Heather.«

Wieder raschelte Papier. »Ha! Gotcha!«

»Sie müssen an das letzte Regal, ganz rechts, dritter Boden. Da steht ein Karton mit der Aufschrift ›Vernehmungslisten und -protokolle‹.«

Craig verschwand hinter den Regalwänden, fand das richtige, zählte die Fächer ab.

»Ich habe den Karton.«

Er hörte sie murmeln, sie schien etwas zu jemandem zu sagen, aber er konnte nichts verstehen. Wahrscheinlich hielt sie das Mikrofon zu. Dann war ihre Stimme wieder da.

»Ganz oben liegt ein dünner roter Hefter.«

Craig riss den Deckel des Kartons hoch. Der Hefter lag

zuoberst, wie sie gesagt hatte. Er blätterte und wurde fündig. »Wieder Rowan Humble. Er hat zwei Lehrer aus der Schule von der Vernehmungsliste gestrichen. Ohne Begründung.«

Moorcraft schluckte, flüsterte. »Müssten wir nicht die Innere verständigen?«

Damit hatte sie nicht ganz unrecht, aber Craig wollte sich den Fall nicht aus der Hand nehmen lassen. Zumal es sein konnte, dass es ganz banale Gründe geben konnte, warum Humble die beiden gestrichen hatte: Krankheit, Tod, Aufenthalt auf einem anderen Kontinent.

»Ganz ruhig, Heather. Die Innere bekommt ihre Chance, wenn wir uns wirklich sicher sind, dass es sich lohnt. Bis dahin bleibt alles unter uns.«

»Ja, natürlich, sorry.«

»Kein Problem. Glauben Sie mir, wenn irgendwelche Kollegen was gedreht haben und noch leben, werden wir sie zur Rechenschaft ziehen.«

Craig vermied den Satz, den er eigentlich hatte sagen wollen: »Werden wir sie vernichten.«

»Bis dahin halten wir die Füße still. Und wenn wir die Innere einbeziehen, dann nur, wenn wir belastbare Beweise haben und sie uns nicht ins Handwerk pfuschen können.«

Craig bedankte sich und ging zurück in sein Büro. Er musste höllisch aufpassen, dass ihm dieser Fall nicht wie ein Rohrkrepierer um die Ohren flog. Sein Gefühl sagte ihm, dass das Geschütz bereits geladen war.

14

Der erste Lehrer, den Humble von der Vernehmungsliste gestrichen hatte, hieß Ken Upton und war drei Monate nach dem Verschwinden der Mädchen ebenfalls verschwunden und bis heute nicht mehr aufgetaucht. Der zweite hieß Harold Carr und wohnte in Exeter. Er hatte keinen Eintrag im Register und drei Wochen nach dem Verschwinden der Schwestern gekündigt.

Bevor er sich Carr vornahm, musste Craig alles über Humble erfahren. Seine Personalakte gab nicht viel her. Er hatte als Officer angefangen, hart gearbeitet, studiert und war nach zweiundzwanzig Dienstjahren zum Chief Inspector aufgestiegen, seine Bewertungen waren durchweg positiv. Keinerlei Beschwerden. Das konnte Craig von sich nicht behaupten. Bevor Humble in die Mordkommission aufgenommen wurde, leitete er das Sittendezernat. Das war ein Anknüpfungspunkt. Deswegen war der Fall an ihn übertragen worden. Er hatte die nötige Erfahrung. Oder die falschen Freunde. Seine Frau Isabel Humble war achtundsechzig Jahre alt und wohnte in einem der besseren Altersheime an der Topsham Road. Sie erklärte sich sofort bereit, Craig in der Cafeteria des Altersheims zu empfangen.

Eine Viertelstunde später saß er einer Frau im Rollstuhl gegenüber, die nicht wie fast siebzig aussah, sondern wie Anfang fünfzig. Ihre Augen strahlten, das Gesicht war nicht glatt, aber auch nicht zerfurcht, wie Craig das bei einer Frau aus dieser Generation in diesem Alter erwartet hätte. Sie war schlank und ihr Teint cremefarben. Ruth Jefferson dagegen sah aus wie eine Siebzigjährige, verlebt, verbittert, enttäuscht.

Isabel Humble hatte ein verschmitztes Lächeln auf den Lippen, lud Craig das zweite Stück Kuchen auf den Teller, obwohl er bereits dankend abgelehnt hatte. Der Apfelkuchen war köstlich, aber sein Magen murrte bereits, er war solch schwere Kost nicht gewöhnt.

»Sie müssen essen, junger Mann, sonst fallen Sie noch vom Fleisch. Dann laufen Ihnen die Mörder einfach weg.«

»Keine Sorge, Mrs. Humble, ich ernähre mich genauso gesund wie Astronauten.«

Mrs. Humble ignorierte seinen Einwand. »Wenn Sie nicht essen, kann ich mich an nichts erinnern.«

»Das ist Erpressung.«

»Das sind lebensrettende Maßnahmen.«

Craig hatte keine Wahl. Mrs. Humble saß sozusagen an der längeren Gabel. Er trennte ein Stück Kuchen ab und schob es sich in den Mund. Er musste sich beherrschen, um es nicht wieder auszuspucken. Ohne zu kauen, schluckte er, seine Speiseröhre schien bersten zu wollen, sein Magen grollte.

»Haben Sie das gehört? Noch ein Bissen, und mein Magen platzt.«

»Schon gut, DCI. Worum geht es?«

»Erinnern Sie sich an den Fall Charlotte und Sophie Jefferson?«

Das Lächeln verschwand aus Mrs. Humbles Gesicht. »Aber natürlich. Rowan war monatelang wie närrisch. Er arbeitete noch mehr als sonst, Tag und Nacht, bis er nicht mehr konnte. Ich glaube, dieser Fall hat ihn zehn Jahre seines Lebens gekostet.«

»Was hat ihn an dem Fall so gefesselt?«

»Die Kinder natürlich. Uns waren nie welche beschieden. Nach vier Fehlgeburten haben wir es aufgegeben.«

»Das tut mir sehr leid.«

»Es waren harte Zeiten. Rowan wusste, wie es sich anfühlt, seine Kinder zu verlieren, deswegen ließ er nicht locker, auch nachdem er zweimal zusammengebrochen war.«

Mrs. Humble trug eine graue Strickjacke, darunter eine rosa Bluse, die mit Blümchen bestickt war. Dazu eine beige Grobcordhose. Die Füße steckten in grünlichen Filzpantoffeln. Sie wirkte wie aus der Zeit gefallen, so, als wüsste sie nicht, welche Farben zueinander passten und welche nicht. Ihr Geist jedoch schien glasklar, ihre Erinnerungen waren präsent, als hätte sie alles erst gestern erlebt.

»Sie fühlen sich hier wohl?«

Das verschmitzte Lächeln tauchte wieder auf. »Aber ja. Ich werde versorgt, es gibt ein paar nette Leute hier und den einen oder anderen feschen Mann. Wir haben eine ausgezeichnete Bridge-Runde, zumindest solange Elsi durchhält. Mein Gott, sie ist achtundneunzig und kennt alle Schliche und alle Tricks.«

»Vermissen Sie Ihren Gatten?«

Mrs. Humble schaute an die Decke. »Nicht wirklich. Er war kein einfacher Mann, wissen Sie. Er war durch und durch Bulle. Sein Beruf war ihm immer wichtiger als alles andere. Ich sage, wie es ist. Seit ich hier bin, bin ich nicht mehr einsam.«

Sie beugte sich nach vorne, hielt eine Hand an den Mund. Craig beugte sich ebenfalls vor, in Erwartung eines Geheimnisses, das sie lüften würde.

»Hier habe ich endlich wieder Sex gehabt. Die Opas können zwar meistens nicht mehr laufen, aber zwischen den Beinen funkt's bei denen immer noch. Hätte ich nie gedacht. Aber nicht den Pflegern erzählen. Die werden sonst neidisch.«

Craig sah Mary vor sich. Verdammt, er hatte sie auch alleine gelassen. Bis sie es leid gewesen war? Bis sie Trost gesucht hatte? Er spürte, wie er abdriftete, kniff sich in den Handrücken. Er blieb in der Realität.

»Ich werde schweigen, Mrs. Humble. Gegen Sex ist nichts einzuwenden.«

»Es gibt ja Leute, die finden das eklig.«

»Zu denen gehöre ich nicht. Ich werde auch mal alt.«

Mrs. Humble tätschelte Craigs Wange. »Sie gefallen mir, junger Mann. Sind Sie verheiratet?«

Craig musste nicht lügen. »Ja.«

Mrs. Humble kniff die Augen zusammen. »Ich frage besser nicht weiter.«

»Ja«, sagte Craig und rang um Fassung.

Herrgott! Er konnte doch nicht bei einer Vernehmung in Tränen ausbrechen. Er musste zurück zum Thema.

»Was war noch schwierig an Ihrem Mann?«

Das Lächeln verschwand. »Er war jähzornig.« Mrs. Humble stopfte sich Kuchen in den Mund, kaute, schluckte. »Es waren Kleinigkeiten, die ihn zur Raserei brachten. Dann tobte er fünf Minuten und war danach vollkommen fertig. Einmal war ihm nicht genug Salz an der Suppe. Er hat den Teller, die Schüssel und sein Besteck an die Wand geworfen. Er wusste, dass sein Jähzorn eine Krankheit war, aber er machte nichts dagegen.«

Während der Arbeit schien sich Humble beherrscht zu haben. Oder er hatte seine Methoden gehabt, seine Ausbrüche zu vertuschen oder als Vernehmungsmethode zu tarnen. Er hatte mit Huren, Zuhältern, Vergewaltigern und Pädophilen zu tun gehabt. Da fielen öfter Späne, ohne dass es auffiel, ohne dass es jemanden interessierte.

»Und Sie? Das muss doch furchtbar gewesen sein?!«

»Eine Woche, bevor ich die Scheidung einreichen wollte, fiel er tot um. Ich hätte fast meine Rentenansprüche als Ehefrau verloren. Aber so hatte ich ausgesorgt. Er hat mir damit einen letzten Gefallen getan.« Sie legte den Kopf schräg. »Ist das herzlos?«

»Ich bin keine moralische Instanz, Mrs. Humble. Solange Sie nicht nachgeholfen haben, ist in meinen Augen alles in Ordnung.«

»Manchmal habe ich darüber nachgedacht. Aber einen Bullen abmurksen und damit davonkommen ist sehr schwierig.«

»Allerdings. Dann werden alle Register gezogen. Dann spielt Geld keine Rolle.«

Warum war das nicht bei Charlotte und Sophie passiert? Warum waren die Akten schlampig geführt und Zeugen nicht vernommen worden?

»Noch mal zurück zu dem Fall. Hat er irgendetwas erzählt?«

»Nein. Nicht ein Wort. Über die anderen Fälle hat er immer ausgiebig mit mir geredet, mich sogar um Rat gefragt.«

Mrs. Humbles rechtes Augenlid zuckte dreimal, sie blickte zu Boden. Sie log. Craig musste vorsichtig sein. Mrs. Humbles Fassade war die einer freundlichen alten Dame. Doch dahinter verbarg sich noch etwas anderes. Wie bei Wrench.

»Kam Ihnen das nicht seltsam vor?«

Mrs. Humble hob ihren Kopf. »Doch. Ich habe ihn darauf angesprochen, aber seine Reaktion war ein Wutausbruch. Ich habe nie wieder gefragt.«

Craig räusperte sich. »Hat er Sie geschlagen?«

»Einmal. Ganz am Anfang. Ich habe ihm mit Scheidung gedroht, und er hat es nie wieder getan.«

»Hatte er Freunde?«

»Selbst zu seinen Partnern hatte er keine enge Beziehung. Bevor es dazu kommen konnte, wechselte er sie aus. Er meinte, zu viel Nähe beeinflusse die Objektivität.«

»Sie waren isoliert?«

Mrs. Humble seufzte. »Ja, so kann man es sagen. Ich habe mir mit der Zeit einen Kreis von Freundinnen aufgebaut, sie oft zu mir eingeladen. Rowan ist dann immer geflüchtet. Falls er überhaupt da war. Wir sind nur zweimal gemeinsam in Urlaub gefahren in all den Jahren.«

»Das Verschwinden von Charlotte und Sophie hat er sich also sehr zu Herzen genommen.«

Craig wollte mehr über die Gefühle von Rowan Humble wissen, wollte wissen, wer sich hinter dem einsamen Wolf verbarg. Heiliger oder Teufel?

»Zu Herzen genommen? Ich weiß nicht. Es war seltsam. Wenn er mal etwas gesagt hat über den Fall, dann erzählte er nicht wirklich was, sondern er schimpfte leise vor sich hin, mit diesen Blagen hätte man nur Ärger.«

»Welche Sorte Ärger?«

»Ich habe nicht gewagt, ihn in diesem Zustand anzusprechen.«

»Wieso haben Sie keine Kinder adoptiert, Mrs. Humble?«

»Nur vom eigenen Fleisch. Das war sein Credo. Ich hätte sofort ein halbes Dutzend genommen. Auch Pflegekinder.«

Craig leerte seine Tasse. »Mrs. Humble, ich danke Ihnen sehr.«

»Wollen Sie schon gehen?«

»Sie haben mir vorerst alle Fragen beantwortet.«

»Sie können jederzeit wiederkommen. Sie sind ein guter Mensch. Ich weiß das.«

»Und Ihr Mann? War der auch ein guter Mensch? Mit seinem Jähzorn? Hat er nicht Dinge getan, die böse waren? Zeugen verprügelt? Beweise manipuliert? Das müssen Sie doch mitbekommen haben.«

Mrs. Humbles Lächeln gefror ihr auf den Lippen. »Ich glaube, meinen Mann kann man nicht in ein Raster von Gut und Böse einordnen, Chief Inspector.«

»Sondern? In welches Raster passt er denn?«

Mrs. Humble gab einen spitzen Schrei von sich. »Oh, da ist

Ewan.« Sie wedelte mit der Hand. »Ewan, Schatzi, komm doch mal her.«

Ein rüstiger Greis stakste auf ihren Tisch zu. Craig erhob sich. Er hatte Mrs. Humble tief genug ausgelotet, um zu wissen, dass er mit ihr noch nicht fertig war.

»Ich wünsche einen angenehmen Tag, Mrs. Humble.«

Sie ignorierte seine guten Wünsche und widmete sich voll und ganz ihrem Schatzi, knutschte ihn ab und füllte ihn mit Kuchen.

Craig verließ das Altenheim und schwor sich, eher einsam in einer Höhle zu sterben, als in einem solchen Käfig zu verrotten.

15

Isabel Humble wusste mehr, als sie zugab, darauf würde Craig wetten. Und sie hasste ihren Mann nicht, nein, sie verteidigte ihn. Craigs leise Andeutung, er könne kein guter Mensch sein, hatte dafür gesorgt, dass sie ihm ihre Zuneigung entzogen hatte. Von einer auf die andere Sekunde.

Craig rief Leighton und Moorcraft an. Sie verabredeten sich im »Hare and Hounds«, Craigs Stammpub, zum Arbeitsessen.

Craig war als Erster da, orderte eine Cola Light, bekam eine Pepsi.

»Die Lieferanten kämpfen um jede Flasche. Pepsi hat mir ein gutes Angebot gemacht«, sagte Jeb, der Besitzer und Barkeeper des »Hare and Hounds«. »Schmeckt aber letztlich alles gleich. Zumindest, solange genug Eis drin ist.«

»Noch ein zusätzlicher Verdienst, was, Jeb? Halb Eis, halb Cola.«

»Man muss schauen, wo man bleibt. Sag mal, was treibt King George eigentlich? Den hab ich schon ein paar Tage lang nicht mehr gesehen.«

»Der macht eine Kur auf dem Lande.«

Jeb zog die Augenbrauen hoch.

»Nein, er ist nicht im Knast.«

»Dann ist ja gut.«

Craig bezahlte und nahm seine Cola. Weit weg von der Tür und dem riesigen Bildschirm, auf dem eine Partie aus der Premier League vom Wochenende wiederholt wurde, fand er einen freien Tisch. Wenige Minuten später ließen sich Moorcraft und Leighton neben ihm nieder, beide mit einem Latte macchiato.

Leighton zückte seinen Notizblock. »Genauso gut könnten wir mit verbundenen Augen in einer Kiste voll Kieseln nach dem einzigen grünen suchen.«

»Was wollen Sie essen?«, fragte Craig.

»Sie haben das ernst gemeint mit dem Arbeits*essen*?« Leighton sah ihn erstaunt an.

»Ich lade Sie beide ein.«

Leighton legte den Notizblock vor sich auf den Tisch, dessen Platte aussah wie ein Totempfahl, so viele verschiedene Muster waren von Generationen von Gästen hineingeritzt worden. Den Pub gab es seit zweihundert Jahren, den Tisch sicherlich auch schon seit sechzig.

»Okay«, sagte Leighton. »Was ist passiert? Haben Sie einen Zeugen eingeschüchtert? Beweise illegal beschafft? Einem Richter den Stinkefinger gezeigt?«

»Tyler ist von meiner Rechtschaffenheit zutiefst überzeugt«, sagte Craig zu Heather, die sich sichtlich unwohl fühlte und gequält lächelte. »Was darf ich Ihnen bestellen? Tyler braucht anscheinend nichts, denn er ist so erfüllt von Vertrauen zu mir, dass er rundum satt sein muss.«

»Einfach einen Salat mit Putenstreifen, das genügt mir.«

»Fish 'n' Chips«, knurrte Leighton. »Das lass ich mir nicht entgehen. Eine halbe Portion.«

Craig ging zum Tresen, bestellte die beiden Gerichte und für sich eine Tagessuppe. Es gab Lauch mit Kartoffeln. Wenn das so weiterging, würde er sich bald wieder wie ein normaler Mensch ernähren. Mit dem Kuchen war sein Magen tatsächlich fertiggeworden. Er nahm sich noch ein Wasser mit, bezahlte und gesellte sich wieder zu seinen Detectives.

Leighton schlug sein Notizbuch erneut auf. »Wie gesagt, bei

keinem bisher ein Anknüpfungspunkt. Kein Richter wird uns irgendetwas unterschreiben, solange wir keine handfesten Indizien haben. Wir können kein Alibi nachprüfen. Die meisten lachen uns nur aus. Es ist einfach zu lange her. Ich halte das für Zeitverschwendung.«

Craig schaute Heather an.

»Bei mir dasselbe. Wissen Sie noch, wo Sie vor zwanzig Jahren waren?«

Craig schüttelte den Kopf. »Das heißt, wir stecken in dieser Richtung fest.«

Der Barmann brachte das Essen.

»Jetzt habe ich doch glatt meine Wette verloren.«

Heather grinste. »Er hat geschworen, dass Sie nichts essen werden.«

»Lohnt es sich?«

Leighton fischte zwei Zwanzig-Pfund-Noten aus der Innentasche seines Jacketts.

»Nicht schlecht, Heather. Warum waren Sie sich so sicher?«

»Sie haben Psychologie studiert und, wenn ich richtig informiert bin, Ihre Abschlussarbeit über moderne Führungsmethoden geschrieben. Ab und an erinnern Sie sich daran. Heute ist so ein Tag.«

»Aha.« Craig fehlten die Worte.

Zum einen, weil Heather das Thema seiner Abschlussarbeit kannte, und zum anderen, weil er tatsächlich nur nett sein wollte. Aber das behielt er für sich.

»Nun denn. Ich wünsche guten Appetit.«

Sie aßen schweigend, Craig brauchte genauso lange für seine Suppe wie Leighton für seine halbe Portion Fish and Chips, die immer noch groß genug war, zwei satt zu machen. Jeb behandelte Craig und seine Gäste besonders zuvorkommend.

Nachtisch wollte keiner, auch keinen Kaffee oder Espresso.

»Was sollen wir also tun?« Craig griff den Faden auf, als wäre keine Zeit vergangen.

»Die Daten eingeben und analysieren. Die Lücken prüfen. Dort suchen, wo Humble es versäumt hat.«

»Da bin ich dran. Wir haben keinen Zeitdruck. Ich möchte, dass Sie jedem klarmachen, dass er uns ein glaubhaftes Alibi beschaffen *muss*, ansonsten hat er ein Problem. Checken Sie die Krankenakten. Hatte jemand zu der Zeit einen Unfall? Wo hat er gearbeitet? Gab es Auffälligkeiten? Machen Sie einen nationalen Crosscheck. Gab es davor oder danach vergleichbare Fälle? Gehen Sie mit dem Flohrechen durch die Vergangenheit der Leute.«

Leighton spielte mit seiner Gabel, schaute Craig nicht an. »Sie glauben tatsächlich, den Täter fassen zu können, nach zwanzig Jahren und versauten Ermittlungen, ohne auch nur ein verirrtes Spermium oder die Ahnung einer Blutspur, ganz zu schweigen von Fingerabdrücken oder Zeugen. Wenn Humble den Täter durch seine schlechten Ermittlungen geschützt haben sollte, dann ist ihm das gelungen.«

Leighton hatte vollkommen recht. Und genau deshalb würde Craig nicht so schnell aufgeben.

»Wenn wir in drei Jahren nicht wesentlich weiter sind, bin ich bereit, den Fall zu den Akten zu legen. Bis dahin machen wir unseren Job.«

»Drei Jahre?«

Leightons Gesichtsausdruck war mitleiderregend. Er sah aus, als habe Craig ihm das Todesurteil verlesen.

»Ich möchte Sie mit dem zugegebenermaßen erschreckenden Zeitraum motivieren.«

Moorcraft verdrehte die Augen. »Ich muss mal Ihre Abschlussarbeit lesen, vielleicht verstehe ich dann Ihre Methode der Mitarbeitermotivation.«

»Tun Sie das, Heather«, sagte Craig amüsiert.

Sie war wie ausgewechselt. Nichts von Unsicherheit, weil sie von irgendwelchen Gefühlen zu ihm gequält wurde.

»Und dann geben Sie mir ein paar Tipps, wie man Mitarbeiter richtig führt. Bis dahin heißt es, dicke Bretter zu bohren. Sehr dicke.«

»Auf meiner Liste steht ein Pädophiler mit Namen Mark Sheffield. Er sitzt im HMP Princetown. Er wurde 1998 wegen Herstellung und Verbreitung von Kinderpornographie und sexuellem Missbrauch von vier Kindern zu zweiundzwanzig Jahren verurteilt. Er hat sich schlecht benommen, also muss er die Strafe komplett absitzen.«

»Fühlen Sie ihm auf den Zahn. Aber keine Deals. Sonst erzählt er uns alle Märchen dieser Welt.«

Leighton massierte sich die Schläfen. »Ich nehme mir alle noch mal vor und werde auf jede Kleinigkeit achten.«

»Wunderbar. Wir sehen uns heute Abend.«

»Danke für die Einladung«, sagte Moorcraft und lächelte Craig herzerfrischend an.

»Immer gerne«, sagte Craig und fragte sich, warum Moorcraft Single war.

Leighton und Moorcraft verließen den Pub, Craig wählte Carrs Nummer. Niemand meldete sich, auch kein Anrufbeantworter.

Craig machte sich auf den Weg. Carr wohnte nur fünf Gehminuten entfernt. Hier standen Einfamilienreihenhäuser der unteren Mittelklasse. Carr wohnte in Nummer 46. Als sich Craig näherte, sah er, wie sich in der ersten Etage ein Vorhang leicht bewegte. Also war jemand zu Hause.

Craig klingelte, nichts geschah. Er schlug mit der Faust gegen die Tür. »Polizei! Öffnen Sie die Türe, oder ich muss sie aufbrechen lassen.« Er schrie so laut, dass es selbst die Nachbarn hören mussten.

So viel zum Thema Diskretion.

Noch mal trommelte Craig mit der Faust gegen die Türe, die in den Angeln ächzte. Er hörte eine Tür schlagen, schlurfende Schritte, eine brüchige Stimme.

»Ist ja gut. Was soll der Aufstand? Scheiß Nazi-Methoden.«

Das Schloss klackte, die Tür schwang nach innen auf. Vor Craig stand ein untersetzter Mittvierziger, Halbglatze, Doppelkinn, einen Kopf kleiner als Craig. Er trug eine Jeans, ein braunkariertes Hemd und Gesundheitsschlappen.

»Ich bin DCI McPherson.« Craig hielt Carr seinen Ausweis vor die Nase. »Verzeihen Sie meine Aufdringlichkeit. Aber es ist wichtig.«

Carr führte Craig in die Küche, die schlicht, aber modern eingerichtet und aufgeräumt war. Im Gegensatz zu seinem Flur, der zugestellt war mit Kisten voller Zeitungen und Zeitschriften.

»Tee oder Kaffee?«

»Tee.«

Carr bereitete Tee zu, nahm keinen Beutel, sondern Blätter.

»Milch?«

»Ein Tröpfchen.«

Craig kostete den Tee. Köstlich.

»Die englische Gesellschaft degeneriert seit Jahrzehnten. Das beginnt beim Tee. Die meisten saufen pestizidverseuchten Müll, der von Sklaven geerntet wird.«

Craig nahm noch einen Schluck. Carr war entweder fanatischer Umweltschützer oder im linken Spektrum zu finden oder beides.

»Ihr Tee ist auf jeden Fall vorzüglich. Woher beziehen Sie ihn?«

»Fair Trade. Kostet das Dreifache wie der Industriemüll, aber ich bleibe gesund und kann ruhig schlafen.«

»Wieso haben Sie nicht reagiert, als ich geklingelt habe?«

»Ständig will mir irgendein Vollidiot was verkaufen. Die schleichen sich mit allen Tricks ein. Und den Bullen kann man auch nicht wirklich vertrauen. Ich hab schon gedacht, der Verfassungsschutz steht vor der Tür.«

»Das gehört zur Jobbeschreibung.«

»Das glaube ich sofort. Sie wissen, dass ich nicht mit Ihnen reden muss?«

»Natürlich. Aber Sie müssen mir zumindest die Tür öffnen und mir Ihre Personalien geben.«

»Okay, okay. Worum geht es?«

»Sie erinnern sich an den Fall Charlotte und Sophie Jefferson?«

»Gibt es etwas Neues?«

»Das ist keine Antwort.«

Carr schenkte sich Tee nach. Trank. »Und ob ich mich erinnere. Die Schule stand kopf. Ich habe es nicht mehr ausgehalten und habe gekündigt.«

»Drei Wochen nach dem Verschwinden der Mädchen? Das ging schnell.«

»Der Tod meiner Eltern hat mich überrascht. Und die Erbschaft. Sie hatten eine Lebensversicherung, von der ich nichts wusste. Wenn ich bescheiden lebe, reicht es bis an mein Lebensende.«

»Glückwunsch. Warum sind Sie nie vernommen worden?«

»Sieh einer an! Nach zwanzig Jahren fällt das jemandem auf.« Carr schüttelte mehrmals den Kopf. »In was für einem verkackten Land leben wir eigentlich?«

»Wie meinen Sie das?«

»Ich bin vernommen worden. Aber es ist nichts passiert. Und dann war es zu spät.«

Craig lief es eiskalt über den Rücken. »Wer hat mit Ihnen gesprochen?«

»Ich werde den Namen niemals vergessen.«

»Rowan Humble.«

Carr hob die Augenbrauen. »Chapeau, Inspector. Genau der war es. Ein typisches arrogantes Bullen-Arschloch.«

»Wie ist das abgelaufen?«

»Die Turnhalle wurde requiriert, zwanzig Tische wurden aufgestellt, mit Sichtblenden. An jedem Tisch ein Knecht der herrschenden Klasse.«

»Officer?«

»Sag ich doch. Knechte der herrschenden …«

Craig schlug mit der Hand auf den Tisch. »Sie sollten daran denken, wer vor Ihnen sitzt.«

Carr grinste. »Da denke ich die ganze Zeit dran. Sie sind irgendwie anders. Sie sehen aus, als wären Sie nicht ganz so gleichgeschaltet. Das muss daran liegen, dass Sie Schotte sind, aber aussehen wie ein Ire. Ich habe mir öfter überlegt, nach Schottland auszuwandern, aber ich weiß nicht, ob ich das auf Dauer ausgehalten hätte.«

»Ich frage mich, ob die Schotten das ausgehalten hätten.«

»Sehr witzig«, sagte Carr.

»Warum sind Sie geblieben?«

»Aus Bequemlichkeit. Und Exeter ist eine angenehme Stadt.«

»Sie haben Englisch und Kreatives Schreiben unterrichtet?«

»Ich sehe schon, Sie verstehen.«

Craig verstand nur, dass Carr ein Sonderling war, mit einem Sack voller Vorurteile.

»Was haben Sie ausgesagt?«

»Dass mir ein Kollege verdächtig vorgekommen war, damals. Ken Upton. Er scharwenzelte immer um die Mädchen herum. Um alle, die so zwischen sieben und dreizehn waren. Tätschelte ihre Wangen, schenkte ihnen Sachen. Manchmal rutschte seine Hand über das Steißbein hinaus nach unten.«

»Haben Sie die Schulleitung informiert?«

»Ich war doch nicht lebensmüde. Upton war Head Teacher und stellvertretender Direktor. Ich war fünfundzwanzig, ein Greenhorn. Upton galt als vorbildlicher Pädagoge und hätte mich jederzeit rauswerfen können. Er hätte mich vernichtet. Aber als Sophie und Charlotte verschwanden, war mir das egal. Upton hatte etwas zu verbergen, da war ich mir sicher. Ich hatte ein wasserdichtes Alibi, war auf einer Fortbildung in London.«

Craig spürte Wut aufsteigen. Nichts davon stand in den Akten.

»Haben Sie später noch mal versucht, eine Aussage zu machen?«

»Dreimal. Nichts ist passiert. Und dann war Upton plötzlich weg. Selbst das ließ die Bullen unbeeindruckt.«

Uptons Aussage fehlte ebenfalls. Und es war nicht nach ihm gefahndet worden.

»Sie würden Ihre Aussage vor Gericht wiederholen?«

»Nichts lieber als das. Ich bin davon überzeugt, dass Upton und Humble gemeinsame Sache gemacht haben.«

»Wobei?«

»Kinderpornos. Entführung. Die haben Kinder verkauft, Upton saß doch an der Quelle, und Humble hat alles vertuscht. Es wird Zeit, dass dem Schwein das Handwerk gelegt wird.«

»Humble ist tot.«

Carr schlug sich mit der Faust in die Handfläche. »Verdammte Scheiße! Dann ist das Schwein doch noch davongekommen. Es gibt keine Gerechtigkeit auf der Welt!«

»Gibt es noch irgendjemanden, der mit der Sache zu tun haben könnte?«

Carr überlegte, zog die Stirn kraus. »Nicht, dass ich wüsste.«

Craig bedankte sich, gab Carr seine Karte.

Kaum war er aus dem Haus, rief er Leighton an. »Tyler, fragen Sie nach Ken Upton. Wenn Sie auch nur den leisesten Verdacht haben, dass ihn jemand kennen könnte, setzen Sie die Daumenschrauben an. Es scheint, als hätte Humble Upton geschützt, ihm die Flucht ermöglicht.«

»Ein Kinderpornoring?«

»Möglich. Upton hat die Kinder nur entführen sollen. Es lief aus dem Ruder, die Schwestern sind tot, Humble hat hinter ihm aufgeräumt. So könnte es gelaufen sein.«

»Ich sage Heather Bescheid.«

»Danke. Bis später.«

Craig spazierte an den Quays entlang, genoss die Sonne, die ihm ins Gesicht schien. Pärchen waren Arm in Arm unterwegs. Er erinnerte sich daran, wie er mit Mary an der Promenade von Oban entlangspaziert war und den auslaufenden Fähren hinterhergewunken hatte, die ans Ende der Welt, zu den Orkneys, unterwegs waren. Sie kannten sich vier Wochen und hatten sich ewige Liebe geschworen.

Craig rieb sich mit beiden Händen über das Gesicht, wischte Feuchtigkeit weg. Er musste sich mit Humble beschäftigen. Der Fall entwickelte sich in eine unangenehme Richtung. Was zuerst wie Schlamperei ausgesehen hatte, schien Methode zu haben. Wäre jetzt nicht der Moment gekommen, Keen zu informieren und die Innere? Nein. Er musste sich sicher sein. Carr hatte Beschuldigungen ausgestoßen, die auf einigen Beobachtungen beruhten, die er als unsittliche Annäherungen interpretiert hatte. Nichts weiter. Das konnte heiße Luft sein. Wenn Craig aufgrund dieser Aussage die Hunde von der Leine ließ, konnte es gut sein, dass sie ihn in die Waden bissen. Keen wollte, dass er vorsichtig vorging. Genau daran würde Craig sich halten. Er brauchte mehr Informationen. Er musste mit den anderen Lehrkräften sprechen. Wie sollte er vorgehen? Am besten direkt. Aber nicht alleine. Er brauchte Verstärkung. Weibliche

Verstärkung. Jemanden mit Menschenkenntnis, jemanden, der andere durchschauen konnte. Jemanden, der ihn zur Neutralität zwang. Craig zückte sein Handy und wählte die Nummer von Olivia Stone.

Sie hob nach drei Freizeichen ab. »Mr. McPherson. Wie kann ich Ihnen helfen?«

»Ich brauche Ihre Expertise für die Glaubwürdigkeit von Zeugen.«

»In welcher Angelegenheit?«

»Sophie und Charlotte Jefferson.«

Stone schwieg einen Moment. »Der Fall ist zwanzig Jahre alt. Gibt es eine neue Entwicklung?«

»Ja, es ist vertraulich.« Craig war sich sicher, dass Stone nicht plauderte. »Die Skelette der beiden sind gefunden worden. Ich leite die Mordermittlungen.«

»Oh«, sagte Stone, so, als wäre sie über etwas gestolpert.

»Nun?«

»Ich soll Vernehmungen beisitzen und einschätzen, ob die Zeugen oder Verdächtigen die Wahrheit sagen, lügen oder falsche Erinnerungen haben?«

»Präzise formuliert.«

»Das geht nicht. Sie sind mein Klient.«

»Gut, dass Sie das ansprechen. Ich werde nicht mehr zu Ihnen kommen. Ich suche mir jemand anderen.«

Diese Idee war Craig spontan gekommen. Denn es war natürlich vollkommen unmöglich, dass Stone mit ihm arbeitete, solange sie sein Shrink war.

»Das ist gleichbedeutend mit Abbruch der Therapie. Ich könnte eine negative Bewertung abgeben, so negativ, dass Sie Ärger bekommen.«

»Das könnten Sie. Allerdings glaube ich, dass Ihre Neugier größer ist als der Wunsch, mich zu bestrafen.«

Stone lachte. »Man sollte Polizisten verbieten, Psychologie zu studieren. Warum ich?«

»Weil ich Ihnen vertraue. Fragen Sie nicht, warum.«

»Das wird teuer.«

»Ich habe ein üppiges Budget.«

»Wann …«

»Sofort.«

»Sie machen Ihrem Spitznamen alle Ehre. Braveheart, der Held, der sich ohne Zögern in die Schlacht stürzt. Einen Moment.«

Craig hörte sie blättern und fragte sich, was sie damit meinte. Manche Entscheidungen mussten schnell gefällt und umgesetzt werden. Das hatte nichts mit Heldentum zu tun.

»Ich kann heute bis achtzehn Uhr. Tagessatz neunhundert Pfund. Halbe Tage gelten als ganze Tage.«

»Abgemacht.«

»Wo treffen wir uns?«

»St. Thomas Primary School. In einer Stunde.«

Ohne ein weiteres Wort legte Stone auf.

Craig hatte das Gefühl, ein gutes Geschäft gemacht zu haben. Auch wenn Keen ihn filetieren würde, wenn er die Abrechnung sah. Fehlte ihm nur noch ein Durchsuchungsbeschluss für die Schule. Für alle Fälle.

16

»Richterin Walker empfängt Sie jetzt, DCI McPherson.«

Der Sekretär öffnete die gepolsterte Tür, Craig deutete eine Verbeugung an und betrat das Allerheiligste von Richterin Carrie Walker, eine der wenigen Richterinnen, die Craig noch nicht vor den Kopf gestoßen hatte.

Walker saß hinter ihrem gewaltigen Schreibtisch, der aus dem achtzehnten Jahrhundert stammen musste. Ihre Perücke hing auf einem Kleiderständer, ebenso wie ihre Robe. Ihre krausen schwarzen Haare standen in alle Richtungen von ihrem Kopf ab.

»McPherson, kommen Sie rein, setzen Sie sich, machen Sie es kurz.«

Craig nahm in einem tiefen Sessel Platz, der fast einen Meter vom Schreibtisch entfernt stand.

»Ich brauche einen Durchsuchungsbeschluss für die St. Thomas Primary School.«

»Wenn es sonst nichts ist. Haben Sie getrunken?«

»Nein, Euer Ehren. Es geht um die Jefferson-Schwestern.«

»Ich habe es läuten gehört, dass ihre Skelette gefunden wurden. Sind die beiden in die St. Thomas gegangen?«

»So ist es, Euer Ehren.«

»Ein greifbarer Verdacht?«

Craig berichtete von Humble und Carr und Upton und dass er den Beschluss nur verwenden wollte, wenn sich jemand querstellte.

»Was sagt Keen dazu?«

»Nichts.«

»McPherson!«, zischte Walker.

»Er weiß noch nichts davon. Ich will nicht, dass er …«

Walker schnaubte. »… Ihnen dazwischenfunkt.«

»Ja. Genau das.«

»Ich möchte, dass Sie mich auf dem Laufenden halten. Das ist der Deal.«

Das hätte Craig sowieso, aber es schien, als habe er mit Walker einen Volltreffer gelandet. Sie war mit dem Herzen dabei. So, wie er es erwartet hatte.

Sie unterschrieb den Durchsuchungsbeschluss, ihre Unterschrift hätte von einem japanischen Kalligraphie-Meister stammen können. Mit einer hastigen Bewegung schob sie das Dokument an den äußersten Rand ihres Schreibtisches. Craig stand auf und steckte den Beschluss ein, bevor sie es sich anders überlegen konnte.

»Sie werden es nicht bereuen, Euer Ehren.«

Walker lehnte sich nach vorne. »Glauben Sie mir, McPherson. Sollte ich etwas zu bereuen haben, werden Sie sich wünschen, diesen Beschluss niemals erwirkt zu haben.«

Craig verließ das Büro der Richterin. In seinem Nacken kribbelte es.

Im Wagen betrachtete er sich den Durchsuchungsbeschluss noch einmal. Dieses Stück Papier gab ihm enorme Macht über viele Menschen. Damit konnte er in jeden Winkel der Schule eindringen, konnte alle Daten, alle Bewertungen, alle Personalakten mit jedem persönlichen Detail lesen. Wurde ruchbar, dass die Schule von der Polizei durchsucht worden war, auf Beschluss einer Richterin, würde das dem Renommee der Schule erheblich schaden. Es konnte sein, dass Eltern ihre Kinder abmeldeten, die Bewertung der Schule schlechter wurde und in der Folge die staatlichen Zuschüsse gekürzt wurden.

Stone wartete bereits am Eingang der St. Thomas Primary.

Das Gelände war komplett mit einem zweieinhalb Meter hohen Metallzaun umgeben. Das Tor war mit einem Zahlenschloss ausgestattet, Kameras hielten jeden fest, der das Gelände betrat oder verließ. Craig machte sich keine Hoffnungen, dass es von 1997 irgendwelche Aufzeichnungen geben könnte. Selbst wenn es Kameras gegeben hätte, nach 31 Tagen mussten die Aufnahmen in aller Regel gelöscht werden.

Craig ging lächelnd auf die Psychologin zu. Er sah sie das erste Mal außerhalb ihrer Praxis. Sie war hochgewachsen, die blonden Haare trug sie offen, was ihre großen Augen besser zur Geltung brachte. Zu grauen Slippern trug sie ein ebenso graues Kostüm. Unauffällig, reizarm. Sie wusste, wie man sich dem Anlass gemäß kleidete.

Sie drückten sich kräftig die Hände.

»Mrs. Stone, wie schön, dass es geklappt hat.«

»Sehe ich auch so. Bin sehr gespannt. Wie ist Ihr Plan?«

»Es geht um einen Lehrer, der hier vor zwanzig Jahren stellvertretender Direktor war. Er hat sich kurz nach dem Verschwinden von Charlotte und Sophie in Luft aufgelöst. Ich will wissen, wie er getickt hat.«

»Ob er Mädchen angefasst hat?«

»Genau das.«

»Dann sollten wir seine Schülerinnen fragen.«

»Wenn wir hier nicht weiterkommen, werden wir das tun. Die jetzige Direktorin war vor zwanzig Jahren Assistenzlehrerin unter Ken Upton. Ansonsten gibt es noch eine Handvoll Lehrkräfte, die seit zwanzig Jahren hier arbeiten.«

Stone zog ein winziges Diktiergerät aus der Tasche. »Kann ich die Vernehmungen aufzeichnen? Das würde mir die Analyse vereinfachen.«

»Da es nur für Ihren Gebrauch gedacht ist, kann ich das verantworten. Sie können es unsichtbar machen?«

Sie steckte das Gerät in die Brusttasche ihres Blazers, wo es komplett verschwand. »Es ist ein kleines Wunderding. Es nimmt alles in einem Umkreis von fünf Metern auf. Es klingt nicht schön, aber man versteht jedes Wort. Zur Not kann ein Audioforensiker es bearbeiten. Mit der entsprechenden Software kann ich die Gespräche verschriften und digital als Text bearbeitbar machen. In kürzester Zeit.«

»Das ist eine feine Sache. Aber das kostet Arbeitsplätze. Wir haben Leute, die das eintippen.«

»So einen Etat hätte ich auch gerne.«

»Wer weiß, vielleicht heuern Sie ja irgendwann bei uns an.«

»Ich denke, wir sollten anfangen, meine Zeit ist teuer.«

Craig drückte auf den Knopf der Gegensprechanlage, die Sekretärin meldete sich, Craig zeigte seinen Ausweis und trug sein Anliegen vor. Das Schloss klackte, die Tür sprang auf. Craig ließ Stone den Vortritt.

Die Schule bestand aus zweckmäßigen Gebäuden, die aussahen wie übereinandergestapelte Container. Es gab einen Schulgarten, eine Wiese zum Spielen und einige Bäume, in die mehrere Baumhäuser gebaut waren. Der Flur, den sie betraten, war bunt gestrichen und mit langen Reihen Kleiderhaken versehen, an denen Dutzende kleine schwarze Blazer hingen, alle mit dem Emblem der St. Thomas Primary School am Revers.

Craig erinnerte sich an seine Schuluniform, die er gerne getragen hatte. Sie hatte ihm ein Gefühl der Zugehörigkeit gegeben, der Sicherheit und Vertrautheit. Das hatte sich erst geändert, als er zu pubertieren begann. Da konnte er die Uniform nach Schulende gar nicht schnell genug ausziehen, manchmal zog er sich schon auf der Schultoilette um, schlüpfte in seine Jeans und warf sich ein T-Shirt über, das eine Nummer zu groß war. Die glänzenden schwarzen Lackschuhe mussten ausgeleierten Turnschuhen Platz machen. Erst als er zur Polizei ging, wusste er die Uniform wieder zu schätzen. Sie half ihm dabei, Tritt zu fassen, zurückzufinden zu einem Leben innerhalb der Gesellschaft.

Das Sekretariat war nicht schwer zu finden. Alle Räume waren mit Symbolen versehen, damit auch Kinder, die noch nicht lesen konnten, sich nicht verliefen. Craig trat, ohne zu klopfen, ein. Das Büro war mit grauweißen Büromöbeln eingerichtet. Die Wände hingen voll mit Plänen, eine Frau in mittlerem Alter schaute zu Craig auf.

»DCI McPherson?«

»Der bin ich. Und das ist Olivia Stone. Sie unterstützt mich.«

Die Sekretärin stand auf. »Bitte folgen Sie mir. Direktorin Amber Albright erwartet Sie.«

Die Sekretärin führte sie zu Craigs Überraschung in einen Raum, der keine direkte Verbindung zum Sekretariat hatte. Der Raum lag neben dem Speisesaal.

Albright begrüßte sie freundlich, bot Tee und Gebäck an. Ein Schreibtisch mit gedrechselten Beinen und grüner Schreibauflage aus Leder stand unter dem Fenster mit Blick auf den Schulhof, eine Sitzecke mit Couchtisch und Sesseln lud zum Verweilen ein. An den Wänden hingen Bilder ihrer Vorgänger, ein aktuelles Foto der Queen und Gruppenfotos von Klassenjahrgängen. Albright musste Mitte vierzig sein, sah aber deutlich jünger aus. Sie war schlank und sportlich. Ihr dunkelblauer Rock ging bis über das Knie, ihre Waden waren muskulös, aber nicht dick, sie trug keine Nylons. Ihre Haut war gebräunt, ein schöner Kontrast zu der weißen Bluse. Ihr Gesicht war hübsch, an der Grenze zur Schönheit. Sicherlich flogen die Männer auf sie.

»Schön, dass Sie uns so spontan empfangen können, Mrs. Albright. Meine Kollegin heißt Olivia Stone.«

Die beiden Frauen nickten sich zu.

»Erinnern Sie sich noch an Ken Upton?«

Albrights Lider zuckten. »Ken Upton«, sagte sie langsam, schien jeden Buchstaben einzeln zusammenzusuchen. »Ich war sechsundzwanzig und unerfahren, als er verschwand.«

»Unerfahren?«, fragte Craig.

Er war gespannt, was Stone dazu sagen würde. Hatte sie sich mit ihm eingelassen?

»Ich hatte gerade meine Ausbildung beendet und war noch kein halbes Jahr an der Schule. Zuerst wollte ich sofort kündigen, es war so furchtbar, dass die beiden Mädchen verschwunden waren. Ausgerechnet aus meiner Klasse! Ich fühlte mich mitschuldig. Dachte, ich hätte etwas bemerken müssen. Dann wurde mir klar, dass ich den verschreckten Kindern helfen konnte, wenn ich mich nicht der Panik anschloss, die allgemein um sich griff. Ich gab meinen Kindern Sicherheit und Halt, das gab mir selbst wiederum Halt, ich lenkte sie ab, entwickelte mit den Eltern ein Programm, damit die Kinder nicht traumatisiert wurden. Es bestand die Gefahr, dass sie affektive Störungen entwickelten, vor allem Paranoia. Für meine Schützlinge kann ich sagen, dass wir es verhindern konnten.«

»Sie haben den Prozess evaluiert?«, fragte Stone.

»Aber ja. Über zehn Jahre hinweg.«

Großartig. Damit hatte Craig Zugriff auf belastbare Daten über die Verhältnisse in der Klasse der Schwestern vor zwanzig Jahren.

»Glückwunsch! Sie haben sich überwunden und großartige Hilfe geleistet. Können Sie mir die Daten zukommen lassen?«

»Gerne.«

»Was war mit den anderen Kindern?«

Albright wandte sich Stone zu, blickte aber immer wieder

Craig an, um ihm zu signalisieren, dass sie ihn weiterhin in das Gespräch mit einbezog.

»Die meisten sind mit einem blauen Auge davongekommen. Es ist ja nicht so, als ob die anderen Lehrkräfte nichts getan hätten. Einige der anderen Kinder mussten sich als Erwachsene einer Therapie gegen ihre Angststörung unterziehen. Ich kenne zwei Fälle. Beide absolvierten die Behandlung erfolgreich.«

»Wie verhielt sich Ken Upton?«

Albright schaute kurz auf den Boden. »Neutral. Er hielt meine Maßnahmen für übertrieben, aber ich hatte die Rückendeckung des Direktors.«

»Wie war Ken Upton als Lehrer? Als Kollege?«

»Er war ein guter Lehrer. Er beherrschte sein Handwerk, war geduldig.« Albright faltete die Hände. »Was ihm fehlte, war Lebensfreude. Er war nie richtig ausgelassen. Ich habe ihn auf einer Feier des Kollegiums erlebt. Er stand abseits, lächelte still, unterhielt sich hier und da, aber er tanzte nicht, lachte nicht, betrank sich nicht. Ich fand es schade. Er war trotz seines Alters ein attraktiver Mann. Er war Ruderer und konnte es mit allen jungen Kollegen aufnehmen. Aber es schien immer, als bedrücke ihn irgendwas. Ich habe allerdings keine Ahnung, was.«

»Hat er sich je bei Ihnen gemeldet?«

»Nein. Er hat, wie Sie wissen, einen Brief hinterlassen, in dem er die Gründe erklärte, warum er wegwollte.«

Den Brief kannte Craig noch nicht. Entweder war er bei den nicht erfassten Akten, oder er war nicht als Beweisstück aufgenommen worden.

»Brief?«, fragte Craig.

»Ja. Ich habe ihn der Polizei ausgehändigt. Sie kennen ihn nicht?«

»Wir stehen noch ganz am Anfang. Die Aktenberge sind erheblich.«

»Er hatte keine Freundin, keinen Freund?«, fragte Stone.

»Ken war ein überzeugter Single.«

»Verwandte?«

»Keine Ahnung. Aber Sie sollten vielleicht besser mit Val McCormick reden. Sie hat mit Ken viele Jahre zusammengearbeitet. Sie war die Einzige, die Ken auch privat kannte.«

»Ist sie hier?«, fragte Craig.

»Aber ja. Gleich ist Pause, und danach hat sie zwei Freistunden.«

»Und Ihnen ist nichts an Ken Upton aufgefallen?«

»Außer den Dingen, die ich bereits gesagt habe?« Albright schloss die Augen, öffnete sie wieder. »Nein, tut mir leid.«

Craig wechselte einen Blick mit Stone, die fast unmerklich nickte.

»Ich danke Ihnen vielmals. Wo können wir mit Val McCormick sprechen?«

Albright warf einen Blick auf die Uhr. »Ich bringe sie hierher, gehe dann in den Speisesaal und unterstütze die Lehrer bei der Aufsicht.«

Albright verließ ihr Büro und schloss die Türe, ohne ein Geräusch zu verursachen.

»Und?«, fragte Craig.

»Sie ist extrem kontrolliert, und sie verbirgt etwas. Das ist vollkommen klar.«

»Hatte sie eine Affäre mit Upton? War sie in ihn verknallt?«

»Möglich. Auf jeden Fall hat sie alles ausgeblendet, was ein schlechtes Licht auf Upton werfen könnte. In ihrer Erinnerung war er perfekt, auch wenn er ein wenig ruhig gewesen war und irgendein Geheimnis hatte. Jeder Mensch hat mindestens ein Geheimnis.«

»Carr mochte ihn jedenfalls nicht.«

»Aber wir wissen nicht, warum.«

Die Tür öffnete sich. Albright kam mit einer stämmigen Frau herein. Kurze graue Haare, hellgrüne Schlabberhose, hellgrüne Schlabberbluse, Regenbogenschal, dicke Hornbrille.

»Val McCormick«, sagte Albright. »Sie gehört Ihnen.«

McCormick lächelte gequält. Craig erhob sich, schüttelte ihre kleine kräftige Hand, Stone tat es ihm gleich.

Albright verließ ihr Büro und warf noch einen Blick auf McCormick, der zweifelsfrei eine Warnung enthielt. Sie setzten sich, Craig entgingen die Schweißtröpfchen an McCormicks Haaransatz nicht. Sollte er einen Frontalangriff wagen? Sollte er auf das Schlechte im Menschen vertrauen?

Stone ließ ihm den Vortritt.

»Mrs. McCormick. Womit hat Albright Sie in der Hand?«

McCormick riss die Augen auf. »Ich … wie … was soll das … ich verstehe kein Wort.« Sie sprang auf. »Das muss ich mir nicht bieten lassen.«

Stone drückte sie zurück in den Sessel. »Doch, das müssen Sie. Wir ermitteln in einem Kapitalverbrechen. Wenn Sie nicht kooperieren, kann das ernstere Folgen haben als alles, was Albright gegen Sie auffahren könnte. Sie könnten ins Gefängnis gehen.«

Stone war vollkommen ruhig geblieben. Sie war wirklich gut, hatte Craigs Taktik sofort verstanden und umgesetzt.

McCormick schwitzte. Sie wischte sich mit dem Regenbogenschal durchs Gesicht. »Aber Sie dürfen es nicht weitersagen, sonst bin ich meinen Job los. Amber macht mich fertig.«

»Wir schützen unsere Informanten«, sagte Craig.

McCormick blickte von Craig zu Stone und wieder zu Craig. »Sie müssen wissen, so eine Schule ist nicht leicht zu führen. Die Eltern wollen immer nur das Beste, und die Behörden wachen mit Argusaugen über allem, was hier vor sich geht. Die Sicherheit der Kinder steht ganz oben. Nur der Hauch eines Verdachtes kann eine Katastrophe auslösen.«

»Was für eine Katastrophe?«, fragte Stone.

»Abstufung auf ›schlechte Schule‹, Kürzung des Budgets, Ausbleiben der Schülerinnen und Schüler. Und dann die Kündigung des Lehrpersonals. Das kann ganz schnell gehen. Allein das Verschwinden der beiden Mädchen damals hat uns an den Rand der Existenz gebracht.«

»Und dann kommt Carr daher und verdächtigt Upton«, sagte Craig.

»Wir sind sofort zur Polizei gegangen. Der Polizist, der die Ermittlungen geleitet hat, hat uns befohlen, nichts herumzuerzählen. Warum Harold so schnell gekündigt hat, weiß ich nicht. Auf jeden Fall verliefen die Ermittlungen im Sand, Upton hatte wohl nichts mit den Mädchen zu tun gehabt. Trotzdem ging plötzlich das Gerücht um, man habe etwas bei ihm gefunden und deshalb sei er untergetaucht. Er hat ja noch diesen Brief geschrieben, aber da stand nichts Besonderes drin.«

Vielleicht war es doch ganz anders gewesen. Upton war zum Sündenbock gemacht worden. Oder Humble hatte tatsächlich etwas gefunden, konnte Upton aber nichts nachweisen und hatte ihn veranlasst, die Gegend zu verlassen. Hätte sich Upton darauf eingelassen? Hätte er nicht Zeter und Mordio geschrien? Die Geschichte wurde immer konfuser.

»Was stand in dem Brief?«

»Dass er nicht mehr könne, ausgebrannt sei, dass das Verschwinden der Mädchen ihm den Rest gegeben habe. Das waren doch alles Lügen. Upton hat die Mädchen auf dem Gewissen.«

»Anscheinend war die ganze Schule über Upton informiert. Wie kommt es, dass nichts durchsickerte?« Stone blitzte McCormick hasserfüllt an.

Gut so. Sie setzte die Lehrerin unter emotionalen Druck, McCormick musste sich verteidigen.

»Die ganze Schule? Quatsch. Amber, Harold Carr und ich wussten davon.«

»Carr hatte mit Albright eine Affäre, nicht wahr?«

McCormick senkte den Kopf. »Das ging nicht lang. Sie haben sich wegen Upton zerstritten.«

»Wie das? Sie waren doch einer Meinung?«

»Einer Meinung? Harold wollte Upton die Eier abschneiden, nannte Amber und alle anderen Weicheier. Amber ohrfeigte ihn, trennte sich von ihm. Deshalb hat er gekündigt.«

»Sie waren dabei?«

»Amber hat es mir erzählt. Sie war vollkommen fertig.«

»Weswegen? Wegen Upton oder wegen Carr?« Stone beugte sich vor, McCormick wich zurück.

»Ich glaube eher wegen Harold. Sie war ziemlich in ihn verknallt und dann das. Harold entpuppte sich als Spinner und Befürworter der Todesstrafe für Vergewaltiger.«

Hatte Carr gekündigt und Upton ermordet und verschwinden lassen? Aber warum war Carr dann in Exeter geblieben? Mit seinem Erbe hätte er sich überall niederlassen können. Dafür konnte es nur einen Grund geben. Carr liebte Albright noch immer, und noch immer hoffte er, erhört zu werden, hoffte auf Verzeihung.

Stone wechselte abrupt das Thema. »Wie waren denn die beiden Mädchen so?«

»Ähm …« McCormick rückte sich umständlich in ihrem Sessel zurecht. »Sie waren lebhaft, intelligent und richtige kleine Prinzessinnen. Manchmal mussten wir sie zur Ordnung rufen und ihnen klarmachen, dass in der Schule andere Regeln gelten als zu Hause.«

»Würden Sie sagen, die beiden waren verzogen?«

McCormick wedelte mit dem Zeigefinger. »Nein, absolut

nein. Man musste nur mit ihnen reden, dann lief alles glatt, zumindest eine Zeit lang.«

Das klang eindeutig nach Schwierigkeiten.

»Kannten Sie Joseph Jefferson?«

»Nein.«

Craig überließ Stone das Feld, sie machte ihre Sache gut, und er konnte die Körpersprache von McCormick eingehend studieren. Alles an ihr war auf Verteidigung ausgerichtet. Manchmal zog sie den Kopf ein und dann noch ein Stück weiter, obwohl es unmöglich schien. Wie eine Schildkröte. Sie kreuzte ihre Füße, die Knie standen weit auseinander, ihre Hände lagen dazwischen, ständig knetete sie ihre Finger. In Großbuchstaben stand über ihr geschrieben: »Unsicherheit, Unterwürfigkeit.« Warum hätte sie sonst so schnell einknicken sollen und all ihre Geheimnisse preisgeben, auf die Gefahr hin, dass Albright sie rausschmeißen würde, sollte sie davon erfahren? McCormick folgte demjenigen, der die größere Macht besaß, folgte dem Weg des geringsten Widerstandes.

»Welche Rolle spielten Sie in dem Dreieck Carr, Albright, Upton? Denn Sie können mir nicht weismachen, dass Albright nichts mit Upton gehabt hatte.«

»Wie? Also davon, ehrlich, davon weiß ich nichts, dass Amber und Ken ...« Sie schwieg. Knetete ihre Hände intensiver, schaute auf den Boden.

Erinnerte sie sich, oder zog sie in Erwägung, dass ihre Freundin Amber sie belogen hatte?

»Standen Sie abseits? Beneideten Sie Ihre Freundin um die Männer, die ihr zu Füßen lagen? Und Sie gingen leer aus? Das muss doch grausam gewesen sein.«

Eine Träne rollte McCormicks Wange herunter. Es war genug. Stone hatte sie so weit gebracht, dass sie vollkommen entblößt und ihnen schutzlos ausgeliefert war.

»Verzeihen Sie die etwas rustikale Art meiner Kollegin. Darauf müssen Sie nicht antworten, Mrs. McCormick. Uns geht es darum, zu entwirren, was damals geschehen ist. Wir werden niemanden bloßstellen. Das verspreche ich Ihnen.«

Stone verschränkte die Arme vor der Brust. Sehr gut. Jetzt konnte McCormick Craig ihr Herz ausschütten.

»Ich war in Harold verliebt, aber ich wusste von Anfang an, dass es hoffnungslos war. Ich habe es ihm nie gesagt. Ich wollte mir diese Demütigung ersparen, verstehen Sie das?«

Craig nickte. »Nur zu gut. Man muss sich das Herz ja nicht zwei Mal zerreißen lassen.«

McCormick schniefte. »Genauso ist es. Mit Upton hatte ich nichts am Hut. Der war unnahbar. Und nicht mein Typ. Und zu alt.«

»Trübte das nicht Ihre Freundschaft zu Amber?« Craig ließ seine Stimme schnurren wie ein Kätzchen.

»Nicht im Geringsten. Sie hatte ja auch keine Ahnung.«

McCormick hatte sich beruhigt.

Sie schaute Craig an. »Wissen Sie, was am meisten schmerzt?«

Craig schüttelte den Kopf.

»Dass Harold noch immer in Exeter lebt und ich ihn noch immer liebe.«

Craig hielt ihrem Blick stand, bis sie wegsah.

Motive zogen am Horizont auf. Und ein neuer Fall. Craig glaubte nicht daran, dass Upton einfach so verschwunden war. Vor zwanzig Jahren hatte an dieser Schule ein verhängnisvolles Geflecht aus Intrigen, Eifersucht und Lügen zum Desaster, zu Mord und Totschlag geführt.

Vorerst hatte Craig genug von McCormick gehört. Dass sie mit dem Tod der Mädchen zu tun hatte, war unwahrscheinlich, aber nicht ausgeschlossen. Dass sie etwas mit dem Verschwinden von Upton zu tun hatte, davon war Craig felsenfest überzeugt. Ebenso wie Carr. Und Albright. Und Humble. Vielleicht alle vier. Eine Verschwörung. Welche Rolle spielte Albright? War sie die Anführerin? Und wer von ihnen hatte Charlotte und Sophie getötet und verscharrt?

17

»Hier entlang, Mrs. Stone.« Craig deutete auf die Treppe, die zum oberen Geschoss führte, wo sich pünktlich um achtzehn Uhr die Mordkommission versammeln sollte.

»Nennen Sie mich Olivia.«

Craig streckte seine Hand aus, lächelte. »Ich bin Craig. Angenehm.«

Sie nahm seine Hand und hielt sie einen Moment zu lange und ein wenig zu fest. »Gleichfalls, Craig.«

Sie federte die Stufen hinauf, leichtfüßig wie eine Sportlerin es tun würde.

»Es ist das erste Mal in meiner Karriere, dass ich von einem Moment auf den anderen mit einem Klienten zusammenarbeite. Normalerweise ist das nicht vorgesehen.«

Craig folgte ihr mühelos. Sein regelmäßiges Jogging hielt ihn fit.

»Ich schätze Sie so ein, dass Sie Abenteuer mögen. Ein Wort wie ›normalerweise‹ passt nicht zu Ihnen. Habe ich recht?«

»Durchaus. Ich reise zum Beispiel gerne in Länder, wo man nicht in Watte gepackt wird, damit man besonders gut gemolken werden kann.«

»Zum Beispiel?«

»Ich war in Palästina.«

»Das ist mehr als ein Abenteuer, finden Sie nicht?«

War Stone ein Adrenalinjunkie? Wenn ja, hatte er sie vollkommen falsch eingeschätzt. Abenteuerlustig ja – aber halsbrecherisch?

Sie kamen am Treppenabsatz an. »Rechts oder links?«

»Rechts.« Craig holte Stone ein. »Die zweite Tür links. Ich gehe vor.«

Leighton saß hinter seinem Aktenberg, Moorcraft stand am Fenster, die Arme hinter ihrem Rücken verschränkt. Sie wippte auf ihren Fußballen hin und her wie ein Streifenpolizist.

»Hi«, sagte Craig.

Moorcraft stellte das Wippen ein, drehte sich um, lächelte. Leighton hob nur eine Hand und brummte, dass er gleich so weit sei.

Stone trat ein.

Moorcrafts Lächeln verschwand.

Stone sagte: »Oh.«

»Sie kennen sich?«

»Ja, aber ...«, sagten beide gleichzeitig.

»... es ist nicht wichtig«, vollendete Moorcraft den Satz.

Stones Mundwinkel zuckte. »Das sehe ich auch so.«

Leightons Kopf war hinter dem Aktenberg aufgetaucht. »Ich kenne Sie nicht«, sagte er trocken.

»Das ist Olivia Stone. Sie ist Psychologin und spezialisiert auf Zeugenglaubwürdigkeit und False Memories.«

»Ah!«, sagte Leighton. »Das ist gut. Haben Sie unseren Chef schon durchschaut?«

»Ich wusste nicht, dass er Zeuge ist«, sagte Stone und reichte Leighton die Hand, der sie nahm und kräftig schüttelte.

»Er ist Zeuge unserer täglichen harten Arbeit. Ich bin Tyler Leighton, DC.«

»Und wandelndes Lexikon. Und Kenner aller Vorschriften«, ergänzte Craig.« Er wandte sich an Moorcraft. »Heather ist das Gehirn unserer Mordkommission. Ohne sie geht gar nichts.«

Moorcraft warf Stone einen Blick zu, der nur eins heißen konnte: »Siehst du, *ich* bin hier unentbehrlich. *Du* nicht.«

Craig hoffte, dass Moorcraft es bei bösen Blicken beließ und professionell genug war, ihre gemeinsame Vergangenheit, was immer es gewesen sein mochte, aus der Arbeit herauszuhalten.

Er nahm seine Aktentasche von einem Stuhl. »Bitte setzen Sie sich.«

Olivia nahm Platz und schlug die Beine übereinander.

»Olivia wird uns zeitweise unterstützen. Ihr könnt sie nach euren Bedürfnissen anfordern, sie mitnehmen als Beobachterin oder Zweitinterviewerin. Sie ist wirklich gut. Davon konnte ich mich gerade überzeugen.«

Leighton kam hinter seinem Schreibtisch hervor, wich einigen Aktenordnern aus und fiel auf einen der Metallsessel, die um den Besprechungstisch herumstanden. Moorcraft setzte sich so, dass Craig sich zwischen sie und Stone platzieren konnte. Craig nahm das stumme Angebot an und berichtete von den Vernehmungen in der Schule und seinen Schlussfolgerungen.

»Wir ermitteln also in einem Doppelmord und einem möglichen Mord zuzüglich einer ganzen Palette von Verbrechen im Amt«, resümierte Moorcraft.

»Die Innere?«, fragte Leighton. »Jetzt wäre eine gute Gelegenheit.«

Craig wollte die Innere nach wie vor nicht. Jetzt nicht, und wenn es ging, überhaupt nicht.

»Wir hätten genug, um gegen Humble eine Ermittlung loszutreten. Aber er ist tot. Und ich habe keine Lust, dass es zur öffentlichen Anhörung kommt. Dann werden alle, die etwas mit der Sache zu tun haben und noch leben, ganz schnell abtauchen oder Beweise vernichten oder Zeugen beeinflussen oder sogar einen Mord begehen. Nein, wir müssen in aller Stille weitermachen, wenn wir auch nur den Hauch einer Chance wahren wollen, irgendetwas aufzuklären.«

Leighton kaute auf seiner Unterlippe, Moorcraft nickte, Stone blieb regungslos.

Leighton schnalzte mit der Zunge. »Ich meine, wir sollten nach Lage der Dinge entscheiden, jeden Tag aufs Neue, spätestens bei unserem Abendmeeting.«

Craig schaute Moorcraft an.

Sie zuckte die Schultern. »Damit kann ich leben.«

»Dann machen wir es so«, sagte Craig. »Haben Sie ansonsten etwas Neues?«

Moorcraft schloss kurz die Augen, das hieß »Nein«.

»Sieht so aus, als hätten Sie sich den besseren Acker ausgesucht, Craig«, stellte Leighton fest.

»Ich muss ja auch mal Glück haben. Deswegen habe ich für Sie beide vorerst eine andere Aufgabe: Ich brauche eine Aufstellung aller Ermittlungspannen, die Humble zu verantworten hat. Ich brauche eine Liste aller durchsuchten Immobilien und einen Abgleich mit allen Anträgen auf Durchsuchungen. Dito Telefon- und Personenüberwachung. Aber erst, wenn Sie Ihre Vernehmungsliste abgearbeitet haben. Noch Fragen?«

»Was verdient so eine Psychologin am Tag? Und was macht sie besser als wir?« Moorcraft starrte Stone feindselig an.

Stone kniff die Augen zusammen, holte tief Luft.

Craig kam ihr zuvor. »Erstens: vertraulich. Zweitens: auf ihrem Spezialgebiet alles.«

Moorcraft sprang aus dem Sessel und verließ den Raum. Im Türrahmen blieb sie stehen. »Da bin ich wirklich gespannt, Mrs. Stone. Wann berichten Sie über Ihre Ergebnisse?«

»Sobald Mr. McPherson es wünscht, D-C Moor-craft.«

Stone betonte Moorcrafts Rang Detective Constable, der unterste in der Rangfolge der Kriminalpolizei. Leighton stand zwei Ränge über ihr, Craig drei. Stones Ton war überaus spitz.

Moorcraft machte sich ohne Kommentar aus dem Staub.

So ging das nicht. Craig musste beide zur Ordnung rufen.

»Wenn nichts mehr ansteht, würde ich jetzt nach Hause fahren, die Berichte schreiben, Craig.«

»Ich bringe Sie raus, Olivia.« Zu Leighton, der die Augen verdrehte, sagte er: »Nicht weglaufen. Bin gleich wieder da.«

Craig geleitete Stone bis vor die Tür und verzichtete auf Floskeln. »Wieso steigen Sie auf Moorcrafts Spitzen so emotional ein?«

»Um klare Verhältnisse zu schaffen. Sie hat mir nichts zu sagen, und ich habe auch nicht vor, Sie ihr wegzunehmen. Sie ist eifersüchtig wie ein College-Girl, weil ich ihr mal einen Mann ausgespannt habe. Sie ist verliebt in Sie, Craig. Ist Ihnen das nicht aufgefallen?«

»Ach wirklich? Mir ist vor allem aufgefallen, dass Sie so reagieren, als seien Sie sehr wohl Moorcrafts Konkurrentin.«

Stone legte ihre Stirn in Falten. »Träumen Sie weiter, Craig. Ich habe Grenzen gezogen. Das sollten Sie auch. Und vielleicht ist es besser, wenn Sie sich jemand anderen als Unterstützung suchen. Sie haben morgen Vormittag die Berichte und meine Rechnung. Guten Abend.« Sie drehte sich auf dem Absatz herum und stolzierte davon.

Na großartig! Craig bescheinigte sich ein wahrhaft gutes Händchen bei der Führung seines Teams. Vielleicht sollte er seine Abschlussarbeit noch mal lesen und einen Führungskurs belegen, der letzte lag ein paar Jahre zurück. Und das Psychologiestudium half ihm sowieso nicht. Zu viel Statistik, zu wenig Mensch. Vielleicht konnte er Moorcraft wieder einfangen. Er ging zurück ins Gebäude, stieg hinab in die Katakomben. Jamili war noch zugange, er ignorierte Craig. Manchmal kam sich Craig vor wie im Kindergarten.

Moorcraft stand am Scanner und legte Dokumente ein.

Craig versuchte möglichst neutral zu klingen. »Heather, kann ich Sie einen Moment sprechen?«

Mit einer schnellen Bewegung hieb sie die Blätter in den Schlitz. Sie presste den Startknopf fast zu Tode, der Scanner ratterte los, zog die Blätter leise summend ein. Sie ballte die Fäuste. »Kein Vorgesetzten-Motivations-Gespräch. Ich kriege das hin.« Sie schaute Craig nicht an.

»Heather, ich ...«

Sie schlug mit einer Faust gegen den Scanner. »Nein! Ich kriege das hin! Ich brauche keinen Pfarrer und keinen Shrink.«

Ihre Stimme klang fest und entschlossen, nicht wütend.

»Okay. Aber wenn was ist ...«

Moorcraft knurrte.

Craig hob die Hände, wandte sich um und ging.

Was ihm mit Moorcraft und Stone passiert war, geschah ständig, seit Mary verschwunden war. Frauen verliebten sich Hals über Kopf in ihn. Meistens bemerkte er es nicht, andere wiesen ihn darauf hin, oder die Frauen offenbarten sich ihm. Anscheinend dünstete er so etwas wie Hilfsbedürftigkeit aus. Ein Duft, dem die meisten Frauen nicht widerstehen konnten.

Craig ging zurück ins Büro, Leighton hatte eine Nachricht hinterlassen, dass er noch zwei Vernehmungen durchführen und dann nach Hause gehen würde. Leightons Schreibtisch quoll über von Ordnern, Papieren mit Listen, Diagrammen und Schaubildern. Müdigkeit überfiel ihn. Es gab keine heißen Spuren, nur Indizien einer schlampigen Ermittlung, dessen Verantwortlicher schon lange tot war. Dieser ganze Fall war tot. Also musste Craig ihn von den Toten auferstehen lassen, ihm Leben einhauchen. Auf einen Notizzettel kritzelte Craig, wen er sich von den Lebenden morgen noch mal vornehmen würde. Amber Albright stand darauf, Harold Carr, Val McCormick und Isabel Humble. Von dieser alten Lady versprach sich Craig, dass sie einen Toten zum Sprechen brachte.

TAG 3

18

Das Altersheim kam in Sicht. Craig parkte auf der gegenüberliegenden Seite des Altersheimes.

Wie musste er Isabel Humble anpacken, damit sie ihm die Wahrheit erzählte? Sie verehrte ihren Mann über dessen Tod hinaus wie einen Guru. Sollte Craig an ihr Gewissen appellieren? An ihren Gerechtigkeitssinn? Oder sollte er drohen, dass sie auch mit über sechzig Jahren noch ins Gefängnis gehen konnte, wenn sie die Ermittlungen behinderte? Oder sollte er sich entschuldigen und so tun, als heiße er gut, was Humble getan hatte? Sollte er bluffen?

Craig stieg aus, hechtete über die Straße und meldete sich an. Die Pflegerin führte Craig in die Cafeteria an einen Tisch. Isabel Humble war nicht zu sehen. Dafür aber Ewan, Isabel Humbles Schatzi und wahrscheinlich ihr Lover.

»Hey, Ewan!«, rief Craig. »Auf ein Wort.«

Ewan wandte sich Craig zu, zögerte, kam näher.

Craig rückte einen Stuhl zurecht. »Nehmen Sie Platz. Einen Kaffee? Kuchen? Geht auf Staatskosten.«

Ewan blieb stehen. »Und dann kommt der Urlaub auf Staatskosten. Das kennt man ja.«

»Solange Sie nichts verbrochen haben …«

»Das sagen sie immer.«

»Wer sagt das?«

Ewan wedelte mit der Hand. »Ist ja egal. Ist das eine offizielle Vernehmung? Wenn nicht, würde ich mich gerne meinen Aufgaben widmen.«

»Es ist eine offizielle Vernehmung.«

Ewan ließ sich auf den Stuhl fallen, verschränkte die Arme vor der Brust, starrte an Craig vorbei.

»Wie ist Ihr vollständiger Name, Ewan?«

»Eggers. Ewan Eggers.«

»Sie kennen Isabel Humble?«

»Ja.«

»Was halten Sie von ihr?«

»Eine wahrhafte Lady. Tadellos in Benehmen und Aussehen.«

»Sie haben ein Verhältnis.«

Ewan grinste. »So kann man es ausdrücken.«

»Lieben Sie Isabel?«

Ewan beugte seinen Oberkörper vor. »Ja. Sie ist die Liebe meines Lebens. Die erste Frau, die mich nicht ausnimmt.« Er straffte seinen Körper. »Wer immer ihr Schwierigkeiten machen will, bekommt es mit mir zu tun. Egal, wer.«

»Keine Sorge, Ewan, ich habe nicht vor, Isabel zu verhaften. Es ist nur so, dass sie mir helfen könnte, den Mord an zwei Mädchen aufzuklären.«

»Und wie soll das gehen?«

Ewan machte keinen Hehl daraus, dass er Craig nicht glaubte. Aber wenn Craig Ewan dazu brachte, Isabel davon zu überzeugen, ihm zu helfen, wäre er ein gutes Stück weiter. Ewan war ein eifersüchtiger Gockel. Genau damit würde Craig ihn packen.

»Es kann sein, dass ihr Gatte etwas damit zu tun gehabt haben könnte.«

In Ewans Gesicht zuckte ein Muskel. Er kniff die Augen zusammen. Mahlte mit den Zähnen. Ein offenes Buch.

»Wusste ich's doch. Der hatte Dreck am Stecken. Der hat Isabel all die Jahre geblendet.« Ewan beugte sich erneut zu Craig. »Wissen Sie, warum sie mich nicht heiraten will?«

»Ich vermute, sie hängt ihrem Mann nach ...«

Ewan unterbrach Craig. »Sie vergöttert ihn noch immer. Er sei der mutigste Mann der Welt, der gerechteste, und sie habe geschworen, niemals einen anderen zu heiraten.«

Ewan musste nicht aussprechen, was ihn umtrieb, welche Chance er erblickte: Wenn sein toter Konkurrent vom Thron gestoßen würde, hätte er freie Bahn, um seine große Liebe zu heiraten. Ewan mochte ein taffer Alter sein, von Frauen hatte er keine Ahnung. Würde Isabel erfahren, welche Rolle Ewan in der Sache gespielt hätte, würde sie ihn in die Wüste schicken.

»Hat Isabel Ihnen irgendetwas über ihren Mann erzählt?«

»Wenn sie nicht gerade vor Begeisterung über Rowan jubelt, kommen manchmal dunklere Töne. Sein Beruf habe ihn aufgefressen. Dass Täter nicht zur Verantwortung gezogen würden, habe ihn wahnsinnig gemacht. Dass das System versage. Dass man niemanden laufen lassen dürfe, der Kinder anfasst.«

Das sprach nun wiederum eher für die Theorie, dass Humble Ken Upton beseitigt hatte. Aus den Vernehmungen wusste Humble, dass Upton von Carr schwer belastet wurde. Als er begriff, dass er Upton nichts nachweisen konnte, nahm er die Sache selbst in die Hand. War es das, was Isabel gemeint hatte, als sie ihren Mann als jenseits des üblichen Gerechtigkeitsbegriffs verortet hatte? Als sie gesagt hatte, ihren Rowan könne man nicht in ein Raster von Gut und Böse einordnen? Humbles erfolgreiche Vertuschung war ein starkes Indiz. Aber hätte Humble das alleine durchziehen können? Craig musste mit Isabel reden, und er würde sie nicht vom Haken lassen. Es ging um Mord.

»Vielen Dank, Ewan. Sie haben mir sehr geholfen. Wären Sie so gut und würden Isabel zu mir bitten? Auf Sie hört sie bestimmt.«

Ewan lachte kurz. »Schön wär's. Aber ich werde es versuchen. Und kein Wort zu ihr, von dem, was ich Ihnen verraten habe!«

»Das versteht sich von selbst, Ewan.«

Ewan erhob sich erstaunlich geschmeidig vom Stuhl und ging los, als sei er nicht über achtzig, sondern erst fünfzig. Nach ein paar Schritten fiel er in einen Gang, der seinem Alter entsprach. Ewan spielte den anderen etwas vor.

Craig hatte seinen Tee ausgetrunken, als Isabel an den Tisch gefahren kam. Sie grüßte nicht, ihr Blick war verschlossen, fast aggressiv.

»Ewan hat gesagt, Sie wollten mit mir reden. Tun Sie es. Schnell.«

»Meine liebe Mrs. Humble. Ich werde Ihre Zeit nicht vergeuden. Sie haben zwei Möglichkeiten: Erstens, Sie sagen mir, was Sie wissen. Zweitens, ich lasse Sie ins Headquarter karren und vernehme Sie so lange, bis Sie ein Einsehen haben, dass es nichts bringt, Ihren toten Mann zu schützen. Hat Ihr Mann Ken Upton ermordet und ihn verschwinden lassen?«

Isabel riss die Augen auf. »Was? Nein! So ein Unsinn. Wie kommen Sie auf so etwas?«

»Er hat die Ermittlungen manipuliert. Hat wichtige Aussagen von Zeugen nicht weiterverfolgt. Hat Akten verschwinden lassen. Hat Spuren ignoriert. Das kann ich beweisen.«

Isabel stand der Mund offen. Das war nicht gespielt. Sie wusste nichts von alledem.

»Rowan wollte für Gerechtigkeit sorgen, nicht wahr?«

»Aber doch nicht so! Das hätte er niemals getan. Es machte ihn verrückt, dass er so wenige dieser Monster hinter Gitter bringen konnte, ja. Aber Mord? Niemals! Ausgeschlossen.«

»Aber warum hat er dann die Ermittlungen so manipuliert, dass sie ins Leere laufen mussten?«

Isabel kämpfte mit den Tränen. »Ich weiß es nicht.«

Craig reichte ihr ein Taschentuch, das sie dankbar annahm. Sie schnäuzte sich. Plötzlich sah sie so alt aus, wie sie war. Hatte sie all die Jahre verdrängt, was ihr Mann getan hatte?

»Ich bin davon überzeugt, dass Rowan nichts Unrechtes getan hat.« Isabel Humbles Stimme klang fest. »Es gibt ein Tagebuch. Ich habe es nie gelesen. Rowans Wunsch war, es mit ihm zu beerdigen. Ich bin diesem Wunsch nachgekommen.«

»Davon wird nicht mehr viel übrig sein, nehme ich an, oder?«

»Ich habe es in eine wunderschöne Schachtel aus Ebenholz gelegt, sie mit Ölpapier umwickelt. Sie liegt unter seinem Sarg.«

»Wären Sie mit einer Exhumierung einverstanden?«

»Nein.« Isabel blitzte ihn an. »Ich weiß, dass er ein guter Mann war. Das genügt. Sie können nichts Gegenteiliges beweisen. Und wenn in dem Tagebuch irgendetwas Missverständliches stünde, dann würden Sie es nutzen, meinen Mann zu diskreditieren.«

Isabel Humble war clever, sie wusste von ihrem Mann, wie Polizisten tickten.

»Missverständliches würde mir nicht reichen, Mrs. Humble. Ich verspreche mir von dem Tagebuch eine Spur zum Mörder von Sophie und Charlotte. Darum geht es mir. Sehr wahrscheinlich läuft er noch frei herum und hat in den letzten zwanzig Jahren sicherlich nicht die Hände in den Schoß gelegt. Der Killer ist schlau. Sophie und Charlotte haben wir nur durch Zufall gefunden. Es kann sein, dass er nach wie vor unschuldige Kinder vergewaltigt und ermordet.«

»Vergessen Sie es, McPherson. Das ist nicht meine Schuld und nicht die Schuld meines Mannes. Es ist die Schuld des Täters. Gibt es noch etwas?«

»Nein. Sollten Sie es sich anders überlegen, können Sie mich jederzeit anrufen.«

Er hielt ihr seine Karte hin. Sie warf nur einen abschätzigen Blick darauf und rollte davon. Craig legte die Karte auf den Tisch. Isabel Humble hatte ihn ausgespielt. Seine Drohungen waren ins Leere gelaufen. Er hatte nichts gegen sie in der Hand. Einen richterlichen Beschluss für die Exhumierung würde er nicht bekommen, Isabel Humble würde schlicht und einfach leugnen, jemals etwas von einem Tagebuch erzählt zu haben. Er hatte Isabel Humble gegen sich aufgebracht, indem er ihren Mann eines Verbrechens bezichtigt hatte. Wenn auch nur indirekt. Er hatte einfach kein Glück mit den Frauen, egal, wie alt sie waren.

19

Craig stieg in den Wagen, hielt das Lenkrad fest. Amber Albright war an der Reihe. McCormick hatte genug geplaudert, um ihr unangenehme Fragen stellen zu können. Aber er brauchte Unterstützung. Er zückte sein Handy und wählte Stones Nummer. Nach vier Freizeichen sprang die Mailbox an.

»Olivia, hier ist Craig. Ich habe eine schwierige Vernehmung vor mir und hätte Sie gerne dabei. Ich richte mich mit der Uhrzeit gerne nach Ihnen. Sie müssen auch nicht mit zum Briefing. Rufen Sie zurück.«

Craig legte auf. Warum wollte er unbedingt Stone haben? Es gab noch andere Vernehmungsspezialisten – und Spezialistinnen. Aber er mochte sie. Und er vertraute ihr nach wie vor.

»Scots Wha Hea« dröhnte durch den Wagen. Stone. Craig drückte die grüne Fläche und hielt sich das Handy ans Ohr.

»Sie sind seltsam, Craig. Ich serviere Sie ziemlich gemein ab, und Sie wollen mich trotzdem haben.«

»Wir haben eine gemeinsame Welle, auf der wir hervorragend zusammen funktionieren. Ohne dass wir es geübt hätten. Das passiert mir nicht oft. Ehrlich gesagt, sehr selten.«

Stone seufzte. »Das sehe ich genauso. Sie müssen mir aber eins versprechen: Halten Sie mir diese Amazone vom Hals.«

Wenn sich Frauen hassten, dann richtig.

»Ich verspreche es Ihnen.«

»Sie können mich sofort abholen. Vor meiner Praxis.«

»Bis gleich.« Craig legte auf, startete den Wagen und gab Gas.

Dreiundzwanzig Minuten später saß Amber Albright vor ihnen und heulte in ihr Taschentuch. Es hatte nur einen Satz gebraucht, um den Damm einzureißen, der ihre Trauer zurückgehalten hatte.

Stone hatte Albright tief in die Augen geschaut und gesagt: »Der Falsche ist verschwunden, nicht wahr?«

Albright schien sich nicht beruhigen zu können. Sie schluchzte, stotterte immer wieder, Ken müsse noch am Leben sein.

Menschen konnten nicht loslassen. Wie auch, solange man nicht absolut sicher war, dass die geliebte Person tot war? Craig konnte Albrights Schmerz nachempfinden, durfte aber nicht mit ihr leiden. Er hatte keine Wahl. Er musste Albright zum Reden bringen.

»Mrs. Albright, warum haben Sie uns belogen?«

»Ich konnte nicht …«, stotterte sie, durchzogen vom Schluchzen und Schnäuzen. »Ich wollte nicht mehr daran erinnert werden. Alles wird wieder aufgewühlt.«

»Es tut mir unendlich leid«, sagte Stone. »Wir können Ihnen das nicht ersparen. Denken Sie an die Mädchen.«

Albright hustete heftig, als hätte sie sich verschluckt, Craig fürchtete, sie würde ersticken. Nach dem Anfall war sie wie ausgewechselt. Sie hatte sich wieder im Griff.

»Ich habe nie um Ken getrauert. Ich habe mir immer vorgestellt, wie es sein würde, wenn er zurückkäme, ich ihm verzeihe und wir glücklich miteinander wären.«

»Er ist mehr als fünfzehn Jahre älter als Sie«, merkte Stone an.

»Ja und? Alter spielt keine Rolle. Ich liebe ihn, und ich werde ihn immer lieben.«

»Harold Carr ist in Exeter geblieben nach seiner Kündigung. Können Sie sich vorstellen, warum?«

Albright schnäuzte sich erneut die Nase. »Er bildet sich ein, bei mir doch noch landen zu können, der Spinner. Den würde ich nicht mal mit der Kneifzange anfassen. Er hat Ken denunziert!«

»Sie kannten Rowan Humble?«, fragte Craig.

»Das war der ermittelnde Beamte der Polizei, wenn ich mich recht entsinne.«

Stone legte einen Zeigefinger über den Mund, das hieß: Übernehmen Sie, ich will beobachten.

»Hat Ken irgendetwas über ihn erzählt?«

»Ken hat sich bei mir über ihn beklagt. Humble hat ihn unglaublich hart rangenommen, hat ihm vorgeworfen, die Mädchen missbraucht und ermordet zu haben. Hat nachgebetet, was Carr ihm eingeflüstert hatte. Anstatt der Familie richtig Feuer unterm Hintern zu machen, hat er Ken das Leben zur Hölle gemacht. Aber Ken konnte es nicht gewesen sein.«

»Er war bei Ihnen in der Tatnacht?«

»Ja.« Albright senkte den Blick zu Boden, knetete das Taschentuch zwischen ihren Händen.

»Das haben Sie bei der Polizei nicht ausgesagt.«

»Ich bin nie danach gefragt worden, und Ken stand offiziell nie unter Verdacht. Aber nachdem diese Schlange Carr ihn denunziert hatte, wurde er gemobbt. Und Humble, dieser Fiesling, hat ihn alle zwei Tage vernommen.«

Vielleicht hatte Upton den Druck nicht mehr ertragen und hatte Selbstmord begangen? Oder er war schlicht und einfach abgetaucht. Craig musste diesen ominösen Brief finden und prüfen, ob er wirklich von Upton stammte. Oder von Humble.

Craigs Handy meldete sich. Vogelgezwitscher. Das war der voreingestellte Ton für Heather Moorcraft.

»Entschuldigen Sie mich einen Moment.«

Er trat auf den Flur, nahm das Gespräch an. »Heather, was gibt es?«

»Ich habe Ihnen doch von Mark Sheffield erzählt?«

»Sitzt in Princetown.«

»Er hat angeblich Neuigkeiten. Er will aber nur mit Ihnen reden. Er will keinen Deal, er will beichten.«

»Dazu braucht er mich als Beichtvater?«

»Beichtmutter klingt ja auch seltsam.«

Craig freute sich über den kleinen Scherz. Moorcraft schien ihm nichts nachzutragen, schien mit ihren Gefühlen klarzukommen. Ein Problem weniger.

»Meine Liste ist damit abgearbeitet. Was soll ich als Nächstes tun?«

»Nach den Akten sehen. Die Rookies müssten heute fertig werden.«

»Ich kümmere mich drum. Bis später, Craig.«

»Danke, Heather.«

»Immer gerne.«

Sie unterbrach die Verbindung.

Craig ging zurück in Albrights Büro. Die beiden Frauen schwiegen. Albright starrte aus dem Fenster.

»Ich habe auf Sie gewartet, Craig«, sagte Stone. Sie räusperte sich. »Wir können jetzt weitermachen, Mrs. Albright.«

»Ken Upton hat sich nie bei Ihnen gemeldet. Warum?«

»Wenn ich das wüsste. Vielleicht hatte er Angst, dass Humble sich an meine Fersen heftet und ihn findet.«

»Das eigene Leben ist den meisten das Wichtigste. Wichtiger als die Liebe«, sagte Stone. »Nur zu verständlich, für die Zurückgebliebenen aber schmerzhaft.«

Albright blieb eine Antwort schuldig.

»Ich danke Ihnen, Mrs. Albright. Das wäre vorläufig alles.«

Er stand auf und ging zur Tür, doch Stone folgte ihm nicht.

»Mrs. Albright«, sagte sie leise. »Sie können mich jederzeit konsultieren. Vielleicht kann ich Ihnen helfen, den Schmerz zu überwinden.«

»Danke«, sagte Albright tonlos.

Stone legte ihre Karte auf Albrights Schreibtisch und folgte Craig auf den Flur. Es herrschte Stille, nur hier und da war eine Stimme zu hören. Neben der Ausgangstür hing ein Clipboard mit Ankündigungen und Bekanntmachungen. Craig warf einen Blick darauf. Veranstaltungen wurden angeboten, Sonderbetreuung und Lernhilfen. Die St. Thomas schien sich wirklich Mühe zu geben. Dennoch lag über der Schule ein schlechtes Karma. Etwas stimmte nicht. Aber Craig konnte nicht fassen, was es war.

Sie traten nach draußen, Vögel zwitscherten, der Hausmeister fegte den Hof, ein Lieferant lud frisches Gemüse aus, das in der schuleigenen Küche verarbeitet wurde.

»Was stimmt hier nicht, Olivia?«

»Sie haben es auch bemerkt? Das beruhigt mich. Ich war mir nicht sicher. Alles wirkt unecht.« Sie verzog das Gesicht. »Das ist eine sehr unwissenschaftliche Aussage. Albright scheint sich echt zu erinnern. Die Frage ist, ob die Erinnerung wirklich echt ist oder bereits gefälscht, sodass sie die falsche Erinnerung für wahr hält. Mehr kann ich nicht sagen. Ich müsste mehrere Stunden über mehrere Wochen mit ihr verbringen. Dann könnte ich mehr dazu sagen.«

»Vielleicht werde ich darauf zurückkommen. Alles deutet darauf hin, dass Humble Upton hat verschwinden lassen – entweder durch Mord, oder er hat ihn veranlasst, die Gegend zu verlassen. Auf Nimmerwiedersehen.«

»Wir haben nichts als Zeugenaussagen. Keine Leiche.«

Craig seufzte. »Ich werde Ken Upton landesweit zur Fahndung ausschreiben. Und ich werde bei Interpol eine Vermisstenanzeige aufgeben.«

Ken Upton war der Dreh- und Angelpunkt. Er dachte an Keen und Diskretion und den Riesenanschiss, den er bekommen würde.

»Und ich werde die Medien informieren. So kommen wir nicht weiter. Vorher besuchen wir Mr. Sheffield. Mal sehen, was er zu berichten hat. Lust auf einen Ausflug ins Dartmoor?«

20

Der Schließer führte Craig und Stone in einen Besprechungsraum. Vergitterte, aber große Fenster, warme Wandfarben, ein paar Bilder von weiten Landschaften an den Wänden. Für Craig war das eine Form der psychischen Folter. Im Knast sitzen und auf weite Landschaften starren. Sehr einfühlsam. Da half auch die Plastikblume nichts, die auf dem Tisch stand, der aus massivem Metall gebaut war, mit robusten Ösen für Handschellen.

Die Tür zum Zellenblock öffnete sich rasselnd, ein Schließer ging vor, dann kam Sheffield, ein zweiter Schließer bildete die Nachhut. Das letzte Mal, als Craig ein Gefängnis von innen gesehen hatte, war drei Jahre her. Da hatte er seinen Bruder davon überzeugt, dass er kooperieren solle, oder er würde im Knast verschimmeln. Dieses eine Mal hatte er auf Craig gehört und war glimpflich davongekommen.

Sheffield wurde zwar nicht angekettet, aber die beiden Schließer postierten sich in seiner Nähe. Sheffield setzte sich so vorsichtig auf den Metallstuhl, als befürchtete er eine Mine in der Sitzfläche. Er war ein kleiner, drahtiger Mann, mit kleinen schwarzen Augen, die ständig umherflitzten.

»Nur unter vier Augen.«

Seine Stimme war spitz, er fiepte fast wie eine Maus. Alles an Sheffield erinnerte Craig an Nagetiere.

Craig nickte den Schließern zu. Sie ketteten Sheffield an den Tisch, verließen mit Stone den Raum. Hatte Sheffield keine Angst, dass der Raum abgehört wurde? War er so naiv?

»Okay, Sheffield. Jetzt sind Sie an der Reihe. Und verschwenden Sie nicht meine Zeit.«

»Sie müssen Ihren Mund ganz nah an meine Ohren bringen. Sonst hören die mit.«

Die Frage nach Sheffields Naivität war damit beantwortet.

»Ich werde Sie schon nicht anknabbern, ich steh nicht auf Männer.«

Er lachte nicht über seinen Witz, sein Gesicht blieb verschlossen. Craig stellte sich neben Sheffield, beugte sich zu ihm hinunter, der drehte den Kopf, Craig musste schlucken, Sheffield hatte üblen Mundgeruch.

»Ihr habt doch die Jefferson-Schwestern gefunden, nicht wahr?«

Verfluchte Scheiße, dachte Craig.

»Wer erzählt denn so was?«

»Ist das wichtig?«

Craig bewegte seinen Kopf einmal hin und her.

»Ich hab mit denen nichts am Hut gehabt. Die hab ich nicht angefasst. Obwohl es saftige Braten waren.«

Sheffields Provokation berührte Craig nicht.

»Die haben mich natürlich auch ausgequetscht. Hatte ein Alibi. Hatte echt Glück, sonst hätten die mich drangekriegt, ob ich es gewesen war oder nicht. Die waren echt verzweifelt. An jeden Strohhalm ham die sich geklammert.«

»Wer sind ›die‹?«

»Na, die Bullen. Wer sonst? Dieser Humble, ein echt scharfer Hund. Der war ja eigentlich bei der Sitte. Der hat mich durch die Mangel gedreht. Hat sich selbst natürlich nicht die Finger schmutzig gemacht. Der hatte seine Henkersknechte. Da war einer dabei, der hat mich wie einen Kegel durch die Gegend geschleudert. Und gebrüllt, ich solle gestehen, ansonsten würde er mich plattmachen.«

Sheffield schwieg, wartete wohl auf eine Reaktion von Craig, die allerdings ausblieb.

»Der hat mich so durchgeprügelt, das war sogar Humble zu viel. Keiner hat mir geglaubt, logisch. Das Alibi, das hat mir den Arsch gerettet, aber dann haben sie mich doch noch drangekriegt. Verflucht, die haben doch keine Ahnung. Kinder sind oft kleine geile Luder. Die wollen das.«

Sheffield wartete, blickte Craig direkt in die Augen. Craig starrte zurück. Sheffield würde ihn nicht dazu bringen, Gefühle zu zeigen. Zu zeigen, dass er den Mann für vollkommen krank und gefährlich hielt. Sheffield wandte den Blick ab.

»Der Arsch, der mich verprügelt hat, der ist davongekommen. Und das Geilste ist, dass der selber jede Menge Pics hatte. Hab ich zufällig mitbekommen. Hat es einem Kollegen ganz stolz erzählt. Wollte sie ihm sogar zeigen, hat ihn in sein Wochenendhaus eingeladen, dort würde er den Kram verstecken. So, dass niemand die kleinen Schätzchen finden konnte.«

Craig wurde flau im Magen. Wenn stimmte, was Sheffield andeutete, steuerte er geradewegs in einen riesigen Polizeiskandal. Den er wahrscheinlich nicht aufklären konnte, denn nach zwanzig Jahren würde er nichts von dem finden können, was Sheffield dem Kollegen unterstellte.

»Wie hieß der Bulle, der Sie verprügelt hat?«

»Den müssten Sie eigentlich kennen. Keen heißt er. Arthur Keen.«

Craig schloss die Augen. Immer wenn man dachte, es könne nicht schlimmer werden, wurde es schlimmer. War das eine wilde Anschuldigung? Hatte Sheffield noch eine Rechnung offen? Wer hatte ihm gesteckt, dass sie die Schwestern gefunden hatten? Jetzt wäre der Zeitpunkt gewesen, die Innere zu verständigen. Craig hatte eine Information erhalten, der nachgegangen werden musste. Aber nicht von ihm. Die Vorschriften waren eindeutig. Er musste die Innere verständigen. Musste!

»Sheffield, ich werde Ihre Anschuldigungen prüfen. Und wenn ich feststelle, dass nichts dran ist, dann werden Sie im Knast verfaulen.«

Sheffield regte sich nicht.

»Haben Sie noch irgendwas zu sagen?«

»Ja. Ihr Bullen seid alle gleich. Drohen, verurteilen, verprügeln. Ich hätte besser nichts gesagt. Ich hab Sie falsch eingeschätzt, habe gedacht, Sie hätten was gegen kriminelle Bullen.«

»Woher wollen Sie das wissen? Sie haben mich heute das erste Mal gesehen.«

Sheffield machte ein Geräusch, als würde er ausspucken. »Wie blöd sind Sie eigentlich?«

Er schlug mit der Handfessel auf den Metalltisch. Es klang, als stünden sie mitten in einem Stahlwerk. Sofort ging die Tür auf. Craig richtete sich auf und hob die Hände.

»Nur keine Panik. Alles in Ordnung. Mr. Sheffield möchte wieder auf sein Zimmer gebracht werden.«

Craig verließ mit schnellen Schritten den Besprechungsraum, winkte Stone, die sich an seine Fersen heftete.

Erst, als sie vor dem Gefängnistor standen, fragte Stone: »Irgendetwas von Bedeutung?«

Craig legte Empörung in seine Stimme. »Nichts als Zeitverschwendung. Er sagte, er wisse, wer die Mädchen hat verschwinden lassen.«

»Wer?«

Statt zu antworten, ging Craig los, durchforstete sein Gehirn nach einer möglichst absurden Antwort. Er wurde fündig.

»Elvis Presley.«

Stone lachte lauthals. »Das macht Sinn. Der gute alte Elvis. Mein Gott, der arme Kerl muss wirklich für alles herhalten.«

»Verschwendete Zeit. Das ist ärgerlich.«

Craig spielte Stone den genervten Bullen vor. Er hatte durchaus Talent zum Schauspielern, das gehörte zum Job dazu. Nahm sie es ihm ab? Es schien so, denn sie hakte nicht nach.

Wie ging er jetzt vor? Er stand mit dem Rücken an der Wand. Sheffield war nicht dumm. Er verfolgte einen Plan. Doch welchen? Hatte er es auf Craig abgesehen? Aber er hatte mit Sheffield noch nie etwas zu tun gehabt ... War Sheffield vielleicht nur der Gehilfe eines anderen? Craig hatte, seit er in Exeter war, genug Leute hinter Gitter gebracht, die sicherlich nicht gut auf ihn zu sprechen waren. War Craig Opfer einer geschickt eingefädelten Intrige? Welche Möglichkeiten hatte er? Er konnte Keen direkt ansprechen. War Keen aber tatsächlich in die Sache verwickelt, gab er ihm die Möglichkeit zu agieren. Ging Craig zur Inneren und Keen hatte nichts mit der Sache zu tun, konnte er dessen Karriere zerstören. Ein Dilemma. Eine Double-Bind-Situation. Was immer er tat, es war falsch. Er brauchte Rat und musste bis dahin so weitermachen, als sei nichts geschehen, zumindest eine Zeit lang.

»Was ist mit Harold Carr, Craig? Er hat uns angelogen, zumindest nicht die Wahrheit gesagt.«

»Falls Albright und McCormick nicht gelogen haben. Im Moment habe ich das Gefühl, dass keiner die Wahrheit sagt.«

Stone grinste. »Sie eingeschlossen?«

Sie hatte ihn doch durchschaut.

»Shrinks!«, sagte Craig nur und hielt Stone die Wagentür auf.

21

Sie brauchten fast eineinhalb Stunden bis zum Haus von Harold Carr. Ein Verkehrsunfall blockierte die A38 bei Kennford, es gab keine Ausweichmöglichkeit.

Craig drückte die Klingel, diesmal öffnete Carr sofort. Er verschlang Stone mit den Augen und bat beide herein, obwohl er Craig wohl am liebsten weggeschickt hätte. Er bereitete Tee, goss ein.

Stone machte den Anfang. »Mr. Carr, warum haben Sie uns nichts von Amber Albright erzählt?«

»Warum sollte ich?«

»Weil Sie so scharf auf sie waren, wie Sie es jetzt auf mich sind.«

»Touché«, sagte Carr. »Zumindest, was Sie betrifft. Mit Amber hatte ich nie was am Hut. Die ist ein Kontrollfreak. Ich kann mir gut vorstellen, wie die im Bett ist. Zuerst werden Regeln aufgestellt. Dann werden die Regeln diskutiert, es soll ja demokratisch zugehen. Und dann werden sie so befolgt, wie Amber das will.«

»Woher wollen Sie das wissen? Hatten Sie in der letzten Zeit Kontakt mit ihr?«

Carr winkte ab. »Wo denken Sie hin? Ich habe sie seit mindestens fünfzehn Jahren nicht mehr gesehen.«

Stone schaute Carr in die Augen, in denen unverhohlen seine Geilheit aufblitzte. Dass sie ihn so hart anging, schien ihn nur noch anzustacheln.

»Sie behauptet, Sie wären ihretwegen in Exeter geblieben.«

Carr prustete los vor Lachen. »So eine frustrierte Tusse!«

»Amber Albright behauptet, Sie hätten Upton denunziert, weil Sie eifersüchtig auf ihn waren.«

Carr fiel die Kinnlade herunter. »Eifersüchtig? Auf Upton? Der Kinderficker hat keine Frau angeguckt. Der hatte nur Augen für die Mädchen. Verdammte Scheiße, ich gebe zu, dass ich keine Frau über achtzehn von der Bettkante stupsen würde, aber dieses Arschloch von Upton hätte bei einer erwachsenen Frau niemals einen hochbekommen.«

Stone schaute zu Craig, der ihr zunickte. Sie fuhr fort.

»Warum hassen Sie diesen Mann so?«

Carr beugte sich vor, kam Stone so nahe, dass kaum noch eine Handbreite zwischen ihre Nasen passte. Stone rührte sich nicht.

»Upton ist ein verdammter Kinderschänder. Das Mieseste vom Miesen. Dreck. Abschaum. Wer diesen Mann nicht hasst, ist selbst ein Dreckstück.«

»Es gibt keinerlei Hinweise, dass Upton getan hat, was Sie ihm vorwerfen.«

»Natürlich nicht. Ich hab's Ihrem schottischen Kollegen schon erzählt. Es ist eine Verschwörung. Noch heute.«

Stone hakte nach. »Wer ist noch darin verwickelt?«

»Bis auf Humble kenne ich niemanden. Aber es muss doch Leute geben, die die ganze Sache unter Verschluss halten?«

Craig schaltete sich ein. »Sie hätten ein Motiv gehabt, Upton verschwinden zu lassen.«

Carr lehnte sich bedächtig nach hinten. »Daher weht der Wind. Die Opfer zu Tätern machen. Aber wissen Sie was? Ich hätte wirklich nichts dagegen, wenn das Arschloch tot wäre. Dann könnte er kein Unheil mehr anrichten. Denn das hat er, da bin ich sicher. Humble und seine Komplizen haben ein gefräßiges, blutgieriges Monster laufen lassen.«

Stone lenkte ein. »Ich glaube Ihnen, Mr. Carr, dass Sie nichts sagen, wovon Sie nicht überzeugt sind.«

»Sie denken, ich habe halluziniert? Mir alles so sehr eingebildet, dass ich es für echte Erinnerungen halte? Ich habe Ihr Buch gelesen, Mrs. Stone. Sehr aufschlussreich.«

Craig staunte nicht schlecht. Das hätte er Carr nicht zugetraut. Es war nie gut, Menschen zu unterschätzen.

»Nein, das denke ich nicht, Mr. Carr. Upton hat Mädchen so angefasst, wie Sie es gesagt haben. Humble hat Ihre Aussagen nicht weitergeleitet. Das sind für mich Fakten. Aber Fakten kann man so oder so interpretieren. Es könnte sein, dass Upton latent pädophil war, seine Krankheit sich jedoch auf, ich will nicht sagen harmlose, aber dennoch nicht gravierende Handlungen beschränkte. Genauso gut kann Ihre Verschwörungstheorie richtig sein. Stone wandte sich an Craig. »Ich habe keine Fragen mehr.«

Craig verstand. »Ich ebenfalls nicht. Sie sehen, Mr. Carr, wir versuchen, die Wahrheit herauszufinden. Machen Sie sich keine Sorgen, Sie stehen nicht auf unserer Liste der Verdächtigen. Sie haben ein wasserdichtes Alibi, nach wie vor.«

Carr entspannte sich sichtlich. Er lächelte. »Das will ich hoffen. Und ich gebe zu, dass Ihre Ausführungen, Mrs. Stone, Hand und Fuß haben. Wenn Upton unschuldig sein sollte, was ich nach wie vor vehement bezweifle, dann bin ich der Erste, der sich bei ihm entschuldigt.«

»Falls er noch lebt.«

»Man kann sich auch bei einem Toten entschuldigen.«

Craig ließ den letzten Satz unkommentiert, ebenso wie Stone. Sie bedankten sich bei Carr, Craig fuhr Stone zu ihrer Praxis. Sie verabschiedete sich mit einem kräftigen Händedruck. Stone ging zu ihrer Haustür, schloss auf, wandte sich nicht um und verschwand in dem Haus.

Craig rief Leighton an, dann Moorcraft. Es gab nichts Neues, die beiden ackerten unverdrossen, und beide begrüßten es, dass Craig sich den Abend frei nahm. Doch Craig hatte nicht vor, die Beine hochzulegen. Er würde sich Rat suchen, und er würde eine Quelle anzapfen, die er nur für Notfälle vorgesehen hatte. Dieser Notfall war eingetreten. Craig saß bis zur Hüfte in der Scheiße.

22

Craig wählte die Nummer seines Bruders und hoffte, dass Finley weder die Nummer geändert hatte noch im Gefängnis saß. Nach drei Freizeichen meldete sich eine verschlafene Frauenstimme. Craig schaute auf die Uhr. Später Nachmittag.

»Was denn?«, fragte die Stimme. »Kann man denn nicht einmal ausschlafen?«

»Verzeihen Sie die Störung. Mein Name ist Craig …«

»Ach du Scheiße. Warte mal.«

Sie schien das Telefon abgelegt zu haben, denn Craig hörte sie jetzt aus einiger Entfernung.

»Finley! Dein Bruder.«

Finleys Stimme, hell und klar, überhaupt nicht verschlafen, antwortete: »Craig?«

»Wie viele Brüder hast du?«

Die Frau klang genervt.

»Okay, ich geh ja schon ran.«

»Und stell das scheiß Telefon leise, wenn ich schlafe. Das hab ich dir schon hundert Mal gesagt.«

»Ja, ja, ist ja gut. Reg dich nicht auf und leg dich wieder hin.«

Craig nahm an, dass die Frau Finleys Freundin war, so, wie die beiden miteinander sprachen. Sie schimpfte noch ein wenig vor sich hin, eine Tür klackte, dann war Finley plötzlich ganz dicht an Craigs Ohr.

»Hi Bruderherz. Was steht an?«

»Hi Finley. Wer ist die Lady?«

»Das ist Ryann. Ryann Fielding. Ein Goldschatz, solange

man sie nicht aus dem Schlaf reißt. Sie ist Krankenschwester und hat eine Doppelschicht hinter sich. Um zehn muss sie wieder ran. Echt beschissen. Die kriegen das nicht in den Griff mit der Gesundheitssystem-Scheiße, und Ryann kann ihre Kolleginnen nicht im Stich lassen. Scheiße, sie ist echt zu gut für diese Welt.«

»Was machst du?«

»Du wirst es nicht glauben. Ich mache Kurierfahrten für einen Expressservice. Echt geil. Nicht nur auf der gottverdammten Insel. Hey, ich war letzten Monat in Italien. Ein Transporter voll Kugellager. Die kannst du in Gold aufwiegen. Spezialanfertigungen. Aber du rufst mich doch sicherlich nicht an, um zu plaudern. Also – was geht?«

Finley in geordneten Verhältnissen? Eine echte Neuigkeit. Freundin, Job, Wohnung. Das hatte Craig ihm jahrelang gepredigt. Craig beschlichen Zweifel. Was er von Finley wollte, führte ihn zurück in das kriminelle Milieu, aus dem er anscheinend gerade ausgebrochen war. Noch vor einem Jahr hatte er vor Gericht gestanden und war nur knapp davongekommen, wegen einer Ermittlungspanne. Die Sache von vor drei Jahren war noch nicht ganz ausgestanden gewesen. Craig hatte Finleys Anwalt den Tipp gegeben. Finley hatte mit ein paar Kumpels einen Juwelier klargemacht. Er saß im Fluchtwagen, konnte abhauen. Seine Komplizen hatten dichtgehalten, es gab nur die sehr körnige Aufnahme einer Überwachungskamera. Die anderen Aufnahmen waren verschüttgegangen. Der Wagen wurde nicht gefunden. Finley wurde aus Mangel an Beweisen freigesprochen.

»Ich wollte nur mal Hallo sagen und hören, wie es dir geht.«

»Lügner!«

Er kannte Craig.

»Wenn ich was für dich tun kann, raus damit. Soll ich mich irgendwo umhören?«

»Ich will nicht, dass du …«

»Dass ich wieder abrutsche. Will ich auch nicht. Keine Sorge, ich habe in der Szene alle Schulden beglichen, und mir sind einige Leute noch ein paar Gefallen schuldig. Außerdem bin ich schon groß. Also raus damit.«

»In Princetown sitzt ein Kinderschänder. Mark Sheffield. Er hat mir etwas erzählt, das mich in die Zwickmühle bringt. Ich muss wissen, ob er zuverlässig ist oder nicht. Wenn es stimmt, was er sagt, gibt's einen Riesenskandal, wenn nicht, muss ich wissen, warum er mich anlügt. Ob es seine eigene Idee ist oder ob er für jemanden arbeitet und wenn, für wen.«

»Princetown. Das ist gut. Da kenne ich ein paar Jungs aus der Abteilung ›Ausleihen und Behalten‹. Kinderschänder, sagst du? Die sind ganz unten in der Hierarchie. Wie lange sitzt er?«

»Bis 2020. Seit 1998.«

Finley atmete scharf ein. »Scheiße, Mann, das ist eine echt lange Strecke. Aber er hat's definitiv verdient. Eigentlich sollte man so ein Arschloch nie wieder rauslassen. Eigentlich sollte man sie am eigenen Schwanz aufhängen.«

Craig hatte keine Lust, mit Finley über Sinn und Unsinn der Todesstrafe zu diskutieren.

»Machst du es?«

»Klar, Mann, Ehrensache. Kann ein bisschen dauern, aber ich werd's rauskriegen.«

»Und wenn du auf dem Weg nach Italien bist, komm doch mal vorbei.«

»Bist du immer noch clean?«

»Logisch.«

»Gut. Dann kann ich den Talisker, den ich dir mitbringe, alleine trinken.«

»Gierlappen!«

»Weichei!«

So hatten sie sich als Jugendliche gegenseitig beschimpft, als sie sich noch gut verstanden hatten. Finley wollte immer alles sofort haben, Craig war eher zögerlich.

»Okay, Bruderherz. Wenn's brenzlig wird, sagst du Bescheid. Ich kann das eine oder andere drehen.«

»Klar, Chef.« Finley gluckste. »Wir sollten zusammenarbeiten. Eine Detektei gründen. Was meinst du?«

»Und dann Ehebrechern beim Vögeln zuschauen? Nein, danke.«

»Wir machen die großen Dinger ...«

»Finley!« Craig hob einen Zeigefinger.

Finley konnte den Finger nicht sehen, aber quasi hören.

»Schon gut, Alter.«

Ryann sagte etwas, Craig konnte sie nicht verstehen.

»Ich muss Schluss machen«, sagte Finley. »Ryann braucht meine Einschlafhilfe.«

»Na, dann viel Spaß.«

»Werd ich haben, Bruderherz, da kannst du drauf wetten. Ich melde mich.«

»Danke. Ich weiß das zu schätzen.«

»Bis die Tage.«

Finley legte auf.

Craigs schlechtes Gewissen meldete sich. Was, wenn er Finley damit wieder auf die schiefe Bahn brachte? Oder hatte Finley ihm etwas vorgemacht, wie so oft? Selbst seinem Bruder misstraute er. Craig wählte ein paar Nummern, zog Erkundigungen ein. Es gab eine Ryann Fielding, in Edinburgh am Western General Hospital an der Crewe Road South. Und es gab einen Expressdienst, bei dem ein gewisser Finley McPherson arbeitete. Es schien also alles zu stimmen. Und einer Sache war er sich sicher: Finley würde ihn niemals verraten. Das hatte er schon oft genug bewiesen.

Craig verstaute sein Handy und machte sich auf den Weg nach Hause. Er musste Albrights Studie lesen. Er musste mehr über Sophie und Charlotte erfahren. Nur die Schwestern konnten ihm verraten, wer sie getötet hatte.

23

Nach dem Abendessen löschte Craig das Licht in der Küche, setzte sich an seinen Schreibtisch, der aus einer alten Kinder-Schulbank bestand, die für Erwachsene umgebaut war. Man konnte die Platte anheben, darunter gab es Stauraum, und es war ein Loch für ein Tintenfass in die Platte eingearbeitet. Das Möbelstück hatte sechshundert Pfund gekostet, Craig hatte nicht widerstehen können. In der Grundschule hatte er eine gute Zeit verbracht und an genau einer solchen Bank gesessen.

Er fuhr seinen Laptop hoch, loggte sich ins System des Headquarters ein. Der Bildschirm flackerte, dann öffnete sich das Fenster mit seinem persönlichen virtuellen Arbeitsplatz. Alles, was er im System tat, wurde minutiös aufgezeichnet. Recherche, Lesen von Dokumenten, Abfragen von Datenbanken: Jeder Schritt war nachvollziehbar. Selbst Jamili hätte daran nicht drehen können. Die Server, die diese Daten aufnahmen, standen in London. Dort wurden die Daten auch verwaltet.

Craig hatte nichts Böses im Sinn, also konnte ihm das heute egal sein. Er rief die Akten zum Fall auf.

Auf der ersten Seite standen die aktuellen Meldungen, und Craig las zu seiner Überraschung und Freude zugleich, dass die Erfassung abgeschlossen war. Die Rookies und Moorcraft hatten sich selbst überboten. Er fragte seine Verdächtigen ab: Albright, McCormick, Carr und Wrench. Nichts Neues. Dann rief er die Liste mit Ermittlungsversäumnissen auf. Sie war lang, so lang, dass Leighton sie kategorisiert hatte. Die längste Liste verbarg sich hinter dem Keyword »Vernehmungen«. Dass Uptons

Aussage unterschlagen worden war, war das eine. Genauso gravierend war gewesen, dass alle anderen Vernehmungen mit nur drei Fragen geführt worden waren: Wo waren Sie zur Tatzeit? Haben Sie jemals mit Kindern sexuelle Handlungen vorgenommen? Wer, glauben Sie, könnte der Täter sein?

Das war mehr als rustikal. Das war zielgerichtete Verstümmelung. Humble hatte nicht das geringste Interesse gehabt, Jagd auf den oder die Täter zu machen. Craig studierte die Berichte der Detectives, die der Mordkommission zugeordnet gewesen waren. Mehrfach hatten sie auf die unzureichende Ermittlungsarbeit hingewiesen, doch Humble hatte keine einzige Beschwerde weitergeleitet, sondern alle mit einem Vermerk »erledigt« abgelegt. Craig konnte sich lebhaft vorstellen, wie er die »Nestbeschmutzer« weichgekocht hatte: mit Drohungen, Einschüchterungen und Versetzungen. Der Leiter einer Mordkommission hatte die Macht dazu. Die Einwände versickerten rasch. Niemand legte sich gerne mit einem bissigen Vorgesetzten an. Zwei Wochen nach Aufnahme der Ermittlungen liefen alle in Humbles Spur, und er konnte schalten und walten, wie er wollte. Und das tat er auch. Craig musste sich beherrschen, um nicht »Keen« in die Suchmaske einzugeben. Es blieb ihm nichts anderes übrig, als die Protokolle zu überfliegen und nach seinem Namen zu suchen. Um elf drückte sich Craig eine halbe Portion Astronauten-Gulasch in den Teller. Um halb zwei in der Nacht brühte er sich einen extrastarken grünen Tee auf. Um halb vier stockte ihm der Atem. Ein Vernehmungsprotokoll. Unterzeichnet von Humble. »Der Verdächtige Mark Sheffield reagiert auf unsere Anschuldigungen mit Aggression. Er greift DSI Keen an, der sich gegen Sheffield behaupten kann und leichte Verletzungen davonträgt. Sheffield wird darauf hingewiesen, dass der Angriff auf Beamte eine Straftat ist. Mark Sheffield führt an, er sei von Keen angegriffen und verletzt worden. Nach eindringlicher

Beratung verzichtet DSI Keen auf eine Anzeige. Mark Sheffield verzichtet seinerseits auf eine Dienstaufsichtsbeschwerde.«

»Fuck!«

Craig schlug mit der Faust auf die Tischplatte, sein Laptop machte einen Satz. Das war Bullensprech und hieß nichts anderes, als dass Keen Sheffield vermöbelt hatte und man Sheffield mit dem Höllenfeuer gedroht hatte, falls er plauderte. Keen hatte Scheiße gebaut, keine Frage, aber es machte ihn auch ein wenig menschlicher. Er war kein Heiliger, genauso wenig wie Craig. Und vielleicht war Keen ein aufrechter, unbestechlicher Bulle geworden, weil er seinen Fehler eingesehen hatte. Vielleicht war er aber auch ein verkappter Pädophiler. Wie eine Neonreklame erschien vor Craigs geistigem Auge der Schriftzug: »Innere!«

»Noch nicht«, sagte Craig zu seinem Computer. »Noch nicht«, wiederholte er.

Er musste sich dieses Mantra so oft vorbeten, bis er es selber glaubte. Er musste etwas riskieren, damit Keen nicht den Wölfen zum Fraß vorgeworfen wurde, so wie sein ehemaliger Chef Gordon Brodie seine Karriere riskiert hatte, um Craig zu schützen. Auch Craig waren die Nerven durchgegangen, und er hatte unter Alkohol einen Zeugen zu hart rangenommen. Wenn Craig ehrlich war, hatte er ihn quer durch den Vernehmungsraum geprügelt, so wie Keen Sheffield. Hätten seine Kollegen ihn nicht weggezogen, er hätte den armen Kerl vielleicht sogar umgebracht. Craig hatte hinschmeißen wollen, aber Brodie hatte ihn davon überzeugt, dass das der falsche Weg gewesen wäre. Also war Craig auf den Deal eingegangen. Exil in Exeter, nie wieder Alkohol, Therapie, Screening. Keen hatte ebenfalls eine zweite Chance bekommen. War das gerecht? Craig wusste es nicht. Auf jeden Fall war es gegen das Gesetz, denn es war gebeugt worden. War Craig besser als Humble? Ja, denn Craig hatte noch nie eine Ermittlung vorsätzlich an die Wand gefahren.

Craig las weiter, fand keinen weiteren Hinweis. Sheffield hatte nicht gelogen, zumindest, was den ersten Teil seiner Anklage anging. Hoffentlich fand Finley, was Craig brauchte. Wenn Keen im Kinderpornogeschäft mitmischte, würde er ihn genüsslich zur Strecke bringen. Wenn nicht, würde er dafür sorgen, dass niemand dieses Protokoll zu Gesicht bekommen würde. Keen hasste Craig, aber er war ein Glücksfall für die Exeter and Devon Police.

Jetzt war die Studie von Albright an der Reihe. Craig nahm sich zuerst die Aussagen vor, die nach dem Verschwinden der Schwestern angefertigt worden waren. Formal sah alles gut aus. Die Methodik stimmte, die Befragung war nicht tendenziös oder manipulierend. Alles war auf Tonträger aufgezeichnet und digitalisiert worden. Albright und ihr Team hatten gute Arbeit geleistet. Craig öffnete die erste Datei. Der Junge hieß Chris, und er bewies, dass Kinder grausam sein konnten.

»Die waren echt blöd. Ich durfte nie mit denen spielen. Hoffentlich kommen die nie wieder.«

Keine Frage, Chris' Wunsch war in Erfüllung gegangen. Und genau das wäre zu seinem Trauma geworden, hätte Albright nicht eingegriffen. Zehn Jahre später konnte er entspannt darüber reden, dass er sich schon bald mit furchtbaren Schuldgefühlen herumgeplagt und geglaubt hatte, er hätte die beiden verschwinden lassen.

Julie hieß das nächste Kind, und auch sie hatte nicht viel für ihre Klassenkameradinnen übrig.

»Boah, die haben immer alles gekriegt, wenn sie geflennt haben. Miese Zicken. Und geklaut haben die. Mir haben sie meinen Füller geklaut.«

Der Füller war wieder aufgetaucht – im Pult von Charlotte,

die Stein und Bein schwor, ihn nicht genommen zu haben. Sie habe doch selber einen, der viel schöner sei.

Und so ging es weiter. Charlotte und Sophie waren in der Klasse isoliert gewesen. Die meisten gaben sich nicht mit ihnen ab, und diejenigen, die ihre Freundschaft suchten, wurden abgeschmettert. McCormick hatte also ebenfalls gelogen. Die beiden waren keine Engel gewesen. Craig würde sie vorladen und nicht eher gehen lassen, bis er die Wahrheit aus ihr herausgeholt hatte.

Fast alle Kinder berichteten von Übergriffen, die auf das Konto von Charlotte und Sophie gingen. Craig öffnete die Schulbeurteilungen der beiden. Bingo! Es war immer wieder Upton gewesen, der die Beschwerden über die beiden abgeschmettert hatte.

TAG 4

24

Craig schaute auf die Uhr. Sechs Uhr. Die Nacht war vorbei, er hatte nicht eine Sekunde geschlafen. Er scrollte weiter durch die Dateien, hörte sich noch einige Aussagen von Kindern an. Es wurde nicht besser, im Gegenteil. Warum hatte Albright ihm die Studie so bereitwillig überlassen? Sie hätte mit Datenschutz kommen können, hätte verlangen können, dass er entweder einen richterlichen Beschluss oder die schriftliche Zustimmung aller Teilnehmenden hätte beibringen müssen. Das hätte Wochen, wenn nicht Monate dauern können. War das die Rache an McCormick, weil sie geplaudert hatte? War Albrights Büro verwanzt? Craigs Blick verschwamm. Er hatte die Nacht durchgemacht, das war die Quittung.

Er fuhr den Rechner herunter, drückte sich einen Obstsalat auf eine Untertasse und schlürfte ihn. Der Geschmack von Ananas und Mangos vertrieb die Schlieren vor seinen Augen. Zum Wachwerden machte er eine halbe Stunde leichtes Krafttraining, stellte sich unter die Dusche und krönte seine Wiederbelebungsmaßnahmen mit einem sehr schwarzen Kaffee mit Zucker, ohne Milch. Um sieben fühlte er sich wie nach acht Stunden Schlaf.

Er rief Leighton an und bat ihn, die Studie zu durchforsten, ein Profil von Charlotte und Sophie anzulegen und eine Liste mit ihren Feinden, abgestuft von Todfeinde bis normale Abneigung. Außerdem eine Liste der Dinge, die Charlotte und Sophie geklaut haben sollten. Nicht zu vergessen die Eltern der Kinder. Craig brauchte einen Kreuzcheck. Alle Daten, die verfügbar waren. Leighton grunzte nur und legte auf.

Was er jetzt tun musste, verlangte ihm alles an schauspielerischer Fähigkeit ab, die er aufbringen konnte. Er musste Keen über den Stand der Ermittlungen informieren und den Schritt in die Öffentlichkeit mit ihm abstimmen, ohne dass sein Boss merkte, dass etwas nicht stimmte.

Er zog ein blütenweißes Hemd an, eine dunkelblaue Jeans, schwarze Lackschuhe und ein dunkles Sakko. Er fuhr mit seinem Spitfire, der ihm wie immer ein Gefühl von Sicherheit und Heimat gab.

Als er am Headquarter ankam, war es bereits nach halb acht. Der Pförtner ignorierte ihn wie meistens. Auf den Fluren waren Dutzende Kollegen unterwegs, eilten zu Besprechungen oder ins Labor, zu ihren Vorgesetzten oder zu einem Einsatz. In den Büros klackerten die Tastaturen, hier und da wehte ein Schrei durch die Flure, von einem verzweifelten Angehörigen eines Opfers oder einem Verhafteten, der nicht wahrhaben wollte, dass er erledigt war.

Craig öffnete die Tür zu Keens Vorzimmer.

Seine Sekretärin nickte ihm zu. »Er hat Sprechstunde, Sie können rein.«

Sie drückte einen Knopf, ein Summer ertönte, Craig öffnete die schwere schallisolierte Tür zu Keens Thronsaal.

Keen saß hinter seinem Schreibtisch, auf dessen blankpolierter Platte ein ultradünner Laptop lag, ein Notizblock und ein Bleistift mit Radierer am Ende. Sonst nichts. Keine Akte, kein Foto von Frau und Kindern, keine Kaffeetasse.

Keen blickte nicht auf, zeigte auf einen Besucherstuhl. »Ich höre.«

Craig setzte sich.

»Ein Wust aus Beziehungsverflechtungen. Ein Lügengespinst, wohin man sieht. Und ein verschwundener und vielleicht ermordeter Lehrer, den wir unbedingt finden müssen. Ein Ermittler, der die Akten frisiert hat, und kein Täter für den Mord an den Schwestern in Sicht. Aber ich habe zwei bis drei Verdächtige mit einem starken Motiv, Upton umgebracht zu haben. Ich brauche eine Vorladung für ein paar Beratungsresistente und eine internationale Fahndung nach Ken Upton. Bei ihm kreuzen sich die Linien. Das wäre alles.«

»Wir können es sowieso nicht mehr zurückhalten. Der Fund von Charlotte und Sophie ist durchgesickert. Ich werde eine Pressekonferenz einberufen. Die Vorladung geht klar. Geben Sie Gas, McPherson. Sie bekommen mehr Leute. Sobald die Medienmeute losgelassen ist, wird nichts anderes mehr die Schlagzeilen beherrschen. Man wird verlangen, das ganze Land auf links zu drehen.«

Gute Neuigkeiten. Aber was war los mit Keen? Sein Boss war handzahm, er hatte nicht einmal gesagt, dass er Craig hasse wie die Pest und dass es nichts auf der Welt gebe, das diesen Zustand beenden könne, außer seinem Tod. Er hatte Craig nicht gedroht, ihm nicht vorgeworfen, irgendjemanden schlecht behandelt zu haben. Hatte er die Akten studiert und war auf das Protokoll gestoßen? Wartete er darauf, dass Craig ihm offenbarte, dass er ihn über die Klinge springen lassen würde oder ihn erpressen wollte?

»Die Leute kann ich brauchen, danke, Sir, Mr. Keen.«

»Ich lese sehr aufmerksam Ihre Protokolle und verfolge den Fortschritt dieser Ermittlung. Sie drei leisten sehr gute Arbeit.«

Keen lobte sie? Craig musste unwillkürlich schlucken.

»Danke, Sir, ich werde es weiterleiten.«

Wann ließ Keen endlich die Bombe platzen?

»Haben Sie noch Fragen? Brauchen Sie noch etwas?«

Das war nicht der Keen, den Craig kannte. Er *musste* das Protokoll gesehen haben. Und jetzt plagte ihn das schlechte Gewissen.

»Nein, Sir. Danke. Wir werden unser Bestes geben.«

»Gut.«

»Ja.«

»Eins noch«, sagte Keen.

Kam jetzt das dicke Ende?

»Haben Sie schon einen guten Namen für die Mordkommission? Für die Presse.«

»Angels«, sagte Craig, ohne zu überlegen.

»MK Angels.« Keen rieb sich die Stirn. »Genial! Das ist emotional. Wir sind auf der Jagd nach dem Mörder unserer Engel Sophie und Charlotte. Das wird richtig reinhauen.«

Nur, dass die beiden wahrlich keine Engel gewesen waren. Bevor es peinlich wurde, machte sich Craig aus dem Staub, Keen hielt ihn nicht auf, er telefonierte schon mit dem Pressesprecher.

Würde Keen wirklich versuchen, die Sache auszusitzen? Je größer die MK wurde, desto wahrscheinlicher, dass jemand über Keens Vergehen stolperte. Craig beschlich ein ungutes Gefühl. Er eilte in sein Büro, grüßte Leighton mit einer Geste und fuhr seinen Rechner hoch. Er rief das Protokoll auf und erstarrte. »Keine Datei mit diesem Namen verfügbar.« Craig stieß einen Fluch aus.

»Wann wollten Sie es mir sagen?«

Craig zuckte zusammen. Leighton stand vor ihm.

»Sie haben mich fast zu Tode erschreckt. Was sagen?«

Leighton wedelte Craig mit einem Blatt Papier vor der Nase herum. »Dass Keen Dreck am Stecken hat. Er hat einen Verdächtigen verprügelt, und es ist vertuscht worden. Sie haben die entsprechende Datei heute Nacht aufgerufen.«

»Jemand hat sie gelöscht.«

Leighton hob die Augenbrauen, griff über Craig hinweg in die Tastatur. Fluchte leise. »Sie ist sogar aus dem Papierkorb entfernt worden.«

Er rief Jamili an, der ihm mitteilte, dass diese Datei nie existiert hatte. Laut Erfassungsprotokoll. Er konnte keinen unautorisierten Zugriff feststellen.

Leighton bedankte sich.

»Da war ein Profi am Werk. Oder jemand, der Zugang zu allen Daten hat und über höchste Administratorenrechte verfügt.«

»Jemand wie Keen«, stellte Craig fest.

»Niemand sonst würde da rankommen.«

»Das ergibt keinen Sinn. Wenn Keen es war, weiß er, dass es erstens eine Kopie der Daten gibt, und zweitens, dass es das Protokoll auf Papier gibt.«

»Er hat nicht damit gerechnet, dass wir es sehen. Er war zu langsam. Seine Strategie wäre aufgegangen, denn wir lesen die Akten nur online, nur digital und nur unsere Version, nicht die Sicherheitskopien. Das ist so gut wie ein Geständnis. Ich werde die Innere verständigen.«

Leighton griff zum Telefon, Craig legte seine Hand auf Leightons.

»Nicht so eilig. Wir sollten das besprechen.«

Leighton funkelte ihn an. »Was gibt es da zu besprechen?«

»Wer ohne Fehl ist …«

»Was soll der Unsinn? Ein Verbrechen rechtfertigt nicht ein anderes.«

»Und wenn die Angaben im Protokoll wahr sind und Keen aus Notwehr gehandelt hat?«

Leightons Handrücken wurde feucht.

»Warum hat er dann das Protokoll gelöscht?«

»Wir wissen nicht, wer es gelöscht hat. Außer Keen gibt es noch ein Dutzend andere, die über Admin-Rechte verfügen.«

Craig nahm die Hand weg.

Leighton zögerte, dann nahm auch er die Hand weg.

»Was meinten Sie mit ›Wer ohne Fehl ist‹?«

»Vergessen Sie's. Ist nicht wichtig.«

Jetzt war nicht der geeignete Moment, sich mit Leighton auszusprechen. Es hätte wie Erpressung gewirkt, und es war schon einige Zeit her, dass Leighton ihn hatte in die Pfanne hauen wollen.

»Wir sollten Heather dazunehmen, wir sind ein Team, und wir müssen Entscheidungen treffen.«

Leighton rieb sich das glattrasierte Kinn. »Jeder trägt die Entscheidung mit, egal, wie sie ausfällt? Kein Veto?«

»Wenn Moorcraft damit einverstanden ist, ja.«

»Okay. Das ist fair.«

Craig rief Moorcraft an und bat sie in sein Büro.

Wenig später saßen Craig, Leighton und Moorcraft um einen Tisch herum. Craig brachte sie auf den neuesten Stand, auch über das Gespräch, das er mit Keen geführt hatte. Mehrfach zog sie heftig die Luft ein.

Schließlich sagte sie: »Das ist die Wahl zwischen Pest und Cholera.«

»Wenn ich an die Vorschriften erinnern dürfte?!«, sagte Leighton.

Moorcraft legte die Stirn in Falten. »Genau genommen müssten wir die kompletten Ermittlungen abgeben. Keen ist unser Vorgesetzter. Wir sind nicht mehr unbefangen.« Sie überlegte einen Moment und fügte hinzu: »Er ist ein guter Boss. Hart, aber fair. Er hat mir gegen den Widerstand altgedienter Detectives eine Chance gegeben. Hat mich gegen die Machos verteidigt.«

»Was kann uns blühen? Der Rausschmiss. Degradierung. Versetzung. Verlust der Pension. Das volle Programm.«

Craig wollte, dass Moorcraft und Leighton sich ganz genau im Klaren darüber waren, dass sie ihre Karriere riskierten.

»So schnell wird niemand rausgeschmissen, der gute Arbeit

leistet«, sagte Moorcraft. »Die Sache ist ganz einfach. Wir müssen den Fall aufklären, dann sind wir die Helden, und Helden verzeiht man vieles. Außerdem will *ich* den Mistkerl kriegen, der die beiden ermordet hat.«

»Geht mir genauso«, sagte Leighton. »Wir sind die Besten. Oder etwa nicht?«

Craig musste lächeln. Er kam sich im Moment tatsächlich vor wie Braveheart, der seine Getreuen um sich sammelt, um die letzte entscheidende Schlacht zu schlagen. Leider wurde Braveheart von den Engländern gefasst und mörderisch zu Tode gefoltert, als abschreckendes Beispiel.

»Damit wäre es entschieden. Wir lassen die Innere außen vor, bis wir belastbare Beweise haben, dass Keen ein Verbrecher ist.« Er schaute der Reihe nach Moorcraft und Leighton in die Augen. »Gut. Gibt es etwas Neues?«

Leighton drehte sich zu seinem Schreibtisch und fischte einen Stapel Blätter von einem Berg Papier. Das oberste reichte er Craig.

»Die Liste der Dinge, die die Schwestern gestohlen haben sollen beziehungsweise nachweislich gestohlen haben.«

Craig überflog die Liste. Nichts war vor den beiden sicher gewesen. Angefangen vom Schulbrot über Bücher bis hin zu Geld, Füllfederhaltern und sogar Kleidung.

»Wieso sind sie nicht belangt worden?«

Craig ahnte die Antwort.

»Immer wieder Upton. Er hat sie geschützt.«

»Sie waren kleine Miststücke, nicht wahr?«, fragte Moorcraft.

»So sieht es aus. Sie hatten Upton in der Hand«, sagte Craig.

»Fragt sich, womit.« Leighton blätterte durch den Stapel. »Es gab nur wenige Eltern, die darauf drangen, dass die Schwestern von der Schule flogen. Und jetzt kommt's.«

Leighton ließ eine Spannungspause.

Moorcraft boxte ihm auf den Oberarm. »Raus damit!«

»Die Bewertungen der Kinder dieser Eltern wurden schlagartig besser. Die Bewertungen von unseren Engeln Sophie und Charlotte schweigen sich aus über das asoziale Verhalten der beiden.«

Craig schlug sich auf die Oberschenkel. »Gute Arbeit, Tyler.«

»Es kommt noch besser.«

Leighton hielt ihm ein Blatt hin.

Craig schnappte nach Luft. »Dann wollen wir den beiden Hübschen mal einen Besuch abstatten. Zu dritt. Mit Verstärkung.«

25

Das Neonschild »Wrench's Autowerkstatt« tauchte den Parkplatz in ein unwirkliches Licht. Im Büro brannte noch Licht, in der Werkstatt ebenso. Die Wrenchs waren fleißig. Es war bereits nach acht am Abend, es hatte gedauert, bis sie ein Durchsuchungskommando zusammengestellt hatten. Viele Firmen hatten schon Feierabend.

Craig ließ die Gebäude umstellen. Niemand konnte ungesehen entkommen. Der Durchsuchungsbeschluss war nach nicht einmal zehn Minuten durchgesetzt, die diensthabende Richterin hatte nicht einen Moment gezögert. Einen Haftbefehl wollte sie noch nicht ausstellen, aber das war auch nicht nötig. Craig konnte die beiden vorläufig festnehmen und bis zum Haftprüfungstermin festhalten.

Craig drückte die Tür zum Büro auf.

David Wrench stand hinter dem Tresen und schrieb etwas in ein Buch, das umgeben war von Belegen. Wahrscheinlich machte er die Tageskasse, wie sich das gehörte. Er musste so vertieft gewesen sein, dass er die Ankunft der Polizei nicht bemerkt hatte. Er blickte auf, sah Craig und seine Mannschaft, legte den Stift hin und seine Hände auf den Tresen. Er lächelte nicht. Angst stand ihm ins Gesicht geschrieben.

»Inspector McPherson, was hat das zu bedeuten?«

Craig zeigte den Durchsuchungsbeschluss. »Wenn Sie bitte hinter dem Tresen hervorkommen würden?«

David Wrench gehorchte, ohne zu zögern. Ein Constable stellte sich an seine Seite.

»Wo ist Ihr Vater?«, fragte Craig, obwohl er es bereits wusste.

»In der Werkstatt.«

Von draußen drangen Flüche in das Büro. Davids Beine zuckten, aber er blieb stehen. Es war sein Vater, der da vor sich hin schimpfte, den Polizisten Nazi-Methoden vorwarf. Die Tür schlug auf, Leighton und Moorcraft geleiteten den fluchenden Wrench in das Büro.

Wrench sah Craig und stoppte seine Schimpftirade. »Detective, gut, dass Sie hier sind. Was soll das? Pfeifen Sie Ihre Kettenhunde zurück.«

Craig hielt Wrench den Beschluss vor die Nase. »Wenn Sie mich nicht belogen hätten, wäre ich nicht hier.«

»Belogen? Wieso belogen?«

»Sie sagten, die Schwestern von Joseph Jefferson wären nette Kinder gewesen.«

Charles Wrench leckte sich die Oberlippe. Einmal. Noch einmal.

»Ich will meinen Anwalt anrufen.«

»Das ist Ihr gutes Recht. Wir fangen schon mal an, uns umzusehen«, sagte Craig.

Charles Wrench machte einen Schritt auf Craig zu, hob eine Hand. Leighton und Moorcraft packten ihn, drehten ihm beide Arme auf den Rücken. Er stöhnte auf. David Wrench blieb regungslos stehen, die Augen weit aufgerissen.

»Sie sind ein hinterhältiger Mistkerl, McPherson.« Charles Wrench keuchte. »Schleichen sich in mein Leben ein, horchen mich aus, und dann stechen Sie mich von hinten nieder.«

Craig beugte sich zu Charles Wrench hinunter. »Ich glaube, Sie verwechseln da was.«

»Sie haben gesagt, Sie wollen nur etwas über Joseph wissen.«

»Ich ermittle in einem Mordfall. Doppelmord. Charlotte und Sophie Jefferson. Sie erinnern sich?! Da gibt es nichts, was ich nicht wissen will. Wir haben herausgefunden, dass Sie die beiden gehasst haben. Dass Sie ihnen aufgelauert haben. Dass Ihr Sohn gedroht hat, sie plattzumachen.«

David Wrench warf ein: »Das ist nicht wahr! Ich mochte Sophie und Charlotte.«

Craig richtete sich auf, trat zu David Wrench, tippte ihm mit dem Zeigefinger auf die Brust. »Oh ja. Sie mochten die beiden bis zu dem Tag, an dem sie Ihnen sagten, dass Sie der langweiligste Typ auf der ganzen Welt seien. Ab diesem Tag haben Sie die beiden gehasst. Zumal sie Ihnen Ihr Taschengeld geklaut hatten. Und Ihr Federmäppchen mit Ihrem Talisman darin. Und Ihre Lieblings-Basecap. Die beiden haben geklaut wie die Raben.«

David Wrench wurde puterrot im Gesicht. »Diese kleinen Mistviecher. Der Teufel soll sie holen. Und niemand hat was dagegen unternommen. Upton hat denen aus der Hand gefressen. Die hatten den unter Kontrolle. Mich wollten sie von der Schule weghaben. Aber dann waren die Miststücke weg, und ich hatte Ruhe. Als Upton weg war, da fühlte ich mich wie im Paradies.«

»Sei still, Junge, um Gottes willen. Du redest dich um Kopf und Kragen!«

»Schafft ihn raus. Ich will mit David alleine reden.«

Leighton und Moorcraft übergaben Charles Wrench vier Constables, die ihn nach draußen schleiften.

»Okay, David. Das ist doch schon mal ein Wort. Du hast recht. Die beiden waren diebische Elstern. Sie hatten Upton tatsächlich unter Kontrolle. Das konntest du nicht ertragen.«

»Ich hab sie getötet.«

Craig schmunzelte. »Das, lieber David, glaube ich Ihnen

keine zwei Sekunden. Sie waren acht. Schmächtig. Das einzige Fach, in dem Sie schlechte Beurteilungen hatten, war Sport. Die Mädels hätten Sie plattgemacht, wenn Sie ihnen zu nahe gekommen wären.«

Ein Constable kam aus der oberen Etage heruntergelaufen, einen Beweisbeutel in der Hand. »Das haben wir im Schlafzimmer von Charles Wrench gefunden.«

Craig nahm den Beutel und zog die Liste mit den geklauten Gegenständen aus der Tasche. Die Hälfte der Sachen befand sich in dem Beutel. Das genügte.

»David, Sie werden nicht verdächtigt. Und selbst wenn Ihr Vater Ihnen gestanden hätte, dass er Charlotte und Sophie getötet hat, und Sie es uns nicht gemeldet haben, kann ich Sie dafür nicht belangen. Sie können hierbleiben. Ihren Vater müssen wir mitnehmen.«

»Bitte, bitte nicht. Ich brauche meinen Vater. Wie soll ich das alles allein schaffen?«

Er tat Craig leid, aber es gab keine andere Möglichkeit. Charles Wrench war mit großer Wahrscheinlichkeit der Täter. Die Indizien reichten allemal aus, ihn anzuklagen, und Craig war sich ziemlich sicher, dass jede Jury ihn verurteilen würde. Dennoch mussten sie noch viele Details abklären. Und sollte Charles Wrench ein Alibi haben, dann würde es Dresche geben von den Medien.

Craig befahl, alles weiter gründlich zu durchsuchen. Die Männer und Frauen sollten vor allem auf alte Autoteile achten. Wer, wenn nicht Wrench, wäre in der Lage gewesen, einen Wagen in kürzester Zeit verschwinden zu lassen. Vielleicht hatte er sich eine Trophäe aufbewahrt, so wie die ganzen Sachen, die die Schwestern gestohlen hatten.

Craig und sein Team fuhren zum Headquarter, wo bereits Wrenchs Anwalt wartete. Der schwor seinen Mandanten darauf ein, nichts zu sagen. Der beste Rat, den er Charles Wrench geben konnte. Aber nützen würde es ihm nicht.

Blieb noch der Fall Upton. Und der Fall Keen. Und der wichtigste Fall in Craigs Leben: der Fall Mary Marley.

TAG 5

26

Craig lag im Bett und träumte von einem Urlaub auf einer Südseeinsel. Sonne, weißer Strand, Cocktails und frischer Fisch vom Grill. Er wusste nicht genau, wie spät es war. Es musste früher Morgen sein, er war gegen Mitternacht aus dem Headquarter zurückgekommen. Der Papierkram hatte kein Ende genommen. Craig ging in seinem Traum den Strand entlang. In den Bars saßen vereinzelt Pärchen, hielten Händchen, lachten, küssten sich leidenschaftlich.

Es klingelte. Craig wollte nicht aufwachen, es fühlte sich so gut an. Die milde Luft, der Geruch nach Salz, Sand und Liebe. Es klingelte noch mal. Craig seufzte, stand auf.

Er war so müde gewesen, dass er sich nicht ausgezogen hatte. Selbst die Schuhe hatte er noch an den Füßen. Er schob die Riegel zur Seite, öffnete die Tür.

Im Dämmerlicht stand eine Frau einen guten Meter von der Tür entfernt. Sie musste geklingelt haben und dann zwei Schritte zurückgewichen sein.

Sie sagte nur ein Wort: »Craig.«

»Mary!«, rief Craig. »Mary, mein Gott, wo warst du?«

Mary wich weiter zurück, drehte sich um und rannte los.

»Nein, nein, nein«, rief Craig. »Warte doch, es tut mir leid. Ich hätte das alles nicht sagen dürfen.«

Mary rannte weiter. Craig sprintete los, er prallte auf etwas Hartes, Schmerzen fuhren ihm durch den ganzen Leib. Hatte er ein Auto übersehen, als er Mary über die Straße hinterhergerannt war?

Es war Holz. Kein Asphalt. Er öffnete die Augen, sah die Füße seines Nachttisches. Er lag auf dem Parkettboden seines Schlafzimmers. Die Trauer kroch ihm aus dem Bauch in den Kopf. Tränen liefen über seine Wangen in den Mund. Sie schmeckten salzig.

Er rappelte sich hoch. Verließ die Wohnung, ging zur Haustür, öffnete sie, blickte sich um. Nur die leere Straße. Er wartete ein paar Minuten. Ein Bus fuhr vorbei und ein paar Frühaufsteher in ihren Wagen, die aussahen, als schliefen sie hinter ihren Steuern.

Mary war so echt gewesen. Ihre Stimme. Ihre Kleider. Er konnte sie noch riechen. Aber nicht sie war damals weggerannt, sondern er. Das stimmte nicht an dem Traum.

Craig kehrte zurück in seine leere Wohnung. Es war sechs Uhr. Er hatte fünf Stunden geschlafen. So lange, wie schon seit Monaten nicht mehr.

Marys Gesicht stand riesengroß vor seinen Augen. Ihr Mund bewegte sich. »Was hast du mit mir gemacht?«, fragte sie tonlos.

Craig schlug um sich. »Geh weg!«, rief er. »Lass mich in Ruhe. Ich weiß nichts. Sag du es mir. Komm zurück.« Er sank auf die Knie, malträtierte mit den Fäusten den Boden, weinte, fluchte.

Nach einer Weile versickerte die Verzweiflung und machte einem Gefühl der Erleichterung Platz. Marys Gesicht war verschwunden, Craig starrte auf die Maserung des Holzbodens. Mit den Handflächen stützte er sich ab, drückte seinen Körper hoch, richtete sich auf, atmete tief durch die Nase ein und durch den Mund wieder aus. Die Erkenntnis kam aus dem Nichts: Er musste Mary loslassen, oder er würde sich nie erinnern können und über kurz oder lang zugrunde gehen. Der Saufdruck würde so mächtig werden, dass er ihn nicht mehr kontrollieren könnte, er würde alle Dämme sprengen. Craig musste sich jemandem anvertrauen, oder er würde zerbrechen. Er musste handeln. Er würde handeln.

»Ich kann, und ich werde«, sagte er zu sich selbst. »Ich kann, und ich werde. Ich werde niemals aufgeben. Niemals!«

Dusche, Obstsalat aus der Tube und starker Tee brachten Craig zurück ins Leben.

»Was für eine Bilderbuchkrise«, sagte er zu der Teetasse. »Wie aus dem Lehrbuch. Psychologie für Anfänger, für Dummies.«

Mit jeder Minute fühlte er sich besser. Die Bilder verblassten, das Gefühl der Ohnmacht wich.

Um Viertel nach sechs machte er sich auf den Weg ins Headquarter. Unglaublich, wie sich die Zeit gedehnt hatte. Er hätte geschworen, seine Krise hätte Stunden gedauert.

Der Spitfire wartete auf ihn, Craig genoss das Blubbern des Motors. Die Straßen waren noch immer leer. Er fuhr los, an einer Ampel hielt eine Streife neben ihm. Craig winkte den Kollegen zu, die ihn aber nicht erkannten. Sie lächelten freundlich zurück. Die Ampel sprang auf Grün, Craig fuhr an, ließ den Motor einmal aufheulen, was die Kollegen mit einem weiteren Lächeln quittierten. Die Jungs waren gut drauf, Craig hoffte, dass es so blieb, denn er wusste, dass sich jeder mit der Zeit ein dickes Fell zulegte, manche verloren aus den Augen, was ihr Job war, verloren aus den Augen, dass nicht die meisten, sondern die wenigsten Menschen Verbrecher waren. So musste es Humble passiert sein.

Craig fuhr weiter, die Streife bog links ab, in Richtung Bahnhofsviertel, dort gab es am meisten zu tun.

Zehn Minuten brauchte Craig bis zum Headquarter, dessen Eingang von Sendefahrzeugen belagert wurde wie eine mittelalterliche Festung. Die Show hatte begonnen. Craig fuhr zum

Lieferanteneingang. Der war frei, und so konnte er sich unbemerkt in die Burg schleichen.

Leighton war noch nicht da, auf Craigs Tisch lag ein Zettel.

»Keen aufsuchen, sofort.«

Craig warf zuerst einen Blick in den Rechner. Moorcraft hatte die Daten des letzten Tages noch in der Nacht eingepflegt. Craig schien es, als schliefe sie noch weniger als er. Er musste auf sie achten, durfte sie nicht verschleißen.

Keens Vorzimmer war nicht besetzt, die Tür zu seinem Büro stand offen, er saß in einem der Besucherstühle und las den *Exeter Mirror*.

»›Die Jefferson-Tragödie steht kurz vor der Aufklärung.‹«

»Das müssen wir noch sehen, Sir.«

»Das war keine Frage. Das steht hier in großen schwarzen Lettern.«

Craig wusste nicht, worauf Keen hinauswollte. Er war ein Profi, musste also wissen, dass Charles Wrench zwar der aussichtsreichste Kandidat für die Morde an den Schwestern war, aber ihm noch lange nichts bewiesen war. Wrenchs Anwalt verfolgte die einzig richtige Strategie. Schweigen, so lange, bis er die Akten eingesehen hatte. Es würde auf ein Pokerspiel hinauslaufen. Bevor Wrench nicht redete, würde Craig die tatrelevanten Informationen nicht freigeben, und er musste es auch nicht. Erst wenn es zum Haftprüfungstermin kam, musste er die Karten aufdecken. Wer hatte die besseren Nerven? Craig hatte nicht die Absicht, denselben Fehler wie Humble zu machen. Wrench mussten die Morde zweifelsfrei nachgewiesen werden, nur dann konnte er zufrieden sein.

»Craig, ist Wrench der Täter?«

»Sir, bei allem Respekt, die Frage ist sinnlos. Sie wissen doch, wie es läuft.«

»Glauben Sie, dass er der Täter ist?«

»Auch diese Frage ist unerheblich, und ich werde sie nicht beantworten. Ich bin weder Priester noch Anwalt noch Richter.«

»Gut.«

»War das eine Gewissensprüfung?«

Keen klatschte die Zeitung auf den Schreibtisch.

»So was in der Art. Nach Aktenlage gibt es noch eine ganze Menge Menschen, die auf die Schwestern nicht gut zu sprechen waren. Das ist riesengroße Scheiße. Die St. Thomas Primary war ein riesengroßer Scheißehaufen. Dieser Upton hat dort gemacht, was er wollte. Der Rektor war ein Weichei und ein Säufer. Keiner hat sich aufgelehnt.«

»Ähnlich wie bei Humble. Er konnte schalten und walten, wie es ihm beliebte.«

»Der Mistkerl. Ich war übrigens bei den Ermittlungen damals dabei. Das erste Mal, dass ich es mit Kinderschändern zu tun hatte. Das fordert alles von dir. Am liebsten würde man denen die Eier abschneiden. Aber das ist natürlich Unsinn. Keine Sorge, Craig. Ich bin kein Auge-um-Auge-Hardliner. Aber wenn du siehst, wie die über die Kinder reden, deren Seele sie für den Rest ihres Lebens verkrüppelt haben, dann kannst du nur noch kotzen.«

Craig wurde hellhörig. Keen plauderte, als säßen sie wie alte Freunde im Pub bei einem anständigen Ale. Würde er ihm jetzt seine Verfehlung gestehen? Die Entschuldigung dafür hatte er ja schon vorbereitet.

Keen wischte mit der Hand durch die Luft. »Egal. Ich sehe es wie Sie. Wir müssen tausendprozentig sicher sein, dass Charles Wrench unser Mann ist. Lassen Sie nicht locker.« Er stand auf und nahm eine Mappe von seinem Schreibtisch. »Sie haben kein Budget für den Fall. Sie können so richtig auf die Kacke hauen. Drehen Sie jeden Stein um. Nach Upton wird international gefahndet, sein Bild ist auf sein jetziges Alter getrimmt worden, jeder Bulle in ganz England läuft damit herum.«

»Kein Limit? Da hätte ich eine Idee …«

»Und die wäre?«

»Der Wagen der Jeffersons. Ich will ihn haben. Bei Wrench haben wir nichts gefunden. Es wäre gut zu wissen, ob die Schwestern mit dem Wagen transportiert wurden.«

»Und das heißt?«

»Seen, Kiesgruben, auch zugeschüttete. Ultraschallecho. Was immer nötig ist.«

»Wie viele?«

»Im näheren Umkreis um Exeter ungefähr sechzig.«

»Tun Sie's.«

»Wer stärkt Ihnen den Rücken, Sir?«

Keen öffnete den Mund, schloss ihn wieder. Er knurrte, dann sagte er: »Craig, Sie sollten sich auf Ihre Kernkompetenzen besinnen. Politik ist keine davon.«

Widerstand regte sich in Craig. Verdammt, er war kein dummer Bub, der nicht wusste, wie es lief.

Aber auch hier musste er loslassen und kein Wettpinkeln veranstalten. Es war schließlich nicht wichtig, warum Keen ihm freie Hand ließ. Es war nur wichtig, dass Craig alle Mittel hatte, die er wollte.

»Verstehe, Sir. Sie werden Ihre Gründe haben.«

Keen machte ein Gesicht, als stünde der Weihnachtsmann vor ihm. Der echte.

»Äh, gut. Also dann.«

Craig nahm die Mappe, die die Ermächtigung erhielt, die ganze Welt tanzen zu lassen, solange es den Ermittlungen diente. In der Tür drehte er sich noch einmal um. Er konnte es sich einfach nicht verkneifen.

»Sir, Sie haben etwas vergessen.«

»Vergessen? Was? In der Mappe ist alles drin.«
»Sie haben vergessen zu betonen, wie sehr Sie mich hassen.«
»Raus!«, donnerte Keen.
Craig ließ sich das nicht zweimal sagen.

27

Craig joggte über den Flur, wollte möglichst schnell viel Raum zwischen sich und seinen Boss bringen.

Leighton war inzwischen eingetroffen, er hatte seine Aktenverarbeitungsposition eingenommen.

Craig überbrachte die guten Neuigkeiten – und die schlechten. Keen schien sich nicht bewusst zu sein, dass sie ihm auf den Fersen waren, oder er spielte auf Zeit. Sie informierten Moorcraft und beschlossen einstimmig, dass sie noch nichts gegen ihren Boss unternehmen würden.

Craigs Tischtelefon gab seltsame Geräusche von sich. Eine interne Nummer. Craig hob ab.

»DCI McPherson?«

»Am Apparat. Mit wem habe ich das Vergnügen?«

»Wrench will reden. Sein Anwalt ist hier. Vernehmungsraum 3.«

Der Mann legte auf.

Nicht gerade höflich, seinen Namen nicht zu nennen.

»Wrench will reden, Leighton. Wollen Sie dabei sein?«

Leighton sprang vom Stuhl. »Davon wird mich niemand abhalten können.«

Craig warf einen Blick auf die Uhr. Gleich begann das Briefing mit der erweiterten Mordkommission. Craig konnte sich nicht teilen. Was tun? Er lachte kurz, Leighton sah ihn befremdlich an.

»Glauben Sie, dass Moorcraft das Briefing machen kann?«

»Keine Ahnung. Probieren Sie's.«

»Das wollte ich hören, danke.« Craig wählte Moorcrafts Nummer, sie ging sofort ran. »Guten Morgen, Heather. Haben Sie geschlafen?«

»Ja. Sechs Stunden am Stück. Das reicht mir vollkommen. Danke der Nachfrage.«

»Könnten Sie das Briefing übernehmen? Ich muss in die Vernehmung von Charles Wrench. Er hat den dringenden Wunsch zu reden.«

»Ich? Die Leitung des Briefings übernehmen? So was habe ich noch nie gemacht. Ich bin doch nur DC. Da sitzen lauter Höherrangige.«

»Dann genießen Sie es. Ich ernenne Sie hiermit zu meiner Stellvertreterin.«

»Aber ...«

»Leighton kann ich nicht schicken. Der hat ein Autoritätsproblem.«

Leighton warf Craig einen bösen Blick zu.

»Hat er nicht«, sagte Moorcraft.

»Sie aber auch nicht. Also. Viel Spaß und bis später.«

Craig unterbrach die Verbindung, bevor Moorcraft sich weigern konnte. Sie würde das hinkriegen.

Leighton und Craig begaben sich in den Vernehmungsraum 3, der im Kellergeschoss des Headquarters untergebracht war und den Charme einer Folterkammer ausstrahlte. Grauer Beton, Stahltisch, Stahlstühle, Stahltüre. Und ausgefeilte Aufzeichnungstechnik.

Was wünschte sich Craig von der Vernehmung? Ein Geständnis, das Hand und Fuß hatte, keine Frage.

Craig und Leighton nahmen Platz, nickten den Constables zu.

Zuerst betrat Wrench den Vernehmungsraum, eskortiert von zwei Beamten. Hinter ihnen huschte eine junge Frau in den

Raum, die wie eine Buchhalterin aussah. Grauer Anzug, graue Schläfen, graue Socken. Sie stellte sich als Laurie Hudson, Solicitor, vor. Craig hatte noch nie mit ihr zu tun gehabt. Sie stellte eine graue Handtasche, die allerdings einen roten Farbklecks aufwies, neben ihren Stuhl.

Craig erledigte die Formalitäten, schaltete die Geräte ein, vermerkte die Anwesenden, die Uhrzeit und den Anlass der Vernehmung. Wrench war dringend verdächtig, Sophie und Charlotte Jefferson ermordet zu haben.

Hudson legte ihre Hände auf den Tisch und lächelte. »Sie werfen meinem Mandanten vor, Charlotte und Sophie Jefferson ermordet zu haben?«

»Wie DCI McPherson gerade gesagt hat, ist er dringend verdächtig. Bisher ist noch keine Anklage erhoben worden«, antwortete Leighton.

»Mein Mandant weist diesen Vorwurf von sich.«

»Das ist sein gutes Recht. Will er sich äußern?«

»Ja, das will ich«, sagte Wrench. »Ich habe den beiden nichts getan.«

»Und wie kommen Sie an die Sachen, die die Schwestern geklaut haben?«, fragte Leighton.

»Sie haben keine Ahnung, wie das ist. Die …« Wrench verschluckte das Wort.

»Die konnten sich alles erlauben«, sagte Leighton.

»Sie hatten Upton unter Kontrolle, nicht wahr?«, schob Craig nach.

»Dieser miese kleine Scheißer …«

Hudson legte Wrench eine Hand auf den Arm. »Sie sollten Ihre Worte sorgfältiger wählen, Mr. Wrench. Die Polizei ist gut darin, misszuverstehen, was Verdächtige sagen.«

Wrench kniff sich in die Hand. Dieselbe Technik, die Craig anwandte.

»Mr. Upton«, sagte Wrench mit unverhohlener Abscheu, »Mr. Upton hat seine Stellung als stellvertretender Rektor der Schule missbraucht, um sein kleines Fürstentum zu etablieren, mit Sophie und Charlotte als Prinzessinnen. Albright und McCormick machten, was Upton wollte. Sie schützten die Schwestern. Deswegen hat niemand eingegriffen, als sie David nach allen Regeln der Kunst mobbten. Seine Leistungen gingen den Bach runter, er wurde aggressiv und magerte ab. Ich war ein Dutzend Mal bei Upton. Er hat mich nur ausgelacht. Ich war bei der Schulaufsicht. Die haben mir alles versprochen und nichts gemacht, weil die Berichte über die Schwestern so positiv waren. Immerhin habe ich es geschafft, David in eine andere Klasse versetzen zu lassen. Das wirkte Wunder. Er war wie ausgewechselt. Die Schwestern verloren das Interesse an ihm. Sie waren kein Problem mehr für uns. Wir hatten genug andere.«

»Sie haben meine Frage nicht beantwortet: Wie kommen die Sachen in Ihren Besitz?«, fragte Leighton.

Wrench schaute seine Anwältin an. Die nickte. Er holte tief Luft.

»Ich wollte Davids Sachen wiederhaben. Vor allem die Base-Cap. Ich wusste, wo die Jeffersons wohnten, wo das Zimmer der Schwestern lag und wie einfach man dort einsteigen konnte. Ich wusste auch, dass die Jeffersons Anzeige erstatten würden, wenn sie merkten, dass jemand in ihr Haus eingebrochen war. Deswegen sorgte ich vor. Handschuhe, Overall und Schuhe, die ich am nächsten Tag in der Müllverbrennung entsorgte.«

So langsam nahm die Sache Form an.

»Sie sind eingestiegen, die Schwestern haben Sie dabei erwischt, es ist aus dem Ruder gelaufen, es war nicht Ihre Absicht, sie zu töten«, sagte Craig.

»Unsinn!«

Wrench sprang auf, ein Constable drückte ihn zurück in seinen Stuhl. Da war das wilde Tier, das Craig schon bei seinem ersten Treffen mit Wrench gesehen hatte. Unter der Fassade brodelte es.

»Die waren nicht da. Ich bin doch nicht bekloppt und steig da ein, wenn die da sind!« Er schlug sich mehrmals mit der Hand gegen die Stirn.

Eine Übersprunghandlung, weil er eigentlich Craig verprügeln wollte?

»Wie haben Sie das Fenster geöffnet?«

»Gar nicht. Das stand offen. Wie so oft. Ein Wunder, dass niemand vorher eingebrochen ist.«

Wrench schüttelte den Kopf, hörte nicht damit auf.

»Weiter«, bellte Leighton.

Wrenchs Kopf stoppte seine Bewegung, dafür fing sein rechtes Bein an zu wippen. Der Mann stand unter Strom, das stand fest. Ihm dämmerte, dass es um sein Leben ging, um die Frage, ob er den Rest seiner Tage in einer Zelle verbringen musste oder nicht.

»Wie gesagt, das Zimmer war leer. Ich habe keine fünf Minuten gebraucht, um die Beute der Mädchen zu finden. Sie hatten alles in einen Kopfkissenbezug gepackt und im Kleiderschrank zu den Hosen gelegt. Obendrauf. Sie haben sich nicht mal Mühe gegeben, die Sachen richtig zu verstecken.«

»Warum haben Sie den ganzen Bezug samt Inhalt mitgenommen?«

»Ich hatte vor, alles ihren Besitzern zurückzugeben. Zur Polizei konnte ich ja nicht gehen. Aber ich war sicher, dass die Schwestern nichts sagen würden, sonst hätten sie sich ja selber angeschwärzt. Die waren nicht dumm, die zwei.«

»Ein guter Gedanke. Ehrenhaft. Trotzdem haben Sie einen

Einbruch begangen. Dafür können Sie ins Gefängnis gehen, das ist Ihnen klar?«

»Und wenn schon? Sie werden mir die Morde ja eh anhängen. Was machen da ein paar Jahre für Einbruch?«

»Wenn Sie das so sehen, dann können Sie ja beruhigt die Wahrheit sagen, sich die Sache von der Seele reden.«

Wrench brüllte los. »Da gibt's nichts von der Seele zu reden. Ich hab denen nichts getan. Verdammt noch mal!«

Wrench sackte in sich zusammen, ließ seinen Kopf auf die Tischplatte knallen, jaulte wie ein verletztes Tier. Er sah alles zusammenbrechen, was er sich in vielen Jahren harter Arbeit aufgebaut hatte.

»Ich werde Ihnen nichts anhängen, Mr. Wrench, das verspreche ich Ihnen. Sie gelten so lange als unschuldig, bis wir das Gegenteil bewiesen haben. Und deshalb müssen Sie mit mir reden.«

Wrench hörte auf zu wimmern, hob den Kopf.

»Warum haben Sie Joseph Jefferson das Studium ermöglicht?«

Wrench ließ die Mundwinkel hängen. »Ich weiß, wie das aussehen muss. Schlechtes Gewissen. Aber es ist genau so, wie ich es Ihnen erzählt habe. Ich konnte es nicht ertragen, dass dieser geniale Geist verkümmerte.«

Wenn Craig davon ausging, dass Wrench ein schlechter Lügner war, schied er als Täter aus. Aber wenn es um Alles oder Nichts ging, entwickelten die Menschen erstaunliche Fähigkeiten. Vielleicht hatte Wrench ihm auch etwas vorgespielt, als er so tat, als könne er schlecht lügen. Auf allen Lehrplänen englischer Schulen stand Kreatives Schreiben und Schauspielerei.

Auch die St. Thomas hatte eine Schauspielgruppe. Craig hatte die Ankündigungen am Aushang gesehen. Und einen Artikel aus dem *Exeter Mirror*. Craig schlug sich mit der Hand vor die Stirn, so wie Wrench. Alle schauten zu ihm hin.

»Verzeihung, mir ist gerade etwas eingefallen. Das hat nichts mit der Vernehmung zu tun.«

Leighton betrachtete Craig skeptisch.

»Mr. Wrench. Wir haben anhand der Protokolle der Spurensicherung und unserer Ermittlungen festgestellt, dass die Sachen in der Mordnacht verschwunden sein müssen. Sie haben bereits zugegeben, dass Sie in der Mordnacht im Zimmer der Opfer waren. Warum sollten wir Ihnen glauben, dass es den großen Unbekannten gibt? Sie hatten ein Motiv, Sie hatten die Mittel, Sie hatten die Gelegenheit, Sie waren am Tatort.«

Hudson meldete sich zu Wort. »Es besteht ein Zeitfenster von etwa drei Stunden. Und es gibt nicht einen forensischen Beweis, dass mein Mandant die Mädchen auch nur angefasst hat. Wären sie im Zimmer gewesen, hätten sie sich erschreckt und hätten geschrien. Sie kannten Mr. Wrench nur als wütenden Vater, der ihnen die Pest an den Hals wünschte. Das Haus ist extrem hellhörig. Hätten sie ihn erwischt, wären sie weggerannt, er hätte nicht beide auf einmal fangen können. Nein, die beiden sind im Schlaf überrascht worden, als Mr. Wrench schon längst wieder zu Hause war. Ihre Vorwürfe sind haltlos. Ich fordere Sie auf, meinen Mandanten gehen zu lassen.«

Hudson war gut. Sie legte den Finger in die Wunde, erkannte die Schwachstellen, die auch Craig sah.

»Ich denke, das muss der Ermittlungsrichter entscheiden. Wir behalten Mr. Wrench hier, der Haftprüfungstermin ist übermorgen um siebzehn Uhr.«

Hudson ballte eine Faust. »Sie dehnen Ihre Befugnisse sehr weit, DCI.«

»Genauso weit, wie es das Gesetz zulässt. Oder sehen Sie das anders?«

Craig würde keine Diskussion mit Hudson über das englische Justizsystem führen.

Hudson wandte sich an Wrench. »Sie sagen kein Wort, wenn ich nicht dabei bin, klar?«

Wrench nickte, Hudson nickte Craig und Leighton zu, verließ den Raum.

»Vernehmung um acht Uhr dreiundvierzig beendet.«

Leighton gab den Beamten ein Zeichen, Wrench zurück in seine Zelle zu bringen. Er leistete keinen Widerstand.

»Und?«, fragte Craig.

»Ich weiß nicht. Ich würde ihn aufgrund der Faktenlage nicht verurteilen. Das ist alles zu dünn. Klar, er ist mit krimineller Energie vorgegangen, hat seine Spuren erfolgreich verwischt. Aber die Mädchen umbringen? Er hat dafür gesorgt, dass sein Sohn aus der Schusslinie kam, und es hat funktioniert. Ich glaube, er hatte kein Motiv.«

»Wir können weder das eine noch das andere beweisen«, sagte Craig. »Und ich werde nichts anderes behaupten.«

»Natürlich nicht. Warten wir ab, was die Richterin sagt. Wir werden so oder so weiter gegen Wrench ermitteln. Fragt sich, ob er in Haft bleibt oder nicht.«

»Es würde ihn ruinieren. Und seinen Sohn mit.«

»Ja«, sagte Leighton. »Das Leben ist manchmal ein Scheißehaufen.«

»Hundescheiße.«

Leighton hielt die Hand einen halben Meter über den Boden. »So hoch, dampfend.«

»Dann schlage ich vor, wir machen Albright und McCormick mal Dampf.«

»Ah, ja. Ihnen ist ja was eingefallen, Craig. Hat Seltenheitswert.«

»Sie wollen ja nur das letzte Wort haben.«

»Korrekt.«

Craig verließ ohne einen weiteren Ton den Vernehmungsraum.

28

Die Tore der St. Thomas Primary öffneten um acht Uhr fünfunddreißig und schlossen um neun Uhr. Craig und Leighton gingen mit gezückten Ausweisen an den zwei Lehrerinnen vorbei, die überwachten, dass niemand Ungebetenes den Schulhof betrat. Sie tuschelten so leise, dass Craig nur ein paar Fetzen mitbekam. »Schon wieder … die Vernehmungen bald ein Ende haben … wie furchtbar.«

Craig steuerte Albrights Büro an, öffnete, ohne zu klopfen, die Tür. Volltreffer. Einvernehmlich saßen McCormick und Albright am Tisch und waren in ein Gespräch vertieft, aus dem sie hochschreckten.

Albright stemmte die Arme in die Hüften. »DCI McPherson! Was erlauben Sie sich? Sie haben gefälligst zu klopfen, bevor Sie mein Büro betreten.«

»Dann hätte ich Sie aber nicht beim Turteln erwischt.«

»Turteln? Sind Sie noch bei Trost? Was bilden Sie sich ein?«

Craig winkte Leighton hinein und schloss die Tür.

»Ich bilde mir ein, Sie beide beim Lügen erwischt zu haben. Ich gebe zu, Sie waren brillant in Ihren Rollen. Sie haben schon Preise bekommen für Ihr Talent. Das schreibt zumindest der *Exeter Mirror*. Der Artikel ist am Aushang gut präsentiert. Aber es hat gedauert, bis ich geschaltet habe, dass Sie beide durchaus auf einer größeren Bühne zu sehen sein könnten. Sie sind gut.«

McCormick klimperte mit den Wimpern. »Ich weiß nicht, wovon Sie reden …«

Craig unterbrach sie. »Jetzt halten Sie mal die Klappe. Sie reden, wenn ich Sie dazu auffordere.«

McCormick riss die Augen auf, aber sie schwieg.

»Sie haben die Schwestern gedeckt. Sie haben nichts unternommen, um sie zu stoppen. Sie haben es genossen, dass Sie Upton an den Eiern hatten. Sie haben nur auf eine Gelegenheit gewartet, ihn abzuschießen. Doch dann verschwanden die Schwestern. Und Upton geriet unter Verdacht. Da haben Sie beschlossen, die Sache ein für alle Mal zu erledigen, Upton zu töten und ihn zu entsorgen. Und Humble hat Sie gedeckt. Uptons Abschiedsbrief ist verschwunden. Er steht zwar noch in der Asservatenliste, aber das Original fehlt. Es gibt auch keine Kopie. Das ist mehr als ungewöhnlich, und das hat nur einen Grund: weil es kein Problem wäre, zu beweisen, dass Upton den Brief nicht geschrieben hat.«

Albright ließ ihre Arme an der Hosennaht baumeln und stellte ein Bein nach vorne, als wäre sie auf dem Laufsteg. »Sie sind aber auch nicht schlecht, DCI. Nur, dass Ihre Geschichte frei erfunden ist.«

»Wir haben den Täter mit großer Wahrscheinlichkeit gefasst, meine Damen«, sagte Leighton. »Sie haben sich für nichts und wieder nichts eines Mordes schuldig gemacht.«

Albright zuckte nicht mit der Wimper. »Wenn Sie außer abstrusen Beschuldigungen nichts aufzubieten haben, sollten Sie ganz schnell mein Büro und diese Schule verlassen.«

Craig spürte Wut aufsteigen. »Wir graben das ganze Land um. Wir suchen jeden Winkel ab. Wir fahnden international nach ihm. Irgendwo werden wir Upton finden. Und sollte er als Leiche auftauchen, sind Sie dran. Die Indizien reichen aus, Sie für immer aus dem Verkehr zu ziehen.«

Albright lächelte süffisant. »Ich wünsche Ihnen viel Erfolg. Sie können übrigens gerne hierbleiben. Sie können sogar mein

Büro durchsuchen. Wir müssen allerdings in den Unterricht.« Sie verbeugte sich leicht. »Meine Herren.«

Mit McCormick im Schlepptau verließ sie den Raum.

Leighton zuckte die Schultern.

Hier gab es zurzeit nichts zu holen. Sie mussten die Vernehmungen der anderen Lehrer und Lehrerinnen abwarten. Vielleicht ergab sich daraus noch etwas.

Craig ließ seinen Blick durch Albrights Büro schweifen. Aber es gab nichts, das ihm die plötzliche Erkenntnis, wer der Täter war, eingab. Albright und McCormick waren mit Sicherheit klug genug gewesen, alles zu beseitigen, was auf sie als Mörderinnen hinweisen könnte.

Leighton ging vor, Craig schloss leise die Türe hinter sich und trat auf den Flur. Es war mucksmäuschenstill. Als hielten alle den Atem an.

29

Craig setzte Leighton am Headquarter ab und fuhr weiter zum Wonford Hospital, in die Gerichtsmedizin. Fly hatte ihn angerufen und ihn eingeladen, sich die Ergebnisse der bisherigen Untersuchungen anzusehen. Craig parkte auf dem Besucherparkplatz, zeigte seinen Ausweis und wurde eingelassen. Die Rechtsmedizin war inzwischen gut gesichert, nachdem vor einigen Jahren, vor Craigs Zeit in Exeter, eine Leiche verschwunden war, die in einem Mordprozess eine Hauptrolle spielen sollte. Der Fall machte landesweit Schlagzeilen.

Craig zog Luft in die Nase. Es roch nach Desinfektionsmitteln und Formaldehyd.

»Hi, Craig!« Fly kam ihm entgegen.

Sie trug ihren Sektionskittel und Latex-Handschuhe, die sie sich von den Händen zog und in den nächsten Mülleimer warf.

»Ich hatte gerade eine explosive Leiche. Aufgedunsen wie ein Ballon. Aber es ist gut gegangen.«

»Tötungsdelikt?«

»Unfall. Blöder Unfall. Ein Bauer, der in seiner eigenen Güllegrube ertrunken ist. Er war stockbesoffen.«

»Kann mir nicht passieren.«

»Sie haben ja auch keine Schweinefarm.« Fly stutzte. »Ach ja. Sie sind Abstinenzler. Irgendwie geht das für mich nicht so recht zusammen: Schotte und Anti-Alkoholiker. Ist das nicht furchtbar schwer?«

Craig wunderte sich über Flys vertrauliches Geplauder.

»Für Alkis ist das schwer.«

Fly schlug sich die Hand vor den Mund. »Verzeihung, ich wollte Ihnen nichts unterstellen.«

Bevor Craig etwas sagen konnte, ging Fly los, drückte die zweiflügelige Tür des Sektionssaales auf und wies auf einen Metalltisch, auf dem die Skelette der Schwestern lagen, fein säuberlich zusammengesetzt.

Craig betrachtete die Knochen. Versuchte sich vorzustellen, wie sie mit Upton spielten, als wäre er ihre Marionette gewesen. Wie sie David Wrench mobbten, ihm seine Sachen stahlen und sich dann zu Hause, in ihrem Zimmer, darüber amüsierten und ihre Schatzkammer jeden Tag um ein Stück bereicherten. Wie sie sich neue Gemeinheiten ausdachten und sich neue Opfer aussuchten. Schuld daran trugen die Eltern, die Lehrer, das gesamte Umfeld der beiden. Wie lange wäre das so weitergegangen? Hätten Albright und McCormick wirklich einen Hebel gefunden, Upton auszuschalten, ohne ihn umzubringen? Hatten die beiden die Schwestern entführen wollen, um Upton die Schuld in die Schuhe zu schieben, weil sie wussten, dass Carr ihn beschuldigen würde?

Fly hielt die Hand über das Skelett auf der linken Seite des Tisches. »Anhand des Zahnschemas haben wir die beiden zweifelsfrei identifiziert. Das ist Charlotte. Der Anfangsverdacht hat sich bestätigt. Sie ist erwürgt worden. Das Zungenbein ist mehrfach gebrochen, da hat jemand mit großer Kraft zugedrückt.«

»Wut?«

»Das müssen Sie den Täter fragen. Alle Frakturen, auch die von Sophie, liegen auf der linken Seite. Sie müssen also mit großer Wucht aufgeprallt sein. Wir haben ein Frakturmuster. Das kann uns helfen, wenn Sie das Fahrzeug gefunden haben, in dem die beiden transportiert worden sind.«

»Das heißt, die beiden …«

Fly hob eine Hand. »Es gibt noch etwas.« Sie nahm den Schädel von Sophie und drehte ihn auf die Seite.

Craig erkannte eine rote Markierung.

»An dieser Stelle ist das Knochengewebe punktuell verdichtet. Sie hat einen Schlag an die Schläfe erhalten. Stumpfer Gegenstand. Sie muss eine gewisse Zeit ohnmächtig gewesen sein.«

Craig stellte sich den Moment des Unfalls vor, hob einen Zeigefinger. »Charlotte ist bereits tot, sie liegt zuunterst im Kofferraum. Auf ihr liegt Sophie.« Die Bilder verschwammen. Craig atmete tief ein und aus. »Bleib bei den Fakten«, sagte er sich. »Die beiden sind tot. Das Einzige, was du tun kannst, ist, den Mörder zu finden.« Er rief die Bilder wieder zurück. »Aus irgendeinem Grund hat der Täter Charlotte gewürgt. Er hört auf, aber sie kommt nicht mehr zu sich. Sophie wird wach, der Täter schlägt sie nieder. Er hält beide für tot, schafft sie voll Panik ins Auto, wirft sie übereinander, rast los, setzt das Auto irgendwo dagegen, mit genug Wucht, dass die Schwestern schwere Brüche erleiden, aber er und das Auto fahrtüchtig bleiben. Er fährt zum Friedhof, wirft die beiden ins Grab, bedeckt sie mit Erde, genug, dass sie am nächsten Tag während der Beerdigung nicht gesehen werden, genug, dass Sophie erstickt. Er versenkt irgendwo das Auto und fährt nach Hause. Er zittert tagelang, wochenlang. Doch nichts geschieht. Keine Polizei steht vor dem Haus oder verhaftet ihn während seiner Arbeitszeit. Er schafft es, nicht verrückt zu werden, sitzt die Sache aus. Und jetzt geht der Albtraum von vorne los. Die Skelette sind gefunden, die Polizei fährt großes Geschütz auf. Alles wird aufgewühlt, und diesmal gibt es keinen Humble, der den Falschen für den Täter hält.«

»So kann es gewesen sein«, sagte Fly. »Sicher haben Sie sich auch eine zweite Variante überlegt.«

Craig lief es eiskalt über den Rücken. »Wenn Sophie aufgewacht ist, bevor sie ins Grab geworfen wurde, muss es das namenlose Grauen gewesen sein. Unter ihr liegt ihre Schwester. Sie atmet nicht, sie bewegt sich nicht. Begreift Sophie, dass Charlotte tot ist? Sophie schreit, schlägt um sich, versucht, aus dem Kofferraum herauszukommen. Gelingt es ihr, in den Fond zu klettern? Ist der Täter dadurch abgelenkt? Verliert er deshalb die Kontrolle über das Fahrzeug? Wie tötet er Sophie? Erstickt er sie? Erdrosselt er sie? Ersticht er sie? Es gibt viele Möglichkeiten in dieser Situation.«

»Wir können Sophies Todesursache definitiv nicht mehr feststellen, Craig.«

»Haben Sie alles untersucht, was geht?«

»Alles, was wir können. Es gibt noch ein paar Sachen, die müssten wir an ein externes Labor geben. Toxikologie für Fortgeschrittene. Die finden alles, was noch in den Knochen stecken sollte. Teuer. Wenn es schnell gehen soll, sehr teuer.«

»Machen Sie es, Sienna. Das Budget ist nicht gedeckelt.«

»Ernsthaft? Kein Limit?«

»Kein Limit.«

»Fünfzehntausend Pfund.«

»Kein Problem. Keen will sich nicht nachsagen lassen, er habe irgendetwas unversucht gelassen.«

Craig betrachtete Fly plötzlich mit anderen Augen. Sie sah verdammt gut aus. Sie hatte alles, was ihm an einer Frau gefiel. Bis auf die Tatsache, dass sie nicht Mary war. Aber Mary war weg. Und er lebte. Hier und jetzt.

»Haben Sie am Wochenende schon was vor?«

Craig wusste, dass sie einen Freund hatte. Doch der lebte in London. Die beiden sahen sich, wenn überhaupt, ein oder zweimal im Monat.

Fly legte den Kopf schräg. »Ein Date?«

»Ein Abend in angenehmer Gesellschaft. Ich übe mich im Netzwerken. Im Knüpfen sozialer Kontakte. Wir sollten uns näher kennen lernen, dann geht die Arbeit noch besser von der Hand.«

»Wenn Sie mich bestechen wollen, dann wird das kostspielig.«

»Ich glaube nicht, dass Sie bestechlich sind. Samstag einundzwanzig Uhr? Im ›Warehouse‹ an den Quays?«

»In Ordnung.«

»Noch irgendwelche forensische Delikatessen?«

»Vorerst nicht.«

Craig reichte Fly die Hand.

Sie drückte sie fest und lang. »Dann bis Samstag, falls nichts dazwischenkommt.«

Craig hatte ein mulmiges Gefühl in der Magengegend. Hatte er sich tatsächlich mit dem Coroner zum Abendessen verabredet?

»Bis Samstag.«

Jedes weitere Wort wäre zu viel gewesen. Craig machte, dass er aus dem Wonford herauskam. Auf dem Parkplatz versuchte er seinen Herzschlag unter Kontrolle zu bringen. Vergeblich.

30

Bevor Craig ins Headquarter zurückfuhr, machte er bei sich zu Hause Station, um sich zu beruhigen. Den ganzen Weg über hämmerte sein schlechtes Gewissen auf ihn ein, beschuldigte ihn, seinen Schwur Mary gegenüber gebrochen zu haben. Am besten, er sagte das Treffen ab. Aber andererseits: Er wollte Fly doch gar nicht ins Bett zerren, und sie hatte außerdem einen Freund und würde jegliches Ansinnen in diese Richtung ablehnen. Er wollte einfach einen Abend mit einem Menschen verbringen, den er mochte und achtete, der ihn nahm, wie er war.

Craig parkte den Spitfire vor der Haustür, um diese Zeit gab es immer freie Plätze dort.

Die anklagende Stimme wurde leiser, aber sie wollte nicht verschwinden. Craig versuchte, sie zu ignorieren, machte sich ein Gulasch warm und fuhr seinen Rechner hoch. Er löffelte das Gulasch, es waren tatsächlich Stücke in der braunen Soße, die annähernd wie Fleisch schmeckten.

Er legte eine Datei an, in die er lose seine Gedanken zu Sophie und Charlotte eintrug. Von A wie Albright bis Z wie Zeugen ging er jede Person durch, die mit dem Fall zu tun haben könnte. Er schrieb den Namen auf und darunter die Argumente für und wider. Als er bei Z angekommen war, fiel ihm auf, dass jemand fehlte: Bisher hatten sie eine Person nicht auf dem Radar gehabt: Joseph Jefferson. »Kann Joseph Jefferson der Mörder seiner Schwestern sein?«, schrieb er unter dessen Namen. Daneben: »Nachhaken.« Josephs Aussagen waren nicht angezweifelt worden, denn er hatte keinerlei Verhalten an den Tag gelegt, das darauf schließen ließ, dass er gerade seine Schwestern ermordet hatte. Es gab keine Kampfspuren, keinen Kratzer an seinem Körper, nichts. Die Forensik zumindest hatte nicht geschlampt. Alle Zeugen berichteten übereinstimmend, dass Joseph, Sophie und Charlotte sich nicht gestritten und Joseph seine Schwestern aufrichtig geliebt hatte. Zumindest nach außen war das Verhältnis der drei in Ordnung gewesen. Es gab ein Ereignis, das dieses Bild untermauerte: Ein Schüler aus der Klasse der Schwestern hatte Sophie gepackt, geschüttelt und ihr gedroht, sie abzumurksen, wenn sie nicht aufhören würden, ihn zu hänseln. Joseph war dazwischengegangen und hatte dem armen Kerl eine Tracht Prügel verabreicht. Die Eltern des Jungen hatten auf eine Anzeige verzichtet.

Charles Wrench stand nach wie vor ganz oben auf der Liste der Verdächtigen, dann kamen Ken Upton, Amber Albright und Val McCormick. Ruth Jefferson war natürlich auch unter den Verdächtigen, ebenso Albert Jefferson. Beide hätten die Tat begehen können, aus Verzweiflung darüber, dass sie mit den Mädchen nicht mehr fertigwurden. Bis auf Wrench lagen gegen niemanden irgendwelche Beweise, geschweige denn Indizien vor. Craig lief die Zeit davon. Der Staatsanwalt stand unter Druck, Wrench war der ideale Kandidat. Und was war mit Keen? Warum rief Finley nicht an? Die Mühlen im Gefängnis mahlten anscheinend langsam, und es war überhaupt nicht abzusehen, ob Finley überhaupt etwas herausfand. Craig fühlte sich wie in einer Zwangsjacke gefesselt. Das Denken fiel ihm schwer. Was er jetzt brauchte, war ein Drink. Ganz einfach. Ein kleiner Laphroaig. Der würde seinen Kopf freiblasen, würde ihm die Zusammenhänge zeigen, die er jetzt nicht sehen konnte.

Craig fuhr den Rechner herunter, hielt die Handfläche auf Hüfthöhe.

Er setzte sich in den Spitfire, gab Gas, bemühte sich, nicht allzu sehr die Geschwindigkeitsbegrenzung zu überschreiten. Er brauchte zehn Minuten bis zum »Hare and Hounds«. Jeb, der Barkeeper, würde nicht schlecht staunen. Seit Craig ihn kannte, hatte er ihm nur Säfte oder Milch ausgeschenkt. Heute würde diese Ära zu Ende gehen. Scheiß auf das Screening, Scheiß auf Gordon, der ihm das Versprechen, nie wieder Alkohol zu sich zu nehmen, quasi abgepresst hatte. Scheiß auf die Drogenberatung, die ja doch nichts brachte, weil er nicht süchtig war. Er konnte trinken, wann und wie viel er wollte. Er konnte den Saufdruck kontrollieren. Er konnte den Alkohol kontrollieren. Jeder normale Mensch konnte das. Er war ein normaler Mensch, verdammt noch mal.

Craig stieg aus, sah sich um. George war nicht zu sehen. Logisch. Der war in Inverness, machte Urlaub. Weil er sich mit den beschissenen Conelly-Brüdern angelegt hatte.

Die Tür schwang unter Craigs Händen auf wie von selbst. An drei Tischen saßen Männer mit blutunterlaufenen Augen vor ihrem Bier. *Das* waren Alkis.

Craig trat zum Tresen, winkte. »Einen doppelten Laphroaig.«

Jeb schaute ihn an, als hätte er eine Erscheinung. »Sicher?«

»Ja klar, sicher. Jetzt spiel nicht den Sozialarbeiter und mach schon.«

Gut, dass King George nicht da war. Der hätte ihm den Seelenreiniger glatt wieder ausgeredet. Craig hatte das Spielchen irgendwann angefangen: George trank für ihn. Was für ein Unsinn.

Jeb knallte ein Glas vor Craig auf den Tresen. Die Flüssigkeit darin war weiß und undurchsichtig. Es war Milch.

»Was soll die Scheiße? Gib mir einen Laphroaig, Jeb, und zwar zügig.«

Jeb verschränkte die Arme vor der Brust, schaute drein wie

ein trotziger Junge. »Von mir kriegst du keine Drogen. Diesen Blick kenne ich. Wenn du jetzt trinkst, bist du verloren.«

Craig schlug mit beiden Fäusten auf den Tresen. »Das geht dich einen Scheißdreck an! Gibt mir was zu trinken, oder ich hole es mir.«

Jeb schüttelte den Kopf.

Was bildete sich dieser Schwachkopf ein?

Craig machte einen Satz hinter den Tresen, wollte nach der Flasche greifen, doch Jeb umfasste ihn von hinten, hielt seine Arme fest wie ein Schraubstock, hob ihn hoch und ließ ihn auf die Holzplanken hinter dem Tresen krachen. Craig wollte sich befreien, aber Jeb hielt noch immer seine Arme fest. Craig strampelte mit den Beinen, aber da er auf dem Hintern saß, konnte er keine Kraft entwickeln und seine Beine auch nicht als Schlagwaffe nutzen. Craig schlug mit dem Kopf nach hinten, aber da war nichts. Mit aller Kraft spannte er seine Muskeln an, um den Griff zu sprengen, aber außer Schmerzen, die ihm durch den ganzen Körper schossen, passierte nichts. Der Schweiß lief Craig am ganzen Leib herunter, er hechelte wie ein Hund, Jeb schien sich nicht anstrengen zu müssen, um ihn festzuhalten.

»George hat mich gestern angerufen. Hat mir aufgetragen, auf dich aufzupassen und dich auf jeden Fall am Saufen zu hindern. Egal, wie. Meinte, er sei dir ein Leben schuldig.«

Craigs Wut verpuffte, er entspannte sich.

»Geht's wieder?«, fragte Jeb. »Wenn nicht, lass ich dich nicht los. Und ich lass dich nicht gehen, bis der Anfall vorbei ist.«

»Und was willst du machen, wenn ich mir eine Flasche kaufe und sie zu Hause auf ex trinke?«

»Dann würde ich Blumen kaufen für deine Beerdigung.«

Craig lachte. Lachte mehr. Verschluckte sich. Hustete. Lachte, konnte nicht mehr aufhören. Schrie vor Lachen, bekam keine Luft mehr. Rote Räder kreisten vor seinen Augen. Jeb ließ ihn los, Craig wälzte sich auf dem Boden. Sein Bauch wollte explodieren, die Lungen brannten, und er lachte und lachte. Jeb riss Craig nach oben und verpasste ihm eine Ohrfeige. Augenblicklich war der Lachanfall vorbei. Craig ließ den Oberkörper nach vorne hängen und atmete tief und langsam. Seine Beine zitterten, das Zwerchfell brannte. Er stützte sich auf den Tresen, griff das Glas Milch und trank es in einem Zug aus. Langsam verschwanden die roten Räder. Was zum Teufel war passiert? Langsam klarten seine Gedanken auf. Noch nie hatte Craig einen so schweren Rückfall erlebt. War er doch ein gottverdammter elender Alki? Trockener Säufer? Glaubten nicht alle Säufer, sie könnten die Droge kontrollieren? »Klar kann ich aufhören. Jederzeit. Wenn ich will. Ich will aber nicht.« Das war der Standardsatz. Hätte Jeb ihn nicht abgehalten, er hätte den Laphroaig runtergekippt. Und dann noch einen und noch einen und noch einen, bis er nicht mehr hätte stehen können. Die Dämonen hätten gewonnen.

Craig hielt Jeb die Hand hin. Er schlug ein.

»Danke, mein Freund.«

»Hey, kein Thema. Ist zwar schlecht fürs Geschäft, aber versprochen ist versprochen. George hätte mir den Hintern versohlt, wenn du wieder ans Saufen gekommen wärst.«

Irgendein Engel hatte Craig den Arsch gerettet. Ihn ins »Hare and Hounds« fahren lassen. In jedem anderen Pub hätte er bekommen, was er wollte, und er wäre abgestürzt. Vielleicht war es sein Instinkt gewesen, der ihn gerettet hatte. Craig fühlte sich wie nach einem Marathonlauf. Vollkommen ausgepumpt, aber auf seltsame Weise glücklich.

Er quälte sich über den Tresen, zurück in den Schankraum. Jeder Knochen tat ihm weh, und ihm war ein wenig schwindelig. Und noch immer spürte er die Lust, sich zu betäuben.

»Was schulde ich dir, Jeb?«

Jeb grinste frech. »Ist unbezahlbar. Geht aufs Haus.«

»Du hast was gut bei mir.«

Jeb winkte ab. »Jetzt spinn nicht rum. Mach einfach deinen Job. Fang den verdammten Kinderschänder. Aber den richtigen.«

Craig schaute fragend.

»Ich hab keine Sekunde lang geglaubt, dass Albert seine Mädchen umgebracht hat. Der hätte sich eher erschießen lassen, als dass den beiden was passiert wäre. Der hat die Mädchen vergöttert.« Jeb räumte das Glas weg. »Ein bisschen viel, wenn du mich fragst. Der Joseph, der ist echt zu kurz gekommen. Glaub's mir. Hat ihm aber nix geschadet, wie man sieht.«

»Alles klar, Jeb. Dann bis die Tage. Auf ein gutes Glas Milch.«

»Jederzeit gerne wieder.« Jeb grinste über das ganze Gesicht.

Craig wandte sich dem Ausgang zu, aber er musste Jeb noch eine Frage stellen. »Hast du das mal konkret mitbekommen? Irgendeine Situation?«

»Nee, das nicht, aber wenn Albert über seine Kinder geredet hat, dann war das klar.«

Craig winkte noch einmal, dann verließ er das »Hare and Hounds.« Er setzte sich ans Steuer, legte die Hände auf das Lenkrad. Das Leder war kühl, seine Hände heiß. Sie zitterten so sehr, dass Craig nicht wagte loszufahren.

Er schloss die Augen. In Zeitraffer zogen Bilder vorbei. Mary, der Morgen, als sie verschwunden war, Leichen, die er gefunden hatte, das Begräbnis seines Vaters. Er ließ die Bilder kommen, und dann die Gefühle. Angst, Trauer, Wut, Verzweiflung. Eines schälte sich heraus. Furcht.

Tiefe schwarze Furcht. Er umklammerte das Lenkrad. Wovor fürchtete er sich so sehr, dass er sich wünschte zu sterben? Denn nichts anderes wäre ein Rückfall ins Saufen gewesen. Es wäre sein sicherer Tod gewesen, nicht sofort, aber auf Raten. Er fürchtete sich, der Wahrheit ins Gesicht zu sehen. Der Wahrheit, dass er Mary getötet haben musste. Es gab keine andere logische Erklärung. Alibi hin oder her. Niemand hatte es wirklich akribisch überprüft. Er hätte nicht mehr als eine Stunde gebraucht, um nach Hause zu fahren, Mary unter einem Vorwand wegzulocken und für immer verschwinden zu lassen. Es gab mehrere Möglichkeiten in Edinburgh, eine Leiche verschwinden zu lassen. Die Gezeiten des Firth of Forth zogen alles mit sich und spülten es in die Weiten der Nordsee. Von da kam niemand wieder. Er hätte sie auf der Abwrackwerft in ein Fass stecken können. Oder ihre Überreste Schweinen zum Fraß vorwerfen. Nichts wäre von ihr geblieben. Allein der Gedanke daran verursachte ihm Übelkeit. So kam er nicht weiter. Er musste reden. Musste beichten. Und er wusste auch, wem.

Seine Hände zitterten noch immer, aber nicht mehr so stark, dass er nicht hätte Auto fahren können. Er legte den Gang ein und fuhr los. Vielleicht fand er Erlösung im Dartmoor.

31

Die Sperrung der Tavistock Road war aufgehoben worden. Einzelne Übertragungswagen blockierten die Bürgersteige. Craig juckte es in den Fingern, sie wegzuscheuchen. Aber das war nicht sein Business. Außerdem war es kleinlich. Oder nicht? Die Sender nahmen sich Rechte heraus, die sie nicht hatten. Eine Mutter mit Kinderwagen musste die Straßenseite wechseln, um an den fetten Kisten mit ihren Parabolantennen auf dem Dach vorbeizukommen. Nein, es war nicht kleinlich. Die Kirche samt Friedhof war nach wie vor Sperrgebiet.

Craig zeigte dem Constable seinen Ausweis und parkte seinen Spitfire auf dem Parkplatz der Kirche. Er winkte zwei Streifenbeamte zu sich.

»Ist Ihnen aufgefallen, dass die Sendewagen den Bürgersteig zuparken? Da kommt kein Kinderwagen mehr durch.«

Der Ältere von den beiden nickte bedächtig. »Das ist uns natürlich aufgefallen, aber was sollen wir machen? Die drehen uns durch den Fleischwolf, wenn wir die wegjagen.«

»Aha«, sagte Craig und dehnte jeden einzelnen Buchstaben.

Der Jüngere wurde unruhig. Er nestelte an seinem Airwave herum, ahnte wohl, was kommen würde.

»Was, glauben Sie, macht man mit uns, wenn dadurch eine Mutter mit Säugling überfahren wird und zu Tode kommt?«

»Man wird uns die Haut bei lebendigem Leibe abziehen?«, fragte der Jüngere.

»Korrekt«, sagte Craig. »Und zwar in schmalen Streifen. Das dauert länger.«

Die beiden machten auf dem Absatz kehrt und steuerten die Sendewagen an. Princetown war nicht London-Hackney, wo es keinen Platz zum Parken gab.

Craig steuerte die Kirche an, betrat sie, roch den Weihrauch. Früher, so hatte er irgendwo gehört, war Gras mit verbrannt worden, damit die Gläubigen sich entspannten und empfänglicher waren für die Heilsbotschaften. Die Kreuzritter hatten die Droge mitgebracht und festgestellt, dass sie einen sehr angenehmen Rausch auslöste, mit weit weniger üblen Folgen als das Saufen. Niemand wurde davon aggressiv, und man konnte aufhören, ohne dass körperliche Entzugserscheinungen auftraten. Craig hatte gekifft, solange er bei der Gang gewesen war. Als Polizist konnte er sich das nicht leisten, es war illegal, und es bremste seine Reflexe. Aber saufen, das war legal und hatte ihn beinahe ruiniert, hatte ihn zu einem aggressiven Pitbull gemacht, zu einem pöbelnden Scheißbullen, der seine Ehe zerstört hatte.

Craig klopfte an die Wohnungstür von O'Grady und musste nicht lange warten. Die Tür öffnete sich, O'Grady lächelte ihn an.

»Inspector. Wie schön, Sie zu sehen. Wie kann ich Ihnen helfen?«

»Ganz einfach. Sie könnten mir die Beichte abnehmen.«

Sie schaute Craig in die Augen. »Das ist tatsächlich kein Scherz ... Bitte, kommen Sie herein.«

»Müssen wir nicht in einen Beichtstuhl?«

O'Grady lachte auf und wies auf einen Stuhl. Sie setzte sich ihm gegenüber.

»So was haben wir hier nicht. Beichten kann man überall und zu jeder Zeit, eben dann, wenn es möglich ist und notwendig. Üblicherweise macht das jeder für sich mit Gott aus, aber es scheint, als hätten Sie ein schwerwiegendes Problem?«

»Sie sind an das Beichtgeheimnis gebunden?«

»So schlimm?«

»Sind Sie an das Beichtgeheimnis gebunden oder nicht?«

»Bis zu einem gewissen Grad. Über alles, was mit dem Missbrauch von Kindern zu tun hat oder der Planung eines schweren Verbrechens, würde ich meinem Gewissen gemäß meine Supervisorin informieren. Die würde entscheiden, ob wir es den Behörden melden oder nicht.«

»Führt das nicht dazu, dass weniger Menschen beichten?«

»Ich dachte, es geht um Sie? Sie haben es gehört. Das sind die Bedingungen.«

Ein begangener Mord fiel also nicht unter das Beichtgeheimnis.

»Vielleicht ist noch wichtig, dass ich Atheist bin. Ich glaube nicht an Gott.«

»Das spielt keine Rolle«, sagte O'Grady. »Sie sind ein Kind Gottes, ob Sie wollen oder nicht. Und ich glaube nicht, dass Sie hier sind, um vor Gott Verzeihung zu finden. Ich bin ganz Ohr.«

Craig wusste nicht so recht, ob er tatsächlich einem wildfremden Menschen seine tiefsten Geheimnisse anvertrauen sollte. Alles, was O'Grady sagte, hatte Hand und Fuß, war weise, klar und warm zugleich. Jetzt oder nie. Craig gab sich einen Ruck.

»Ich habe meine Frau getötet.«

O'Grady nickte nur. »Das wissen Sie mit Sicherheit.«

Schon hatte sie ihn.

»Nein, nicht mit letzter Gewissheit. Sie ist verschwunden, und ich weiß nicht mehr, was ich in der Nacht getan habe, denn ich war so betrunken, dass mein Gedächtnis eine Lücke von mehr als vierundzwanzig Stunden aufweist.«

»Sie geben sich die Schuld für das Verschwinden Ihrer Frau. Das ist schon etwas ganz anderes.«

»Aber immer, wenn Erinnerungsfetzen auftauchen, sagen sie mir: Du warst es. Du hast sie im Alkoholwahn ermordet.«

»Ihr Gewissen lässt Ihnen keine Ruhe.«

»Es verfolgt mich Tag und Nacht. In der letzten Zeit bin ich immer wieder plötzlich weggetreten, mache eine Art Zeitreise. Ich bin dann vollkommen aus der Realität abgekoppelt.«

»Das macht Ihnen Angst.«

»Es macht mich wahnsinnig.«

O'Grady seufzte. »Ich bin mir nicht ganz sicher, ob Sie nicht besser zu einer Psychologin gehen würden. Es würde Ihnen nichts nützen, wenn ich Ihnen empfehlen würde zu beten. Und ich kann Ihnen keine Absolution erteilen, da Sie offensichtlich keine Sünde begangen haben.«

Selbst eine Beichte nutzte also nichts. Er stützte seinen Kopf in die Hände, der so schwer war, dass er fürchtete, er könne ihn nicht halten.

»Ich kann Ihnen allerdings einen Rat geben. Wollen Sie ihn hören?«

»Warum nicht. Schlimmer kann es nicht werden.«

»Darauf würde ich nicht wetten. Eine Frage noch: Sie sind Detective Chief Inspector. Ein Kriminalist. Eine Spürnase. Wie hoch ist Ihre Aufklärungsquote?«

»Hundert Prozent.«

»Falsch.«

Craig ahnte, was O'Grady ihm raten wollte.

»Sie ist null. So lange, bis Sie wissen, was mit Ihrer Frau geschehen ist. Sie dürfen nicht aufgeben. Und Sie müssen zurück ins Leben.«

»Was meinen Sie damit? Zurück ins Leben?«

»Sie gelten als eiserne Jungfrau.«

»Ein Foltergerät?« Craig verstand kein Wort.

»Unnahbar. Sie lassen niemanden an sich heran. Vor allem

das weibliche Geschlecht. Sie hängen fest in Ihren Gefühlen zu Ihrer verschwundenen Frau.«

»Aber …«

Woher wusste O'Grady das?

»Beichtgeheimnis, Inspector. Mein Rat: Öffnen Sie Ihr Herz, und suchen Sie weiter. Klären Sie den Fall Ihrer Frau. Und wenn Sie der Täter sind, wissen Sie, was Sie zu tun haben.«

Craig wusste nichts zu sagen. Er hatte alles getan. Doch stimmte das? Hatte er wirklich alles getan? Wie ging er vor, wenn er in einem Fall in einer Sackgasse steckte? Er fing von vorne an. Bewertete jedes Detail neu. Stellte Thesen auf, die unhaltbar schienen, so lange, bis er eine beweisen konnte. War es nicht so, dass er letztlich Angst vor der Wahrheit hatte? Gleich, wie sie ausfiel?

»Sie glauben, ich stelle Mary, so heißt meine Frau, auf einen Sockel. Ich verehre sie wie eine Göttin. Du darfst keine Göttin neben ihr haben.«

»Wichtig ist, dass es für Sie stimmig ist. Wenn Sie merken, dass es keine Frau gibt, die Ihr Herz berührt, dann lassen Sie es. Aber bauen Sie keine Regelwerke auf, keine Dogmen. Sehen Sie, wer Gott richtig versteht, der erkennt, dass er uns nur einen Rat gegeben hat: Entscheide dich nach deinem Gewissen. Nicht mehr und nicht weniger.« Sie lächelte. »Es gibt nichts Schwereres.«

Craig hörte in sich hinein. Stellte sich vor, wie es sein würde, die Wahrheit zu kennen, wie es sein würde, eine andere Frau zu lieben und Mary genauso zu lieben, wie er es jetzt tat. Kein Widerstand. Kein Magengrummeln. Kein Zittern. Ein guter Weg. Er stellte sich vor, wie er in Edinburgh jeden Stein umdrehen würde, jeden Gefallen einfordern würde, um Marys Spur zu folgen. Es konnte Jahre dauern. Den Rest seines Lebens. Das war es wert. Und irgendwann würde er wieder die Entscheidung treffen: weitermachen oder aufhören. Heute war die Entscheidung klar. Weitermachen. Noch hatte er Optionen. Er spürte ein seltsames Gefühl im Bauch. Er hatte Hunger. Nein, es war kein Hunger. Er hatte Lust, etwas Gutes zu essen. Sushi. Reis und Gemüse. Mash and Sausages.

Er sah O'Grady in die Augen, nahm ihre schlanken, warmen Hände. »Danke. Unglaublich, wie dick die Bretter sind, die man vorm Kopf haben kann. Ohne sie zu sehen. Sie haben Licht ins Dunkel gebracht.«

»Wenn Sie mal keine Mörder mehr jagen wollen, kommen Sie zu mir und werden Prediger.« Sie lachte und erhob sich, zog Craig mit sich. »Sie waren reif. Es bedurfte nur noch eines kleinen Schubsers meinerseits.«

»Sie sind zu bescheiden. Sie würden eine gute Therapeutin abgeben.«

Sie entzog ihm ihre Hände. »Es heißt nicht umsonst ›Seelsorger‹. Ich wünsche Ihnen viel Erfolg. Und tun Sie mir einen Gefallen. Finden Sie den Mörder von Sophie und Charlotte.«

»Ich werde mein Bestes geben. Das kann ich Ihnen versprechen.«

O'Grady führte ihn zum Kirchenportal, er schritt hindurch, grüßte noch einmal. Er schaute sich um. Die Welt schien mehr Kontraste zu haben. Wie bei einem schwammigen Bild, das mit einem technischen Effekt wieder scharf wird. Craig grüßte die Kollegen, die er dazu verdonnert hatte, die Sendewagen zu vertreiben. Sie winkten freundlich. Die Sendewagen waren verschwunden, niemand war durch den Fleischwolf gedreht worden. So konnte es weitergehen.

32

Craig lenkte den Spitfire auf die Tavistock Road, während er die Fakten zusammenfasste. Am Vormittag des 31. Dezember 2014 war er auf der Couch aufgewacht, geweckt von einem eiskalten Wasserguss.

Mary hatte ihn in der Nacht aus dem gemeinsamen Bett geworfen. Er war um fünf vom Nachtdienst gekommen, es war eine echt miese Schicht gewesen. Verfeindete Hooligans aus Edinburgh und Glasgow hatten sich geprügelt. Einer aus Glasgow war nicht mehr aufgestanden. Sie mussten drei Dutzend vollkommen ausgeflippte Typen bändigen, mit Reizgas, Knüppeln und Tasern. Eine Schlacht. Ein Desaster. Zwölf verletzte Kollegen. Dreißig verletzte Hooligans. Kein einziger Zeuge, der etwas gesehen haben wollte. Schweigen war Ehrensache. Es war nicht Craigs Fall, er war nur zu Hilfe geeilt. Der Täter konnte nie ermittelt werden, aber ein Jahr später hing ein Hooligan aus Edinburgh an einem der Flutlichtmasten des Tynecastle Stadium, der Heimat des FC Heart of Midlothian. Auch dieser Mord wurde nie aufgeklärt, aber danach wurde es ruhiger. Das Gleichgewicht des Wahnsinns war wiederhergestellt.

Craig war wirklich schlecht drauf, genehmigte sich einen Drink. Einen verdammten kleinen Whisky. Er schrubbte sich die Zähne und gurgelte Mundwasser, aber es nutzte nichts. Mary roch es sofort. Sie verpasste Craig eine Ohrfeige und trat ihn aus dem Bett. Sie bezeichnete ihn als verfickten Verräter und als das größte Weichei des Planeten. Das stimmte. Er hatte geschworen, nichts zu trinken, auch nicht den winzigsten Drink der Welt. Er hatte sich nicht daran gehalten.

Er hatte den Kopf eingezogen, hatte sich auf die Couch verkrümelt und damit gerechnet, dass ihre Wut verrauchen würde. Da hatte er sich getäuscht. Sie hatte in einen Eimer alle verfügbaren Eiswürfel geworfen, ihn mit kaltem Wasser aufgefüllt und ihm dann übergekippt. Auch das hatte Craig klaglos über sich ergehen lassen. Sein schlechtes Gewissen reichte von Edinburgh bis Australien. Er hätte jede Strafe akzeptiert, er hätte sich zur Therapie bereiterklärt, ja er hätte sogar seinen Job geschmissen. Aber Mary wollte nichts von alledem. Sie wollte sich trennen. Sie warf ihm den Ehering vor die Füße.

Da brannten die Sicherungen bei ihm durch. Er verpasste Mary, seiner geliebten Mary, eine Ohrfeige, so heftig, dass es sie von den Füßen hob. Augenblicklich schwoll ihre Wange an. Jetzt hatte Craig endgültig verschissen. Alle Türen hatte er zugeschlagen. Mary krümmte sich vor Schmerz und Furcht. Doch anstatt sie in den Arm zu nehmen und um Verzeihung zu flehen, drehte er sich um und rannte aus der Wohnung in den nächsten Pub, orderte eine Flasche Glenfiddich und ignorierte die erstaunten Blicke.

Das Nächste, an das er sich erinnerte, war das Gesicht von Gordon Brodie, der ihn auf die Füße stellte und aus der Wohnung schleifte.

Craigs Handy meldete sich. Er fuhr an den Straßenrand, schaltete den Motor aus und ging ran.

»Hi Bruderherz. Na, wo steckst du?«

»Hi Finley. Im Dartmoor. Und du?«

»Ich stehe vor deiner Wohnung.«

»Was zum Teufel …«

»Es gibt ein paar Sachen, die müssen wir persönlich besprechen. Das Dartmoor wäre ein guter Platz dafür.«

Craig verstand, und gleichzeitig gingen alle Warnlampen an.

»Bist du mit dem Auto da?«

»Logisch. Glaubst du, ich traue irgendeinem zu, mich lebend irgendwohin zu fahren? Du ausgenommen natürlich.«

»Weißt du, wo das Saddle Tor ist?«

»Wenn mein Navi es weiß, weiß ich es auch. Ich hab da so 'ne Touri-Funktion.«

Craig wartete. In was war er da hineingeschliddert? In was zog er seinen Bruder hinein?

»Ich hab's. Okay. Gib mir 'ne halbe Stunde. See you, babe.« Er legte auf.

Craig wendete und fuhr Richtung Norden über Buckland in the Moor. Er brauchte zwanzig Minuten, stellte den Spitfire auf dem Parkplatz ab und erklomm das Saddle Tor. Von dort hatte er einen wunderbaren Blick auf die Haytor Rocks, mächtige Granitblöcke, die Hunderte von Millionen Jahre alt waren.

Craig setzte sich auf einen Felsblock, riss einen Grashalm aus, kaute drauf herum und schaltete sein Gehirn auf Leerlauf. Nichts war jetzt wichtig außer der grandiosen Natur, dem Säuseln des Windes und der Sonne, die ihn wärmte. Vögel riefen, von weit her hörte Craig das Wiehern eines Wildpferdes.

Er fuhr herum und erkannte gerade noch rechtzeitig, dass es Finley war, der sich ihm von hinten genähert hatte. Er ließ seine Faust sinken, Finley grinste frech.

»Gute Reflexe, Bruderherz.«

»Ich hätte dich fast von den Füßen geholt.«

Finley reichte Craig die Hand und zog ihn hoch. Einen Moment schauten sie sich in die Augen, dann fielen sie sich in die Arme, hielten sich eine Weile. Craig spürte Finleys Muskeln. Er hatte nicht abgebaut im letzten Jahr.

Finley löste sich, hielt Craig an den Schultern und drückte die Arme durch. »Oh Mann, du siehst so scheiße aus. Du musst nach Hause kommen. Bei den Langnasen kannst du nicht überleben.«

»Da ist was dran, Bruderherz. Aber sag mir eins: Was treibt dich ins Dartmoor? Was ist so brandgefährlich, dass du es mir nicht am Telefon sagen kannst?«

Finley sah ihn schräg an.

»Okay, sorry. Wie geht es dir?«

Sie setzten sich nebeneinander auf den Felsblock.

»Ryann dreht vollkommen am Rad.«

»Ach je. Hat sie dich rausgeschmissen?«

»Schön wär's. Sie will mich heiraten.«

Craig unterdrückte einen Lacher. »Schlimmer geht's nicht.«

»Na ja, sie ist schon 'ne Perle. Seit ich mit ihr zusammen bin, ist alles irgendwie anders. Ich komm gerne nach Hause. Nicht nur, weil sie im Bett echt eine Granate ist. Weil …«

»Du bist einfach gerne bei ihr. Du massierst ihr die Füße, kochst für sie, und das macht dich glücklich?«

»Ja, fuck, genauso ist es.«

Craig verzichtete darauf, seinem Bruder zu sagen, dass es sich dabei sehr wahrscheinlich um Liebe handelte. Das hätte er weit von sich gewiesen, denn er war überzeugt, dass er niemanden lieben konnte. Diese Illusion würde er sich nicht nehmen lassen wollen. Sie waren Brüder und hatten dasselbe Problem. Jemanden lieben hieß, sich verletzlich zu machen. Die Kontrolle aus der Hand zu geben.

»Das ist ganz einfach. Abwarten. Das geht vorbei. Und wenn nicht, hast du halt Pech gehabt.«

»Mir läuft aber die Zeit davon. Sie will, dass wir nächstes Jahr im Mai heiraten. Das sei der Wonnemonat, und nur in dem Monat will sie heiraten. Und ich wette, dass sie dann die Pille absetzt.«

»Das reicht dicke. Du wirst sehen. In spätestens vier Monaten weißt du Bescheid. Ansonsten gibt es ja auch noch den Scheidungsrichter.«

»Wenn du das sagst.« Finley legte Craig eine Hand auf die Schulter. »Nichts Neues?«, fragte er leise.

Craig schüttelte den Kopf. »Aber ich habe beschlossen, wieder zu suchen.«

Jetzt war es in der Welt. Jetzt gab es kein Zurück mehr.

Finley sprang auf, tanzte im Kreis herum, schlug sich auf die Schenkel, zeigte auf Craig. »Yeah, babe, that's my boy. So gefällst du mir. Du hast es begriffen, was? Du hast Mary nichts angetan!« Finley betonte jedes einzelne Wort. »Du bist mein Bruder. Wir bringen unsere Frauen nicht um, verdammte Scheiße. Sag, dass ich recht habe!«

Craig teilte die Sicht seines Bruders nicht.

»Ich werde es herausfinden, Bruderherz.«

Finley setzte sich wieder neben Craig. »Alles klar, kein Thema. Das ist gut. Nur keine Möglichkeit auslassen. Und wenn du sie gefunden hast – und du wirst sie finden, weil sie lebt, verstehst du, ich fühle das, sie lebt –, dann werdet ihr echt fucking glücklich miteinander.«

»Ja«, sagte Craig tonlos.

Er glaubte nicht eine Sekunde daran, dass Mary noch lebte. Sie war nicht der Mensch, der einfach abhaute. Sie hätte gekämpft bis zum Schluss.

Craig musste das Thema wechseln. »Was ist mit Sheffield?«

Finley stöhnte. »Oh Mann, das is' echt der Hammer. Jesus Christus, da hast du echt den Deckel vom Latrineneimer gestoßen.« Er wischte sich imaginären Schweiß von der Stirn. »Also. Sheffield ist glaubwürdig. Er will nichts haben, außer dass Keen zur Verantwortung gezogen wird.«

»Warum jetzt erst?«

»Weil sich jetzt die Gelegenheit dazu ergeben hat. Alle

schauen auf die beiden Mädchen. Da lässt sich nichts mehr vertuschen. Und dein Ruf eilt dir voraus.«

»Aha?«

»Braveheart, der unbestechliche Freiheitskämpfer.«

»Bullshit. Ich leite die Ermittlungen. Deswegen hat Sheffield sich an mich gewandt.«

»Mag sein. Aber er spricht in den höchsten Tönen von dir.«

»Irgendwelche Beweise? Reden kann jeder.«

»Sheffield behauptet, Keen habe ein ganzes Sortiment von Pics gebunkert.«

»Das weiß ich. Aber das Wochenendhaus gibt es nicht mehr.«

»Er hat dir nicht alles gesagt.« Finley bleckte die Zähne.

»Schon gut, Sherlock. Erhelle mich.«

»Er hat mir gesagt, dass das Gartenhaus weg ist. Aber darunter gibt es einen kleinen Keller. Der ist noch da. Und da drin soll eine Metallkiste liegen. Wasserdicht, staubdicht, stoßfest.«

»Ein Keller? Das kann nicht sein. Niemand baut einen Keller unter ein Wochenendhaus.«

»Bruderherz, du denkst zu einseitig. Die Sachen sind Keens Trophäen. Von Zeit zu Zeit geht er hin, schaut sich die Pics an und holt sich einen runter. Und wer weiß? Vielleicht macht er noch ganz andere Sachen.« Finley schaute Craig mitleidig an. »Es ist mir vollkommen klar, dass du mächtig in der Klemme steckst, wenn das alles stimmt. Aber du wolltest es wissen.«

Craig saß nicht in der Klemme. Er saß zwischen zwei riesigen Hämmern, die auf ihn zugeflogen kamen und aus ihm Brei machten, wenn sie sich trafen. So oder so. Er hatte zu lange gezögert. Seine Optionen wurden immer weniger. Genau genommen hatte er nur noch eine.

»Okay. Wenn wir die Kiste finden, ist Keen erledigt. Wenn nicht, ist Sheffield dran.« Craig stand auf.

Die ganze Sache schmeckte ihm nicht. Sie stank.

»Hilfst du mir buddeln?«

Finley strahlte über das ganze Gesicht. »Na also! So gefällst du mir. Gimme five!«

Sie klatschten kräftig ab, Craig spürte Finleys Kraft, seine unbändige Abenteuerlust.

»Du fährst vor, Bruderherz.«

Finley salutierte und rannte los. »Wer als Erster bei seinem Wagen ist!«

Craig sprintete los. »Du hast schon immer geschummelt.«

»Und du warst schon immer eine lahme Ente.«

Finley wartete bei einem schwarzen Ford Mustang, einem alten Modell, top in Schuss, echt schick. Der Mustang war sicher nicht billig gewesen.

»Keine Sorge«, rief Finley. »Das ist Ryanns Hobby.«

Craig beschloss, dafür zu sorgen, dass Finley Ryann heiratete. Eine Krankenschwester, die einen Mustang fuhr, war genau das Richtige für seinen Bruder. Fürsorge, Ordnung, Leidenschaft und Abenteuer.

Finley ließ den Motor aufheulen, er klang verdammt gut. Dagegen war Craigs Spitfire ein Fohlen.

Finley fuhr anständig, er wusste, wie Craig über Raser dachte. Sie fuhren nach Nadderwater, einem Stadtteil nordöstlich von Exeter. Sie bogen von der Straße auf einen sandigen Feldweg ab. Nach ein paar hundert Metern kamen die ersten Wochenendhäuser in Sicht. Manche standen noch, von ihren Terrassen führten Stege hinaus auf eine Sandfläche. Dort hatte vor zwanzig Jahren ein kleiner See Abkühlung im Sommer geboten. Der Bach, der den See gespeist hatte, war versiegt, in kürzester Zeit war der See verschlammt, Pflanzen verrotteten, und der See stieß Methan aus. Die Häuser mussten geräumt werden, der See wurde zugeschüttet.

Craig hielt hinter dem Mustang an und stieg aus.

Finley eilte auf eine Lücke zwischen zwei Häusern zu, in der Rechten hielt er einen Spaten. Er blieb auf der freien Fläche stehen. Wo ehemals das Wochenendhaus gestanden hatte, sah es aus, als sei ein Meteoritenschauer niedergegangen. Finley hieb den Spaten in den Sand.

Craig stellte sich neben ihn, und bei jedem Hieb erwartete er ein metallisches Geräusch. Aber nichts dergleichen geschah.

Nach einer halben Stunde reichte Finley wortlos den Spaten an Craig weiter. Der trieb ihn in den Sand, immer mehr Löcher entstanden, die immer tiefer wurden. Insgeheim hoffte Craig, dass sie nichts finden würden. Dann konnte er mit Keen ein Gespräch unter vier Augen führen, und Sheffield würde sich vor jedem neuen Tag im Knast fürchten.

Nach weiteren zwanzig Minuten warf Craig den Spaten hin. Es hatte keinen Zweck. Da war nichts. War nie etwas gewesen. Sheffield war ein Lügner. Wie gut, dass Craig nicht die Innere eingeschaltet hatte.

Finley nahm den Spaten, setzte ihn zwischen zwei Löchern an, und beim dritten Hieb hörte Craig das Geräusch, das er erhofft und zugleich gefürchtet hatte. Finley war auf etwas Metallenes gestoßen. Er grub wie wild, und wenige Minuten später hob er eine Metallkassette aus dem Boden. Sie wischten Dreck und Sand weg. Außen war sie vollkommen verrostet, aber es war zu erkennen, dass es eine Munitionskiste war. Der Größe nach zu urteilen für ein Maschinengewehr. Finley fackelte nicht lange, klappte die Verschlüsse nach oben und riss den Deckel herunter. Craig hielt den Atem an. Finley hatte sie geöffnet, die Büchse der Pandora.

33

»Fuck«, stieß Finley aus. »Meine Fresse. Diese abartigen Schweine.«

Craig zog sich Latexhandschuhe an und nahm das Foto aus der Kiste. Finley hatte recht. Zwei Männer und zwei Knaben, die nicht älter als zehn waren. Die Männer waren nackt und nicht zu erkennen, sie standen mit dem Rücken zur Kamera. Craig hielt Finley Handschuhe hin.

»Packst du das, Finley? Ohne was kaputt zu machen oder irgendwem den Kopf abzureißen?«

»Gib schon her. Bin nicht mehr so bekloppt wie früher.«

»Wie früher? Das letzte Mal hast du vor zwei Jahren eine Diskothek auseinandergenommen, weil der DJ nicht deinen Song spielen wollte.«

Finley hob einen Zeigefinger. »Moment! So einfach war das nicht. Er hat mich einen Ziegen fickenden Schotten genannt. Dabei weiß jeder, dass wir nur Schafe ficken. Also hatte er eine Tracht Prügel verdient.«

Craig musste lachen. Trotz des Elends, das ihn aus der Kiste ansprang.

»Okay, du schottischer Schafficker.« Er hielt ihm das Foto hin. »Eintüten.«

Finley zwängte seine Hände in Latexhandschuhe, nahm das Foto entgegen und versenkte es in einem Beweisbeutel.

Als Nächstes kam eine Liste zum Vorschein. Sie trug den Kopf der Devon and Cornwall Police. Es waren die Namen eines Kinderpornorings. Alle Namen waren in der Spalte »gefasst« abgehakt. Auch Sheffield war unter den Namen. Die Liste trug keine Unterschrift, aber in der linken unteren Ecke stand eine Personalnummer. Es war Keens Nummer. Craig kannte sie, genauso wie er die von Leighton, Moorcraft oder Jamili kannte. Diese Nummer veränderte sich nicht, egal, wie lange man in der Truppe blieb. Finley tütete die Liste ein.

Weitere Fotos kamen zutage, mit Szenen, die sich Craig nur einen Moment anschauen konnte. Bei allen Clans Schottlands. Wie hielten die Männer und Frauen von der Sitte so was aus? Craig wurde übel. Er atmete mehrmals tief ein und aus, die Übelkeit verzog sich. Das wäre kein Job für ihn. Er hatte in Edinburgh einige Monate im Sittendezernat verbracht, aber da hatten sie es mit Zuhältern zu tun gehabt, mit Prostituierten und Freiern, die nicht zahlen wollten. Nicht schön, aber die Vergewaltigung von Kindern, das war zu viel.

Mussten auch Sophie und Charlotte diese Torturen erleben? Craig wünschte sich, dass die beiden schnell getötet worden waren.

Unter den Fotos lagen Kopien von Vernehmungsprotokollen. Und das Protokoll, in dem stand, wie Keen Sheffield verprügelte. Sie alle waren von Rowan Humble unterzeichnet. Akten mit nach Hause zu nehmen war ein Dienstvergehen, ein Verstoß gegen den Datenschutz. Was war mit Keen los gewesen? Allein der Besitz der Kiste und der Dokumente konnte ihn seine Karriere kosten. Wenn er die Fotos angefasst hatte, würden sich Fingerabdrücke drauf finden.

»Was heißt das jetzt?«, fragte Finley. »Hat Keen bei den Kinderschändern mitgemischt? Oder hat er sie gejagt?«

»Das sind die richtigen Fragen, Bruderherz.«

»Du sitzt echt in der Klemme, was?«

»Das kannst du laut sagen. Was soll ich machen?«

»Wenn du jetzt zur Inneren gehst, reißen sie dir den Arsch

auf, weil du so spät kommst. Gehst du nicht, kann es sein, dass Keen ein echt mieses Arschloch ist und damit davonkommt. Aber eine Sache ist klar: Nichts von dem in der Kiste bringt Keen mit dem Verschwinden der beiden Mädchen in Verbindung.«

»Nicht direkt, das ist richtig. Aber Sheffield hat die Wahrheit gesagt. Woher weiß er das? Warum jetzt?«

»Da beißt sich die Katze in den Schwanz.« Finley malte mit den Fingern ein Dreieck in den Sand. »Wie wäre es mit Logik? Würde dir jetzt ganz guttun.«

»Du hast recht. Ich habe nur Matsch im Kopf.«

»Die Spitze des Dreiecks ist Sheffield. Die rechte Ecke ist Keen. Die andere ist Humble. Wenn Keen geahnt hat, dass Humble ein krummes Ding dreht, könnte Humble das gemacht haben, was jeder macht, der sich den Rücken freihalten will. Er hat Material gegen Keen gesammelt, um ihn zu erpressen, falls nötig. Er hat auch kein Problem damit, Dokumente zu fälschen, davon können wir ausgehen, nach dem, was du mir über den sauberen Humble erzählt hast. Den Kram packt er in die Kiste und vergräbt sie hier. Keen hat davon keine Ahnung. Er hat es gar nicht nötig, einen direkten Bezug zu irgendetwas herzustellen. Mit der Kiste in den Händen, hätte man Keen nicht ein einziges Wort mehr geglaubt. Keen wusste also nichts von der Kiste und hat logischerweise auch nicht danach gesucht.«

Craig sprang auf, presste Finley an seine Brust. »Großartig! Genau das ist es. Du bist ein Genie!«

»Nicht erdrücken, Bruderherz.«

Finley hustete, Craig ließ ihn los, räumte die Sachen in die Kiste.

»Es gibt genau einen Menschen, der ein Interesse daran hätte, Keen zu diskreditieren. Und ich weiß, wo der wohnt.«

34

Die Dämmerung hatte bereits eingesetzt, als Craig den Spitfire vor dem Altenheim parkte. Er steckte seinen Rekorder in die Hemdtasche und startete ihn. Finley musste im Wagen warten, seine Anwesenheit hätte die Ermittlungen korrumpiert.

Craig hielt sich nicht mit Formalitäten auf. Er marschierte sofort zu Isabel Humbles Zimmer, öffnete, ohne zu klopfen, die Tür. Isabel Humble saß in ihrem Rollstuhl und starrte aus dem Fenster. Die Wiese war mit bunten Scheinwerfern beleuchtet, die Bäume warfen feingegliederte Schatten.

Mit einer schwungvollen Bewegung zog sich Craig einen Stuhl heran und platzierte ihn neben Isabel Humble.

»Mrs. Humble. Es wird Zeit, dass Sie mir Ihre Geschichte erzählen. Und die von Ihrem Mann.«

»Ich erzähle Ihnen gar nichts, junger Mann. Sie wissen ja nicht, wovon Sie reden. Sie haben keine Ahnung, was es heißt, Tag für Tag …« Sie unterbrach sich.

Immer wieder dieselbe Leier, dieselben Entschuldigungen, wenn ein Polizist versagte und zum Verbrecher wurde, um das Verbrechen zu bekämpfen. Aber so lief das nicht. Verbrechen gebar Verbrechen.

»Mrs. Humble. Ich lasse Ihnen die Wahl. Entweder, Sie plaudern mit mir, ganz ungezwungen, oder ich verhafte Sie auf der Stelle und stecke Sie in Untersuchungshaft. Sie wissen ja, was ein entschlossener Detective alles fertigbringt.«

»Ich bin zu krank …«

»Einen Scheiß sind Sie. Langsam verliere ich die Geduld. Es

geht um Mord. Nicht nur um den zweifachen an den Mädchen. Es geht auch um den Mord an Ken Upton.«

»Rowan hat ihn nicht getötet, das ist Unsinn.«

»Das habe ich nicht gesagt. Aber er hat den Mörder auf Uptons Spur gelenkt und ihn dann gedeckt. Wir haben die Akten analysiert.«

»So schnell? Es sind Tausende Seiten.«

»Zwanzig Jahre technische Entwicklung. Wir kennen jede Manipulation.«

Tränen traten in Isabel Humbles Augen. »Er hat nicht mehr schlafen können. Er hatte Albträume. Er aß nicht mehr.«

»Warum? Was hat ihn so sehr angegangen?«

»Er hatte gegen Upton nichts in der Hand. Aber er wusste, dass Upton pädophil war. Upton hat damit sogar vor ihm geprahlt und ihm ins Gesicht gesagt, sie würden ihn nie kriegen.«

»Das war zu viel für Rowan?«

»Er hat sich das Gehirn zermartert, wochenlang.«

Craig rückte näher an Isabel Humble heran. »Und eines Tages hatte er die rettende Idee.«

»Es war so einfach. Durch die Vernehmungen hatte er alle Lehrkräfte gut kennen gelernt, wusste, dass es einige gab, die von Uptons Schuld überzeugt waren.«

»Und bereit, einen Mord zu begehen?«

Isabel schlug mit der Faust auf die Lehne des Rollstuhls. »Es war kein Mord. Es war Gerechtigkeit.«

»Wer waren die Vollstrecker der Gerechtigkeit?«

Isabel Humble schaute Craig mit rotgeschwollenen Augen an. »Bei der Seele meines Mannes, ich weiß es nicht.«

»Was hatte Arthur Keen mit der Sache zu tun?«

»Er funkte Rowan dazwischen. War nicht mit der Theorie zufrieden, dass nur Upton der Täter sein konnte. Er wollte schlauer sein als Rowan. Aber dann hat dieser Keen über die

Stränge geschlagen und einen Verdächtigen verprügelt. Damit hatte Rowan ihn in der Hand.«

»Und jetzt funkt dieser Keen schon wieder dazwischen, nicht wahr? Es wäre doch schön, wenn Keen in einen Skandal verwickelt würde, eine schöne Ablenkung von den Verfehlungen Ihres Mannes.«

»Rowan war untadelig. Er hat die Welt von einem Scheusal befreit. Da war jedes Mittel recht.«

»Da *ist* Ihnen jedes Mittel recht. Sie versuchen, Keen zu stürzen. Aber das bringt nichts. Die Maschinerie läuft. Alles, was Ihr Mann verbrochen hat, wird ans Tageslicht kommen. So oder so. Ihr Mann hat den Falschen den Henkern ausgeliefert. Lesen Sie keine Zeitung? Upton war es nicht. Kann es nicht gewesen sein. Wir haben herausgefunden, dass er ein Alibi hatte. Die Aufnahme einer Überwachungskamera, die in einem anderen Fall asserviert war. Sie zeigt ihn in der Tatnacht dreihundert Kilometer von Exeter entfernt. Er wusste wohl selbst nichts davon, ansonsten hätte er Ihrem Gatten die Hölle heißgemacht. Aber so konnte er nicht beweisen, dass er nicht der Täter sein konnte. Das Benzin hatte er bar bezahlt, übernachtet hat er im Auto. Rowan hat Upton nicht ein Wort geglaubt.«

Isabel Humble wurde blass. »Das ist eine Lüge.«

»Es war umsonst, dass Sie Sheffield eingespannt haben und die Lebensversicherung Ihres Mannes. Wir haben die Kiste gefunden. Der Inhalt ist wertlos, beweist nichts. Und wir haben mit großer Wahrscheinlichkeit den Täter.«

»Sheffield hasste Keen vor allem, weil er ihn verhaftet und ihm die lange Gefängnisstrafe eingebracht hat. Eine ideale Schachfigur, in der Tat.«

Craig fiel eine zentnerschwere Last von den Schultern. »Das heißt, Keen gehörte zu den Guten?«

»Rowan hat sich jeden Tag bei mir die Probleme von der Seele geredet. Eine Zeitlang hatte er Keen auf der Liste der Verdächtigen stehen.«

»Warum?«

»Keen konnte gut mit Kindern. Zu gut, meinte Rowan.«

»Dann müsste man Hunderte Lehrer und Erzieher präventiv einsperren lassen.«

»Nun, Rowan hatte, wie soll ich es sagen, einschlägige Erfahrungen gemacht.«

»War er Opfer eines sexuellen Übergriffs?«

»Nicht er, seine Schwestern. Sein Vater war der Täter.«

»Mit dieser Vergangenheit hätte er diesen Fall niemals übernehmen dürfen.«

Isabel rollte ein Stück vom Fenster weg, von Craig weg.

»Sie mit Ihren Vorschriften. Er hat all die Jahre hervorragende Arbeit geleistet.«

»Wann wurde Ihnen klar, dass Rowan sich zum Komplizen gemacht hatte?«

»Er hat es mir erzählt. Aber er konnte nicht mehr zurück, zumal Upton ja nie gefunden wurde. Rowan wusste nicht mit Bestimmtheit, dass Upton ermordet wurde.«

»Aber er ermittelte auch nicht in diese Richtung. Angeblich hat Upton einen Abschiedsbrief geschrieben. Er ist nicht bei den Asservaten. Hat Rowan ihn verschwinden lassen?«

Isabel wandte ihr Gesicht ab. »Er hat ihn vor meinen Augen im Kamin verbrannt. Drei Jahre, nachdem die Ermittlungen eingestellt worden waren.«

»Hatte er ihn geschrieben?«

Isabel Humble rang mit ihrer Fassung. Allmählich schien ihr klar zu werden, wie sehr sie und ihr Mann sich verrannt hatten, dass sie zu Verbrechern geworden waren.

»Nein.«

Craig nahm die faltigen Hände von Isabel Humble. Sie ließ es geschehen.

»Wer hat den Brief geschrieben, Mrs. Humble? Bitte. Es geht um Gerechtigkeit. Ken Upton war unschuldig. Er verdient die Wahrheit.«

»Ich weiß es nicht, glauben Sie mir. Allerdings erinnere ich mich an das Schriftbild. Die Buchstaben waren klein und akkurat. Sehr eng und fast wie gedruckt.«

Craig hatte Uptons Schrift in einem eingescannten Klassenbuch gesehen. Seine Buchstaben waren raumgreifend, schwungvoll, dynamisch. Niemand war auf die Idee gekommen, den Brief mit Uptons Handschrift zu vergleichen. Und wenn, dann hatte Humble es verstanden, auch dieses Beweisstück verschwinden zu lassen. Kein großes Problem. Isabel Humbles Beschreibung der Schrift mochte zutreffend sein, ein Beweis war sie nicht. Es gab viele Menschen, die eine solche Schrift hatten, und selbst wenn Albright oder McCormick eine solche hatten – ohne Schriftstück kein Beweis.

Wieder saß Craig in der Sackgasse. Es schien, als wäre der Mord an Ken Upton und den Mädchen ein perfektes Verbrechen. Denn, dass Upton ermordet worden war, daran zweifelte Craig inzwischen nicht mehr.

Mit seinen schlampigen Ermittlungen hatte Rowan Humble dafür gesorgt, dass der Mörder von Sophie und Charlotte viele Jahre hatte entwischen können. Doch Humble war tot und konnte nicht mehr zur Rechenschaft gezogen werden. Isabel Humble wiederum konnte Craig ebenfalls nicht belangen. Alles, was man ihr hätte vorwerfen können, war nicht strafbar, nur moralisch verwerflich.

»Wissen Sie, Mrs. Humble, was mich an der ganzen Sache so traurig macht und wütend zugleich?«

Sie ließ den Kopf hängen.

»Sie und Ihr Mann haben ausschließlich aus Eigensucht gehandelt. Sie hätten ihn bremsen können. Er hätte den Fall abgeben können. Ich kann Sie nicht belangen, aber in meinen Augen sind Sie nicht besser als Uptons Mörder. Sie sind vielleicht noch schlimmer. Denn Sie bilden sich ein, richtig gehandelt zu haben, und stellen sich über das Gesetz, fühlen sich überlegen. Die meisten Mörder wissen wenigstens, dass sie Mörder sind.«

Ohne einen Gruß verließ Craig das Altersheim. Er legte keinen Wert darauf, Isabel Humble je wieder zu Gesicht zu bekommen.

Finley wartete im Spitfire. Als er Craig sah, zog er sich die Kopfhörer herunter. »Cannibal Corpse«, sagte er. »Echt krank. Die haben sie nicht mehr alle, aber die Musik ist geil.«

Craig zuckte mit den Schultern.

»Death Metal. Die Texte sind zum Kotzen. Aber das muss sein, sonst ist es was für Mädchen.«

»Death Metal. Das passt.«

»Hat dich die Alte weitergebracht?«

»Keinen Millimeter. Mit Upton komme ich nicht weiter. Und es ergibt auch keinen Sinn.«

Finley rollte die Kopfhörer ein und verstaute sie in einem Samtbeutel. »Zweihundert Pfund! Aber die sind so dermaßen geil! Ich würd' ja sagen, wir gehen einen saufen. Aber das ist ja nicht drin.«

»Leider. Einen anständigen Drink könnte ich jetzt brauchen. Du glaubst nicht, wie das nervt, die Abstinenz. Ich hab gedacht, ich hab den Alkohol im Griff, aber Scheiße, das war ein Fuck-Irrtum. Ein Schluck, und es ist vorbei. Und da hab ich echt keine Lust drauf.«

»Dann besorgen wir es uns mit Popcorn und einem Haufen Action-Movies.« Finley boxte Craig auf den Arm. »Wie früher, Mann. Als alles noch besser war. Als wir unschuldig waren.«

»Das ist aber sehr früher. Wann haben wir das erste Mal Geld aus Mamas Börse geklaut? Ich war sechs, oder?«

»Genug gealbert. Wo ist hier der nächste Mexikaner? Manche mögen's scharf.« Finley schlug sich auf die Schenkel und grölte vor Lachen. »Hast du's mitbekommen? Manche mögen's scharf. Nicht heiß. Scharf!«

Craig verzog keine Miene. »Du solltest Comedian werden, Bruderherz. Ich mach mir gleich in die Hose vor Lachen.«

»Alles klar. Keine Spur von Humor. Also gut. Schluss mit lustig. Gib Gas.«

Manchmal, genau genommen selten, hatte sein Bruder recht. Heute war so ein seltener Tag, so ein seltener Moment. Craig gab Gas.

35

Obwohl Craig beim Mexikaner das Mildeste bestellt hatte, was es gab, und davon auch nur ein Viertel gegessen hatte, rumorte es in seinen Gedärmen. Finley hatte sich ein Gericht mit vier von fünf Peperoni bestellt und die Schärfe anerkennend gelobt. Vorsorglich hatte ihm die Bedienung einen großen Korb mit Brot hingestellt. Finley hatte den Korb mit verächtlicher Miene zur Seite geschoben.

Die Zeit war verflogen, sie hatten sich viel zu erzählen, schwelgten in der Vergangenheit und diskutierten die politische Lage. Finley war dafür, dass Schottland so schnell wie möglich ein eigenständiger Staat wurde, damit sie die bescheuerten Engländer nicht durchfüttern mussten. Craig bevorzugte eine Lösung für die ganze Insel: zurück nach Europa.

Craig bezahlte, der Inhaber stellte ihnen zwei Tequila hin. Finley opferte sich und kippte sie runter wie Wasser. Ohne Salz, ohne Zitrone.

Er schüttelte sich kurz. »Furchtbar, das Zeug. Aber es turnt echt gut.«

Craig behielt den Gedanken für sich, dass sein Bruder nach wie vor gefährdet war, dem Suff zu verfallen. Es lag in der Familie. Eine Moralpredigt bewirkte bei Finley nichts, vor allem nicht von jemandem, der ein Alki *war*.

Gegen elf waren sie zu Hause, Craig klappte die Couch aus, legte Finley Handtücher und Bettwäsche hin.

Finley sah sich um. »Sag mal, wie hältst du es hier aus? Da könntest du ja gleich unter die Brücke ziehen.«

Craig zuckte die Schultern. »Keine Ahnung. Ich brauche nichts. Ich vermisse nichts. Außer Mary.«

Finley ließ sich auf die Couch plumpsen. »Verdammt, Mary war echt 'ne feine Lady. Und ihr habt zusammengepasst. Auch wenn dir das manchmal nicht klar war.«

Heftiger Schmerz durchfuhr Craigs Unterleib. War das der Mexikaner oder Mary? Craig entschied sich für den Mexikaner, das war einfacher.

Finley wischte mit der Hand durch die Luft. »Vergiss es. Scheiße, Mann, ich bin echt kaputt.« Er sank auf die Seite, nuschelte: »Gute Nacht, Bruderherz«, und war eingeschlafen.

Craig deckte ihn zu und setzte sich an seinen Rechner. Keine Neuigkeiten. Er rief seine persönliche Datei auf, las, was er über Joseph Jefferson geschrieben hatte. Je länger er darüber nachdachte, desto wahrscheinlicher wurde, dass Wrench der Täter war. Mittel, Motiv, Gelegenheit. Alles vorhanden. Er fuhr den Rechner herunter. Es war kurz vor zwölf. Er dachte an sein Bett. Einen Versuch war es wert.

Er putzte sich die Zähne, zog sich aus, einen Schlafanzug an, legte sich hin. Löschte das Licht. Schloss die Augen. Wartete. Der Tag wirbelte durch seinen Kopf, aber sonst geschah nichts. Sein Arm blieb ruhig, ihm wurde nicht übel. Er dachte an Mary. Ja, er würde sie immer lieben. Und nein, er hatte sie nicht umgebracht. Es konnte nicht sein. Oder doch? Nein! Oder doch?

Craig schreckte auf. Es hatte geklingelt. Er ging zur Tür. Diesmal wusste er, dass er träumte. Er öffnete die Tür. Mary stand auf der Straße, winkte. Craig blieb stehen. Sie winkte heftiger. Rief etwas. Er konnte sie nicht verstehen. Sie formte Worte mit dem Mund. Ihre Lippen glänzten rot. »Ich verstehe dich nicht«, rief Craig. Ein Bus fuhr auf Mary zu, er würde sie erfassen, wenn sie stehen blieb. Craig hatte genug. Er ging zurück, schlug die Tür zu und befahl sich, wach zu werden, riss die Augen auf.

Er lag in seinem Bett. Hörte ein seltsames Geräusch. Regnete es? Nein, Regen klang anders. Vor allem roch Regen nicht verbrannt.

Craig sprang aus dem Bett, riss die Tür zur Küche auf, sofort hüllte ihn Qualm ein, Hitze schlug ihm entgegen. Er warf die Türe wieder zu. Warum, zum Teufel, hatte der Rauchmelder nicht ausgelöst? Gott sei Dank hatte das Feuer noch nicht auf den Rest der Wohnung übergegriffen, aber es konnte nicht mehr lange dauern. Craig fiel es ein. Der Rauchmelder war zur Reparatur, weil es ständig Fehlalarme gegeben hatte.

Craig hustete, rannte ins Wohnzimmer, packte Finley an den Schultern und brüllte: »Feuer! Wach auf! Raus hier!«

Finley schrak hoch, begriff und sprang von der Couch. Er war noch immer angezogen, als hätte er geahnt, dass es heute schnell gehen musste. Craig wählte den Notruf, packte seinen Laptop, das Handy und die Brieftasche, warf sich seinen Morgenmantel über.

»Finley, die Kiste!«, brüllte Craig.

»Ich hab sie. Wo ist der Feuerlöscher?«, rief Finley.

Craig schüttelte den Kopf. »Raus jetzt! Sofort! Wir müssen die Nachbarn warnen.«

Sie rannten aus dem Haus, klingelten die Nachbarn aus dem Bett, fuhren die Autos weg und brachten sich auf der anderen Straßenseite in Sicherheit. Sirenen kamen näher. Es waren nur wenige Minuten vergangen, Craig kam es vor wie Stunden.

Die Feuerwehr ging in Stellung. Schläuche wurden ausgerollt, an die Hydranten angeschlossen.

Bevor der erste Tropfen Wasser floss, wurde die Nacht plötzlich taghell. Craig schlug etwas gegen die Brust, er stolperte rückwärts, fiel der Länge nach hin. Aus seinem Küchenfenster schlugen die Flammen. Die Gasleitung. Er tastete sich ab. Nichts. Der Schlag musste die Druckwelle gewesen sein, sie war nicht stark genug gewesen, ihn ernsthaft zu verletzen.

Die Feuerwehrleute wuselten herum, Löschwagen begannen unmittelbar mit der Bekämpfung des Feuers. Craig starrte in die Flammen, Finley legte ihm einen Arm um die Schultern, es fühlte sich richtig an.

»Wir leben, Bruderherz, das ist das Wichtigste. Wir haben nicht einen Kratzer.«

»Mary hat uns gerettet«, flüsterte Craig. »Ich habe von ihr geträumt und bin davon wach geworden.«

»Heilige Scheiße. Ich wäre geröstet worden wie ein Grillhähnchen.«

Streifenwagen trafen ein, ebenso Krankenwagen. Und Sienna Fly. Sie sprang aus dem Wagen, kam zu Craig und Finley herüber. Ihr Gesicht war ernst und fragend. Sie sagte nichts, schaute Craig an, nickte.

»Ich habe keine Ahnung, was passiert ist«, sagte Craig. »Das ist übrigens Finley, mein Bruder. Finley, das ist Sienna Fly, der Coroner.«

Craig befürchtete davonzuschweben, er wusste, das war der Schock. Leichtigkeit, ausgelöst von den körpereigenen Drogen. Finleys Arm hielt ihn am Boden.

»Angenehm«, sagte Finley, streckte Fly eine Hand hin, die sie kurz drückte.

»Sie sind jetzt obdachlos, Craig. Wenn Sie möchten, können Sie und Ihr Bruder bei mir unterkommen, bis Sie etwas Neues gefunden haben. Ich habe eine kleine Einliegerwohnung. Sie steht leer zurzeit.«

»Das ist ein Angebot, das wir nicht ablehnen können, Bruderherz, nicht wahr?«

»Das ist überaus freundlich, aber ich kann das …«

»Klar kannst du.« Finley wandte sich an Fly. »Er ist ein bisschen durch den Wind. Wir sind überaus glücklich, dass Sie uns aufnehmen.«

»Wunderbar. Ihr Bruder ist ein vernünftiger Mensch, Craig. Sie wissen ja, wo ich wohne.« Sie kramte in der Hosentasche, zog einen Schlüsselbund hervor, reichte ihn Finley. »Der große ist für die Einliegerwohnung, der kleine für das Gartentor, der mit dem gelben Ring für die Garage. Da passt Ihr Spitfire rein. Wenn Sie wollen.«

»Vielen Dank, Mrs. Fly«, sagte Finley.

Craig hatte es die Sprache verschlagen. Seine Welt löste sich immer mehr auf: zuerst Mary, sein Exil, Leightons Verrat, Keen, der vielleicht ein Mörder war, und jetzt seine Wohnung – sein Leben lag in Schutt und Asche.

Fly drehte sich um, ging zum Einsatzleiter der Feuerwehr, sprach kurz mit ihm, stieg in ihr Auto und war weg.

Es konnte Tage dauern, bis die Brandursache ermittelt war. Zum Glück hatte er sich abgesichert, bevor er den Rauchmelder weggeschickt hatte. Die Versicherung hatte ihm bestätigt, dass der Versicherungsschutz in dieser Zeit bestehen blieb. Andernfalls wäre er ruiniert gewesen, denn er hätte für den Schaden haften müssen. Er hatte das Haus mit dem Geld gekauft, das sein Haus in Edinburgh gebracht hatte. Immerhin stand ihm sein Bruder zur Seite. Und Sienna hatte ihm eine Notunterkunft angeboten. Es hätte schlimmer kommen können.

Craig drehte sich zu Finley, drückte ihn, so fest er konnte. »Danke, Bruder.«

»Immer gerne«, sagte Finley. »Aber es sieht wohl so aus, als hättest du mir den Arsch gerettet.«

»Dann sind wir ja quitt.«

»Wir sind niemals quitt, denn du bist der Ältere, und du hättest auf mich aufpassen müssen.«

Craig wuschelte Finley durch die Haare. »Stimmt. Ab sofort ändert sich das. Du machst nur noch, was ich dir sage.«

Finley hob die Hände. »Okay, Boss. Dann wollen wir mal in die Wohnung der bezaubernden Sienna Fly fahren.«

»Daher weht der Wind. Vergiss es. Sienna hat einen Freund.«

Finley grinste. »Ich bin auch vergeben. Schon vergessen? Aber du nicht.«

Finley zog den Kopf ein, aber Craig hatte nicht vor, ihn für seine Frechheit mit einer Kopfnuss zu bestrafen. Sienna Fly gefiel ihm ausgesprochen gut, und wenn nicht ihr Freund gewesen wäre, hätte er vielleicht einen Versuch gewagt.

»Lass uns fahren. Mir wird kalt. Du musst mir ein paar Sachen zum Anziehen besorgen. Und du dir auch. Geht aufs Haus.«

»Das wird teuer.«

»Tausend Pfund sollten reichen für eine Grundausstattung.«

Finley pfiff durch die Zähne. »So langsam gefällt es mir in Exeter.«

»Das hatte ich befürchtet«, erwiderte Craig.

In Wirklichkeit hatte er seinen Bruder noch nie so gebraucht wie jetzt.

TAG 6

36

Craig hatte vier Stunden schlafen können. Die Einliegerwohnung war klein, aber komfortabel und gemütlich eingerichtet. Das Bad verfügte über eine Dusche und eine freistehende Badewanne, aus der Craig Finley rausholen musste, weil er sofort eingeschlafen war, als er sich in das warme Wasser gelegt hatte. Es gab zwei Einzelbetten im Schlafzimmer und eine kleine Küche mit einem Tisch für vier Personen.

Das Headquarter war über alles informiert, Moorcraft und Leighton führten die Mordkommission, Keen hatte Craig zu einem freien Tag verdonnert.

Keen! Er musste mit ihm reden. Alles andere war Unsinn.

Sienna hatte Craig eine komplette Montur auf dem Küchentisch hinterlegt. Die Sachen passten perfekt. Eine Jeans, ein weißes Hemd, Unterwäsche, ein dunkles Sakko, ein Regenmantel und braune Schuhe, bequeme Treter, die wie neu waren.

Er legte Finley einen Zettel hin, dass er ihn jederzeit anrufen könne, wenn er wach war, und dass er sich freuen würde, wenn sie gemeinsam zum Lunch gehen würden, in ein Restaurant seiner Wahl.

Craig rief bei der Feuerwehr an, die ihm aber nichts sagen konnte. Die Ermittlungen liefen, und wie er es vermutet hatte, würde es einige Tage dauern, bis ein Ergebnis vorlag. Craig rief bei seiner Versicherung an, die bereits informiert war. Sie würden keinen Brandermittler schicken, sie vertrauten den Experten der Feuerwehr.

Dann fuhr Craig zum Headquarter, schob die Eingangstür

auf, trat ein und blieb stehen. Ein Gedanke schoss ihm durch den Kopf. Um ein Haar wäre er tot gewesen. Der Boden unter seinen Füßen wurde weich. Er ging in die Knie. Kollegen und Kolleginnen kamen herbei, fragten, ob er Hilfe brauche, halfen ihm hoch. Er bedankte sich, es ging ihm schon besser, der Boden wurde wieder fest.

»Das ist noch der Schock von heute Nacht«, sagte Craig.

Alle nickten verständnisvoll, die Nachricht über das Feuer in der Wohnung eines Kollegen hatte sich in Windeseile herumgesprochen, und Craig war inzwischen bekannt wie ein bunter Hund.

Er atmete durch, stieg die Treppe in den ersten Stock hoch, sein Kreislauf blieb stabil. Eigentlich hätte er sich krankmelden müssen, aber die Zeit lief ihm davon, auch wenn Keen das anders sah. Der oder die Täter waren aufgescheucht, konnten Craig Knüppel zwischen die Beine werfen. Er hörte eilige Schritte.

Leighton kam aus dem Büro gestürzt, sah Craig. »Sie verdammter Schotte! Sie haben recht behalten. Sie haben ihn gefunden!«

»Was gefunden?«

»Den Wagen der Jeffersons. Sie haben doch Himmel und Hölle in Bewegung gesetzt. Die Hölle hat geantwortet.«

»Wo?«

»In einem zugeschütteten See. Nadderwater.«

Craig blieb stehen.

Verdammt! Wie gut, dass er noch nicht mit Keen gesprochen hatte. Vielleicht war er doch der Böse.

37

Craig musste nicht lange suchen. Er kannte den Weg nach Nadderwater und wusste, welchen Feldweg er zu dem zugeschütteten See nehmen musste. Das ganze Aufgebot war bereits vor Ort. Craig beschlich ein mulmiges Gefühl. Keen würde sich den Fund des Autos nicht entgehen lassen. Das Gebiet war weiträumig abgesperrt, Constables wiesen Craig einen Parkplatz zu. Zwei Dutzend Fahrzeuge standen hier, darunter auch der Jeep von Fly. Krankenwagen und Feuerwehr waren angerückt. Die Medienvertreter drängten sich hinter einer Absperrung auf der anderen Seite des Sees. Von da hatten sie freies Schussfeld auf den Kran. Keen inszenierte die Bergung des Fahrzeugs als Medienspektakel, als willkommene PR-Maßnahme, um zu zeigen, dass die Devon and Cornwall Police alles im Griff hatte und alles unternahm, was menschenmöglich war.

Ein Pfad war abgesteckt worden, er führte vorbei an den Löchern, die Finley und Craig am vergangenen Nachmittag gebuddelt hatten.

Leighton deutete mit dem Kopf darauf. »Frisch ausgehoben. Da hat jemand was gesucht. Fragt sich, ob er es gefunden hat. Fragt sich, ob wir zu spät kommen.«

Craig brummte zustimmend. Er musste Leighton einweihen, und Moorcraft, sonst verstrickte er sich unrettbar in ein Gespinst aus Ausreden und Lügen. Sobald sie hier fertig waren, würde er ihnen alles gestehen. Tat er es nicht, war er nicht besser als Humble.

Keen stand umgeben von höherrangigen Polizeibeamten

mit dem Rücken zu Craig auf einer gekennzeichneten Fläche, die bereits von der Spurensicherung freigegeben worden war. Er hob die rechte Hand. Der Motor des Krans heulte auf, die Seile spannten sich. Aus dem Loch, das Arbeiter gegraben hatten, schwebte ein Honda CRX grünmetallic heraus. Bereits in der Grube war das Kennzeichen überprüft worden. Es passte. Dieser Wagen hatte den Jeffersons gehört. Der Kranführer setzte den CRX butterweich ab. Die Seile wurden gelöst, sofort machte sich die Spurensicherung über den Wagen her. Vorne rechts war der CRX eingedrückt, die ganze rechte Seite war verschrammt. Craig hatte genug gesehen. Er gab Leighton ein Zeichen, sie zogen sich zurück. Es würde Stunden, vielleicht Tage dauern, bis es Ergebnisse gab. Keen nahm keine Notiz von Craig und Leighton, unbemerkt konnten sie sich verdrücken.

Craig machte sich keine Hoffnungen, dass DNA oder Fingerabdrücke gefunden werden konnten. Der CRX hatte vier Jahre im Wasser gelegen und dann eineinhalb Jahrzehnte unter Sand, der alles andere als steril war. Bakterien, Würmer, Larven – lauter gefräßige Organismen, die vor nichts haltmachten.

Aber vielleicht fanden sie etwas, das die Zeit überdauert hatte. Sophie und Charlotte hatten schwere Verletzungen durch den Unfall, der zweifelsfrei an den Beschädigungen des CRX zu erkennen war. Vielleicht hatte der Fahrer ebenfalls Verletzungen davongetragen? Vielleicht hatte er sich einen Zahn ausgeschlagen und es nicht bemerkt? Das wäre so gut, als hätte er seinen Führerschein im Auto hinterlassen. Fanden sie nichts, war noch nicht einmal bewiesen, dass Sophie und Charlotte in der Mordnacht in diesem Wagen gewesen waren.

Sie fuhren zurück zum Headquarter, betraten das Büro. Moorcraft stand an einer Metaplanwand und pinnte etwas an. Craig schloss die Tür.

»Heather, Tyler. Ich muss mit Ihnen reden. Ich muss etwas beichten.«

Moorcraft setzte sich auf einen Drehstuhl, Leighton blieb stehen, lehnte sich an den letzten freien Rest Wand.

»Tyler, Sie haben die Löcher am See gesehen.«

Er nickte.

»Ich weiß, wer sie gegraben hat.«

»Wenn Sie so anfangen, waren Sie es, nehme ich an.« Moorcraft drehte sich einmal um die eigene Achse.

»Korrekt.« Craig massierte sich die Schläfen.

»Craig, bitte, spielen Sie nicht den armen Sünder. Raus damit, und zwar am Stück«, sagte Leighton.

»Ich habe einen Bruder. Er heißt Finley. Ich habe ihn als Informanten eingesetzt. Ich habe mit Sheffield geredet, und er hat behauptet, Arthur Keen sei Teil eines Kinderpornorings und habe etwas mit dem Tod von Sophie und Charlotte zu tun. Er hat uns an den ehemaligen Nadderwater-See geschickt, und dort haben wir eine Kiste mit belastendem Material gegen Keen gefunden. Ich gehe inzwischen davon aus, dass es Humble war, der das Material zusammengestellt und dort vergraben hat.«

»Sie sind so ein Volltrottel«, sagte Leighton, ohne die Stimme zu heben. »Warum schützen Sie Keen?«

»Ich habe Keen als aufrichtigen Polizisten kennen gelernt. Vielleicht hat er Sheffield zu hart angefasst. Aber ich will nicht glauben, dass er ein solches Scheusal ist.«

»Sie haben einen ganzen Stapel Vorschriften verletzt. Angefangen bei Ihrem Bruder, dem Sie Informationen aus einer laufenden Ermittlung gegeben haben. Ich fasse es nicht.«

»Ich nehme alles auf meine Kappe.«

Leighton stieß sich von der Wand ab. »Das werden Sie. Ich gehe jetzt sofort zu Keen, konfrontiere ihn mit den Beweisen. Er hat die Wahl, sich selber anzuzeigen oder von mir angezeigt zu werden. Dasselbe gilt für Sie, Craig. Sie sind erledigt. Verdammt, so geht das nicht!«

Craig hatte sich gewünscht, nicht zurückschlagen zu müssen, doch er schien keine andere Möglichkeit zu haben.

»Heather, würden Sie uns bitte alleine lassen? Nur ein paar Minuten. Es ist etwas Privates.«

Moorcraft zögerte einen Moment, dann verließ sie den Raum. Craig konnte ihre Wut spüren. Dennoch schloss sie die Türe leise.

»Wer ohne Fehl ist, werfe den ersten Stein, Tyler. Sie haben im Carpenter-Fall Informationen durchgesteckt, um mich kaltzustellen. Ich kann es beweisen. Dann wären Sie ebenfalls erledigt.«

Tyler wurde blass. »Woher …«

»Das spielt keine Rolle. Sie hätten aus Karrieregeilheit fast den Fall vermasselt.«

»Also wollen Sie das eine Übel gegen das andere Übel aufwiegen.«

»Unsinn. Ich will nur eins: niemanden den Hunden zum Fraß vorwerfen, wenn ich mir nicht sicher bin. Keen ist erledigt, wenn wir die Sache öffentlich machen, egal, ob er schuldig ist oder nicht. Ich bin auch dafür, ihn mit unserem Wissen zu konfrontieren. Von seiner Reaktion können wir unser Vorgehen abhängig machen.«

»Sie erpressen mich. Zwingen mich, gegen mein Gewissen zu handeln.«

Leightons Miene war so finster, dass Craig fast Angst bekam.

»Ja. Das ist es mir wert. Und ich habe kein Problem damit.«

»Ich werde Sie hassen.«

»Das bin ich gewöhnt.«

Leighton ging zur Tür, riss sie auf. »Heather, wir sind so weit. Danke, dass Sie Geduld mit uns hatten.«

Moorcraft betrat das Büro, als ob sie jederzeit mit einem Angriff rechnete.

»Craig hat mich davon überzeugt, dass wir mit Keen reden, seine Reaktion abwarten und dann entscheiden.«

Moorcraft stieß Luft aus. »Gott sei Dank.«

Craig rief Keens Büro an und bekam die Auskunft, dass Keen gegen siebzehn Uhr zurückerwartet würde.

Bis dahin konnten sie die aktuelle Lage diskutieren und ihr weiteres Vorgehen im Fall Sophie und Charlotte absprechen. Schnell waren sie sich einig, dass sie sich vorerst auf Wrench konzentrieren mussten. Craig ordnete an, dass alle verfügbaren Kräfte Wrench und seinen Sohn durchleuchten sollten. Er wollte wissen, wo sie gewesen waren, was sie gemacht, gesagt, getan hatten. Und das für einen Zeitraum von fast zwanzig Jahren. Irgendwo verbarg sich der entscheidende Hinweis.

38

Um Punkt 17:00 Uhr rief Craig Keens Büro an, stellte auf Mithören. Die Sekretärin bestätigte, dass Keen nun anwesend sei, aber keine Zeit habe. Craig dankte und legte auf.

»Dann wollen wir mal«, sagte Moorcraft.

Leighton hielt die Tür auf, ließ seiner Kollegin den Vortritt, nicht jedoch Craig, der die Kiste mit den Beweisen trug. Craig würde sich nach diesem Fall nach einem neuen Partner umsehen müssen. Leighton war dermaßen angepisst, dass eine Zusammenarbeit kaum noch möglich sein würde.

Moorcraft marschierte vorneweg, sie war nicht weniger sauer. Craig musste aufpassen, dass sie sich nicht ihre Karriere versaute, indem sie Keen eine Ohrfeige verpasste. Ohne zu klopfen, drückte Moorcraft die Tür zu Keens Vorzimmer auf, würdigte seine Sekretärin nicht eines Blickes und stürmte in Keens Büro.

Bevor Craig etwas sehen konnte, hörte er Keens Bass.

»Moorcraft! Sind Sie von allen guten Geistern verlassen? Raus hier!«

Leighton drängte in das Büro, dann endlich kam Craig, der die Türe hinter sich zuzog und die Kiste auf Keens Schreibtisch knallte.

»Sie sind uns eine Erklärung schuldig, DSI Keen«, zischte Moorcraft.

Keen griff zum Telefonhörer, Craig kam Moorcraft zuvor und nahm Keen den Hörer aus der Hand, der aufsprang und auf Craig zustürzte. Craig machte keine Anstalten, sich zu schützen. Einen Moment herrschte absolute Stille, alle hielten den Atem an. Dann ließ Keen sich wieder auf seinen Stuhl fallen.

»Sie haben zwei Minuten, Ihr ungeheuerliches Vorgehen zu erklären.«

Moorcraft setzte an, aber Craig schnitt ihr das Wort ab. »Sir, wir haben Indizien, die Sie belasten. Zum einen wegen Misshandlung eines Tatverdächtigen, zum anderen wegen Menschenhandels und der Mitgliedschaft in einer kriminellen Vereinigung, die Kinder als Sexsklaven missbraucht. Bevor wir damit an die Öffentlichkeit gehen, geben wir Ihnen die Möglichkeit, sich zu den Vorwürfen zu äußern.«

Keen wurde nicht blass, sondern rot. »Sie trauen mir so etwas zu, McPherson?«

»Wir alle tun das, Sir«, sagte Leighton. »Wir haben keine Wahl.« Er warf Keen das Vernehmungsprotokoll hin.

Keen warf einen Blick darauf. »Sheffield. Ich erinnere mich. Okay, ich habe ihn hart angefasst, aber er hat mich zuerst angegriffen. Ich habe überreagiert, Notwehrexzess nennt man so was.«

»Überreagiert?« Moorcraft hielt Keen den Arztbericht vor die Nase. »Gebrochene Nase, Rippenprellung. Nierenprellung. Hämatome am ganzen Leib. Sie haben den Mann fast totgeprügelt.«

»Ich sage doch, der Gaul ist mit mir durchgegangen. Ist mir nie wieder passiert. Und ich achte darauf, dass es auch meinen Untergebenen nicht passiert.«

Leighton zeigte auf das Vernehmungsprotokoll. »Humble hat es vertuscht. Zu welchem Preis?«

»Zu gar keinem. Ich hatte meine Kündigung schon geschrieben, als Humble zu mir kam und mir das gefälschte Protokoll zeigte. Nichts weiter. Er zeigte es mir und ging wieder.«

»Sie haben geglaubt, dass er das aus reiner Menschenliebe gemacht hat?«, fragte Moorcraft.

Craig konnte ihr ansehen, dass sie sich nur mit Mühe beherrschte. Für sie brach eine Welt zusammen. Keen war immer der gute Bulle gewesen. Untadelig, unbestechlich, immer auf der Seite seiner Leute.

Keen schüttelte den Kopf. »Nein, natürlich nicht. Mir war klar, dass er irgendwann einen Gefallen einfordern würde. Was er von mir gefordert hat, habe ich allerdings nicht getan. Ich sollte Ken Upton verprügeln, ein Geständnis aus ihm rausholen. Das hat er natürlich nur indirekt formuliert, ohne Zeugen. Er hat nie etwas gegen mich unternommen.«

»Ist Ihnen nie aufgefallen, wie Humble die Ermittlungen manipuliert hat?«, fragte Craig.

»Ich war Constable. Hatte keinen Einblick in die Akten. Woher sollte ich etwas wissen?«

Craig seufzte. Warum sollte Humble dann Material gegen Keen sammeln? Stimmte also doch Variante eins? Craig öffnete die Kiste. Darin lagen fein säuberlich die Fotos und die Dokumente in Beweisbeuteln.

Er zog die Liste mit den Namen heraus, hielt sie Keen hin. »Stammt die von Ihnen?«

Keen beugte sich vor, studierte das Blatt eingehend. Er nickte. »Ja, die Liste habe ich angelegt. Und alle abgehakt, die erwischt wurden.«

»Woher hatten Sie die Namen? Da Sie doch keinen Einblick in irgendwelche Akten hatten?«, fragte Leighton, der Craig bisher nicht einmal angesehen hatte.

»Humble hat mir so einiges erzählt. Er hat die Pädophilen gehasst, hätte am liebsten erneut die Todesstrafe eingeführt.«

»Warum haben wir die Kiste auf Ihrem Grundstück gefunden? Da, wo Ihr Wochenendhaus gestanden hat?«

»Sie waren das? Wir haben uns schon gefragt, ob der Mörder von Sophie und Charlotte versucht hat, das Auto zu finden, um Beweise zu vernichten.«

»Wie kommt die Kiste auf Ihr Grundstück?«

»Die kann jeder dort vergraben haben«, polterte Keen. »Warum stellen Sie einen Zusammenhang her? Warum beschuldigen Sie mich?«

»Sheffield hat gegen Sie ausgesagt.« Moorcraft nahm eins der Fotos aus der Kiste. »Und weil Ihr Name auf diesem Foto steht. In Ihrer Handschrift.«

Jetzt wurde Keen blass. Er wollte die Tüte mit dem Foto greifen, doch Moorcraft zog sie weg.

»Das hätten Sie wohl gerne. Beweise vernichten.«

»Mein Gott, Heather, Sie haben ja keine Ahnung, was Sie da in der Hand haben!« Keen schaute Leighton an, dann Craig. »Sie wissen es wirklich nicht.« Er schlug mit der Faust auf seinen Schreibtisch.

Eine Tasse fiel um, die Kiste hob kurz ab.

»Schauen Sie doch genau hin! Herrgott, habe ich Ihnen nichts beigebracht?«

Er zog die Schublade auf. Craig rechnete damit, dass er eine Waffe hervorzog, doch er hielt eine Lupe in der Hand, reichte sie Craig.

»Schauen Sie sich den Arsch an von dem rechten Schweinehund.«

Craig nahm Lupe und Foto. Jetzt erkannte er, was Keen meinte. Es war eine kleine Tätowierung.

Leighton riss Craig die Lupe fast aus der Hand.

»Humble hat seine Ehre verkauft«, sagte Keen leise.

»Und wir haben den Falschen unter Verdacht«, sagte Craig.

»Ich bitte Sie um Verzeihung, DSI Keen, Sir.« Leighton salutierte vor Keen.

»Werden Sie nicht pathetisch, Leighton«, brummte Keen.

»Würden Sie mich bitte aufklären?!«, bat Moorcraft. »Sie lassen mich dastehen wie einen Trottel!«

Keen erhob sich. »Verzeihen Sie meine harten Worte, Heather. Wir bringen Sie während der Fahrt zu den Mördern von Ken Upton auf den neuesten Stand.«

39

Craig, Leighton und Moorcraft saßen mit Keen in seinem Dienstwagen und nestelten an ihren schusssicheren Westen herum. King George würde sich freuen, wenn er die Neuigkeiten hörte. Das Foto der Brüder in eindeutiger Position würde ihnen mindestens vierzig Jahre Knast einbringen. Und jeder Tag würde für sie die Hölle werden, denn Kinderschänder rangierten in der Knasthierarchie weit unter Verrätern und Wärtern. Craig hatte sich dermaßen auf Keen fixiert, dass er die Tätowierung nicht beachtet hatte. Sie war zwar fast nicht zu erkennen gewesen, aber Craig hätte die Fotos sorgfältig untersuchen müssen.

Mit zwanzig Mannschaftswagen und drei Teams der bewaffneten Einsatztruppen rasten sie durch Exeter, um die Conellys hochzunehmen.

»Die Fotos sind mir zugespielt worden, ich habe sie Humble gezeigt, und dann waren sie plötzlich verschwunden«, erklärte Keen. »Ich war ein Rookie, und Humble legte mir nahe, die Klappe zu halten. Niemand würde mir glauben, und er könne ja auch nichts machen ohne die Fotos. Selbst wenn ich meine Seele verpfändet hätte, sie gesehen zu haben, es hätte nichts genutzt. An diesem Tag habe ich geschworen, dass mir so etwas nie wieder passieren würde. Deswegen bin ich DSI geworden.«

»Fast hätte Humbles langer Arm Sie aus dem Grab heraus vernichtet«, sagte Moorcraft.

»Er hat nicht damit gerechnet, dass meine Leute Rebellen und Aufwiegler sind, die sich nicht an die Vorschriften halten.«

»Es tut mir leid, Sir«, sagte Moorcraft.

Craig sah das anders. »Mir tut es nicht leid, Mr. Keen, Sir.«

Keen trug genauso viel Schuld an der Situation wie Craig.

»Sie hätten mich informieren müssen, dass Sie als Constable an den Ermittlungen beteiligt waren. Sie haben sich selbst da reinmanövriert, und wir haben Ihnen den Arsch gerettet. So sieht es aus.«

»Um genau zu sein«, sagte Leighton, »hat Craig Ihnen den Arsch gerettet. Ich war schon auf dem Weg zur Inneren, er hat mich mit Gewalt davon abgehalten.«

Craig war überrascht. Leighton unterstützte ihn. Oder wollte er seine Weste sauber halten, indem er klarmachte, er habe sich an die Vorschriften halten wollen?

»Aber ich übernehme ebenso die Verantwortung wie Heather und Craig. Wenn Sie uns ein Disziplinarverfahren anhängen wollen, bitte sehr.«

»Sehe ich genauso«, sagte Moorcraft.

Keen prustete. »Dass ich Sheffield als Rookie verprügelt habe, würde niemanden interessieren. Im Gegenteil. Einem Kinderficker eine Tracht Prügel zu verabreichen ist in den Augen vieler eine gute Tat. Und die Anschuldigungen wegen Kindesmissbrauchs waren lächerlich. Sie hätten sofort zu mir kommen müssen.«

»Damit Sie Beweise vernichten? Uns kaltstellen?« Moorcrafts Temperatur stieg wieder. »So naiv sind Sie nicht, oder?«

Im Rückspiegel sah Craig Keen grinsen.

»Schon gut, Heather. Wir sind quitt.«

Craig war mit Keen noch lange nicht quitt, aber das würde er an einem anderen Ort zu einer anderen Zeit klären.

Die Wagenkolonne teilte sich, die Wagen hielten an und umzingelten ein dreistöckiges Haus, das aus den Achtzigern stammte. Die Bewaffneten packten den großen blauen Schlüssel in Form eines Fünfzehn-Kilo-Rohres mit zwei Griffen aus, rammten die Tür in Grund und Boden und drangen laut schreiend in das Haus ein. Nach fünf Minuten war der Spuk vorbei. Die Conelly-Brüder wurden Keen in Hand- und Fußfesseln vorgeführt.

Zef Conelly riss an seinen Fesseln, wollte auf Keen losgehen, doch er erhielt von hinten einen Tritt in die Kniekehlen und knickte ein, es schien, als wollte er Keen anbeten. Constables rissen ihn hoch.

»Das werden Sie bereuen, Keen. Sie sind so gut wie tot.«

Keen strahlte über das ganze Gesicht. »Ich danke Ihnen, Zef. Allein diese Bemerkung bringt Sie für einige Zeit in den Bau. Aber ich habe noch etwas viel Besseres.« Keens Miene verfinsterte sich. »Ich will seinen Arsch sehen.«

Die Constables rissen Conellys Armani-Hose runter und drehten ihn um einhundertachtzig Grad.

»Scheiß-Nazis«, brüllte Conelly.

»Mein Gott, Zef! Ihr Arsch ist ja noch hässlicher als Ihr Gesicht.«

Die Umstehenden brüllten vor Lachen, Craig wurde unbehaglich zumute. Conelly war ein Verbrecher, aber dennoch musste er wie ein Mensch behandelt werden. Keen schrammte nahe an einer Menschenrechtsverletzung vorbei.

Keen zog das Foto heraus, hielt es Conelly von hinten vor die Nase. »Sie sind so was von am Arsch, im wahrsten Sinne des Wortes.«

Conellys Widerstand erlahmte.

»Ziehen Sie ihm die Hose hoch, und schaffen Sie ihn mir aus den Augen.«

Die Constables gehorchten.

Sieben Männer und vier Frauen wurden verhaftet, fast siebzigtausend Pfund Bargeld beschlagnahmt, drei Kilo Kokain und ein Kilo Heroin, sieben Computer mit genug Bildmaterial, um jeden der Conelly-Gang für den Rest ihres Lebens hinter Gitter zu bringen.

Der Zufall hatte ihnen die Conellys auf dem Silbertablett serviert, nicht gute Ermittlerarbeit. Der oder die Maulwürfe hatten seit eineinhalb Jahrzehnten verhindert, dass die Conellys an ihren Verbrechen gehindert werden konnten. Diese Landplage war ausgehoben, aber die nächsten Verbrecher standen bereit, um das Machtvakuum, das die Conellys hinterließen, zu füllen. Solange es korrupte Bullen gab und die Drogen nicht legalisiert wurden, würden Leute wie Conelly sich keine Sorgen machen müssen. Der Markt florierte.

Die Polizisten hatten die Conellys auf dem falschen Fuß erwischt, es war zu schnell gegangen. Wer immer in der Devon and Cornwall Police für die Conellys arbeitete, hatte sie nicht warnen können. Ein großartiger Erfolg, der für Schlagzeilen und Belobigungen sorgen würde. Dennoch konnte sich Craig nicht wirklich freuen. Den Conellys den Mord an Upton nachzuweisen würde mehr als schwierig werden.

Immerhin hatte er für King George gute Nachrichten. Er wählte seine Nummer, King George ging sofort ran.

»Hey, Laddie, was gibt's? Treibt dich deine Sehnsucht nach mir in den Wahnsinn?«

»Na, wie schmeckt Schottland?«

»Es könnte schlimmer sein. Immerhin gibt es hier in Inverness gute Übernachtungsmöglichkeiten. Und die Bullen sind in Ordnung. Es gibt halt ein paar Ecken, da darf man sich nicht niederlassen, sonst wird man weggefegt. Soll ich ehrlich sein?«

»Versuch es.«

»Ich vermisse Exeter.«

»Dann komm doch zurück.«

King George lachte kurz auf. »Ja klar. Schon vergessen? Du hast mich hierhergeschickt.«

»Und ich hol dich wieder zurück.«

Einen Moment war die Leitung still.

»Das würdest du nicht sagen, wenn sich nicht etwas geändert hätte.«

»Die Conellys sind aufgeflogen. Die ganze Gang. Die sind weg von der Straße.«

»Echt jetzt?«

»Die Details erzähl ich dir später.«

»Das heißt, ich kann zurückkommen?«

»Wenn du willst.«

King George hustete, er klang wie ein verendendes Tier. Er rauchte einfach zu viel.

»Klar will ich, fragt sich nur, wie.«

»Du bist pleite, korrekt?«

»Nicht direkt pleite, nur ein wenig klamm.«

»Hast du irgendwas dabei, womit du dich ausweisen kannst?«

»Yep.«

»Ich schicke dir telegraphisch Geld.«

»Du bist der Beste.«

»Darauf würde ich mich nicht verlassen. Mach's gut.«

Craig unterbrach die Verbindung. Es ging zurück ins Headquarter.

Craig saß hinter Keen, Moorcraft auf dem Beifahrersitz, Leighton neben Craig.

Keen räusperte sich. »Ich werde dafür sorgen, dass Zef uns den Maulwurf nennt.«

»Aber ohne Folter«, sagte Craig.

»Sie sollten sich nichts einbilden, DCI.« Keen betonte jeden einzelnen Buchstaben. »Bei mir läuft alles nach Vorschrift.«

Leighton hustete, als hätte er sich verschluckt.

»Und Sie, Leighton, sollten den Ball flachhalten. Sie haben gemeinsame Sache gemacht mit dem Schotten.«

Leighton wollte protestieren, aber Craig legte ihm eine Hand auf den Arm.

»Er hatte keine Wahl. Ich habe ihn dazu gezwungen. Heather ebenfalls.«

»Ich nehme das zur Kenntnis, DCI. Wie gesagt. Alles auf Anfang. Bis auf die Tatsache, dass ich Sie selbstverständlich weiterhin hassen werde.«

»Deal«, sagte Craig.

Er hatte das Gefühl, einen Pakt mit dem Teufel geschlossen zu haben.

40

Wie die siegreiche Armee nach der Schlacht kehrte der Tross ins Headquarter zurück. Der Erfolg hatte sich schnell herumgesprochen, manche Kollegen applaudierten, manche nickten respektvoll.

Craig verzog sich, so schnell es ging, in sein Büro, um mit Moorcraft und Leighton die nächsten Schritte zu besprechen.

Craig betrat sein Büro, sein Blick fiel sofort auf eine rote Mappe mit dem Wappen der Majestät und der Aufschrift HM Coroner. Eine Nachricht von Fly.

Er nahm sie in die Hand und hielt sie hoch. »Schauen wir mal, was sie uns zu bieten hat.«

Leighton und Moorcraft setzten sich. Craig schlug die Mappe auf. Sie enthielt nur ein einziges Blatt.

»Von HM Senior Coroner Sienna Fly an die Leitung der Mordkommission Angels, DCI Craig McPherson.«

Darunter handschriftlich: »Hi Craig. Das wird Sie interessieren. Das Labor hat mich angerufen, sie haben bei beiden eine Röntgenfluoreszenzanalyse gemacht und festgestellt: Sophie und Charlotte Jefferson müssen unter einer chronischen Bleivergiftung gelitten haben. Mindestens seit einem Jahr vor ihrem Tod. Sie sollten die Familie untersuchen lassen. Herzliche Grüße, Sienna.«

»Das muss doch jemand bemerkt haben«, rief Moorcraft.

»Sie müssen beim Arzt gewesen sein«, sagte Leighton. »In der Schule muss das aufgefallen sein. Den Eltern muss das aufgefallen sein.«

»Kommt auf die Schwere der Vergiftung an«, gab Craig zu bedenken. »Manche Symptome kann man mit einer Erkältung oder einem Magen-Darm-Infekt verwechseln. Das Haus der Jeffersons ist 1974 gebaut worden. Da durften keine Wasserleitungen aus Blei mehr verbaut werden. Also muss das Blei auf anderem Wege in die Knochen von Charlotte und Sophie gelangt sein.«

Leighton warf sich hinter seinen Schreibtisch, fuhr seinen Rechner hoch und hackte auf die Tastatur ein. Er runzelte die Stirn. »Nichts in den Krankenakten des National Health Service.« Leighton hackte weiter. »Der Hausarzt der Jeffersons hieß Dunkan Fruit. Den können wir allerdings nicht mehr befragen, der ist tot. Gestorben 2008. Ist in seinem Haus verbrannt. Moment.« Leighton tippte. »Ursache des Brandes war ein defektes Küchengerät. Die Kaffeemaschine. Mit Zeitschaltuhr. Es gab einen Kurzschluss, es hat gebrannt wie Zunder. Fruit hatte Schlafmittel genommen, hörte den Rauchmelder nicht. Die Feuerwehr kam zu spät.«

»Das heißt, seine Akten müsste es noch geben?«, fragte Craig.

»Ja. Seine Nachfolgerin heißt Nancy Callum. Sie hat die komplette Praxis übernommen.«

»Heather, wie würden Sie vorgehen?«

Moorcraft verschränkte die Arme vor der Brust. War das eine Abwehrhaltung, weil Craig sie überforderte? Oder konnte sie in dieser Position besser denken?

»Ich nehme mir Callum vor. Sie, Craig, fühlen noch mal Mrs. Humble auf den Zahn. Sie weiß mit Sicherheit noch das eine oder andere, das sie uns nicht erzählt hat. Setzen Sie sie unter Druck. Die nötige Munition haben wir ja. Tyler, Sie kümmern sich um Zef Conelly. Machen Sie ihm die Hölle heiß. Wir müssen wissen, ob Humble der Auftraggeber für den Mord an Upton ist.«

»Ausgezeichnet, Heather. Genauso hätte ich es auch gemacht.«

Moorcraft wuchs mindestens zwei Zentimeter vor Stolz. Leighton schmunzelte.

»Sie sollten sich etwas darauf einbilden, dass Heather Ihnen zutraut, Conelly weichzukochen.«

»Das tue ich, glauben Sie mir, Craig. Ich schmunzelte über die seltsame Situation. Wir alle sind jetzt schuldig. Wir sind voneinander abhängig. Jeder könnte den anderen in die Pfanne hauen.«

»Das sind doch stabile Verhältnisse«, sagte Craig.

Mehr gab es zu diesem Thema nicht anzumerken.

»Eine Kleinigkeit noch.«

Craig wählte Stones Nummer. Sie ging sofort ran.

»Olivia, guten Abend.«

Heather zuckte nicht mit der Wimper.

»Haben Sie Zeit? Es gibt einen interessanten Fall. Leighton nimmt sich Zef Conelly vor.«

»*Den* Zef Conelly?«

»Wir haben ihn gerade verhaftet. Wir müssen von ihm wissen, ob er Ken Upton umgebracht oder es veranlasst hat.«

»Das wird er Ihnen nur unter Folter verraten.«

»Er wird leugnen. Ich will eine Wahrscheinlichkeit haben, nicht mehr.«

»Alles klar. Kann DS Leighton mich abholen?«

»Sicher. Wir sehen uns später zur Besprechung im Headquarter.«

Craig unterbrach die Verbindung.

»Tyler, Sie bekommen Olivia Stone als Verstärkung. Locarno Road 17. Noch Fragen?« Craig wartete einen Moment. »Keine Fragen. Gut. Dann los.«

Aller guten Dinge sind drei, dachte Craig, als er vor dem Altersheim hielt. Die freundliche Mrs. Humble hatte sich in die Komplizin eines Verbrechers verwandelt. Denn das war Rowan Humble gewesen.

Es war kurz vor zwanzig Uhr, Isabel Humble würde mit ihrem Schätzchen Ewan sicherlich noch eine Runde Bridge spielen und ihn dann ins Bett zerren. Craig wandte die effektive Methode an, einfach mit gezücktem Ausweis durchzulaufen. Er steuerte zuerst die Cafeteria an, und siehe da, alles war so, wie Craig es erwartet hatte.

Isabel saß mit dem Rücken zu ihm, aber Ewan schaltete sofort.

»Staatsmacht im Anmarsch«, rief er und setzte einen feindseligen Blick auf.

Isabel Humble riss ihren Rollstuhl mit einer Geschwindigkeit herum, die Craig ihr nicht zugetraut hätte.

»Was zum Teufel wollen Sie noch von mir? Ich sage nichts mehr. Kein Wort. Machen Sie, dass Sie rauskommen!«

Craig machte einen schnellen Ausfallschritt, zückte wieder seinen Ausweis, hielt ihn hoch und schrie: »Polizei. Ich nehme Isabel Humble vorläufig fest.«

Er trat hinter den Rollstuhl, steckte den Ausweis ein, packte den Stuhl an den Griffen und kippte ihn nach hinten, sodass die kleinen vorderen Räder in der Luft hingen.

Isabel Humble kreischte. Sofort kamen zwei Pflegerinnen in die Cafeteria gestürzt, die wie vom Donner gerührt stehen blieben, als Craig sich erneut als Polizist zu erkennen gab. Er beachtete sie nicht, sondern fuhr mit der kreischenden Isabel Humble über den Flur in ihr Zimmer. Die Tür versperrte er von innen.

Isabel Humble hörte auf zu kreischen, sie zitterte, aber nicht vor Angst, sondern vor Wut. »Das werden Sie bereuen, das ist Kidnapping, dafür gehen Sie ins Gefängnis.«

»Schwingen Sie keine großen Reden, Lady. Jetzt wird hier Tacheles geredet. Sie haben versucht, meinen Chef, Arthur Keen, zu belasten, ihn zu vernichten, nur um von Ihrem Göttergatten abzulenken. Aber das ist gründlich schiefgegangen. Wir haben die Kiste gefunden!«

Isabel Humbles Wut war verraucht. »Was für eine Kiste?«

»Kennen Sie die Conelly-Brüder?«

»Rowan hat ab und zu von denen erzählt. Abschaum.«

»Oh, ja. Da haben Sie vollkommen recht. In der Kiste, die Ihr netter Ehemann auf Keens Wochenendgrundstück vergraben hat, haben wir Fotos der übelsten Sorte gefunden. Männer, die Jungs missbrauchen. Die Mistkerle sind nackt, stehen mit dem Rücken zur Kamera. Ihr Mann muss trotzdem gewusst haben, wen er da vor sich hat.«

»Und wen?«

»Zef Conelly. Vergewaltiger, Mörder, Dealer. Ihr Mann hat ihn geschützt, um sich gegen Keen abzusichern, der Lunte gerochen hatte, aber nichts tun konnte. Dieser Mistkerl, Zef Conelly, konnte weitere zwanzig Jahre morden, vergewaltigen und tödliche Drogen verkaufen, weil Ihr Mann Ken Upton mehr hasste als seine Ehre.«

»Das ist nicht wahr.«

Craig konnte Isabel Humble kaum hören.

»Rowan Humble hat Ken Upton vielleicht nicht persönlich exekutiert, aber er hat Vorschub geleistet, hat dafür gesorgt, dass der Täter unentdeckt blieb.«

Craig nahm die Hände von Isabel Humble in seine. Sie ließ es zu, blickte ihm in die Augen, Tränen glitzerten darin.

»Rowan ist auf Abwege geraten, und er hat nicht mehr zurückgefunden. Er ist tot. Aber Sie leben. Sie können verhindern, dass weitere unschuldige Menschen leiden müssen. Bitte.«

»Es gibt kein Tagebuch. Ich habe gelogen.«

»Dachte ich mir.« Craig ließ ihre Hände nicht los.

»Rowan hat alles vernichtet, was in seine Richtung hätte deuten können. Er hat dafür gesorgt, dass die Akte geschlossen wurde, obwohl die Ermittlungen noch lange nicht am Ende waren.«

Sie packte fest zu, erstaunlich, welche Kraft in dieser Frau steckte.

»Und es ist absolut sicher, dass Ken Upton die Mädchen nicht umgebracht hat?«

»Absolut.«

Sie schluchzte einmal auf, ihr Griff wurde lockerer.

»Er hat mir gesagt, dass er diesen Mechaniker im Verdacht habe, aber dass sich der Verdacht zerstreut habe.«

»Nachdem Upton von Carr beschuldigt worden war?«

»Ja. Alles hat gepasst.«

»Bis auf die Nebensache, dass es nicht den Hauch eines Beweises gab.«

»Upton war ein Pädophiler, das steht fest. Das wusste Rowan schon vorher. Und endlich konnte er ihn fassen.«

»Es war Mord«, sagte Craig leise.

»Rowan hat Upton nicht umgebracht und auch niemanden beauftragt, es zu tun.«

Isabel Humble wiederholte sich. Aber Craig war geneigt, ihr zu glauben, denn sie schien zu beichten.

»Gibt es jemanden, den er erwähnt hat, im Zusammenhang mit Upton?«

Isabel Humble seufzte tief. »Upton hat wohl einigen jungen Lehrerinnen den Kopf verdreht. Rowan konnte nicht nachvollziehen, warum. Auf jeden Fall sagte er, dass mehrere Frauen Upton hassten, nachdem sie erfahren hatten, dass er ein Pädophiler sei und die Mädchen vielleicht umgebracht hat.«

Eine Entwicklung zeichnete sich ab: Albright und McCormick sind in Upton verschossen, warum auch immer. Er hat eine Beziehung mit beiden. Sie erfahren, dass er ein Kinderschänder ist, und bringen ihn aus Enttäuschung und Verletzung um. Craig war überzeugt davon, dass Rowan Humble sich die beiden herausgesucht und sie entsprechend gebrieft hatte. Sie waren für ihn das perfekte Werkzeug. Sein Plan war geglückt. Um unangenehme Ermittlungen zu verhindern, manipulierte er die Akten. Das ergab einen Sinn. Dass er seiner Frau nicht alles erzählt hatte, machte ebenfalls Sinn. Isabel hätte diese Wahrheit nicht ertragen, und Rowan hätte es nicht riskiert, ihr Gewissen allzu sehr zu belasten.

»Ich schäme mich so, Inspector.«

»Sie können Ihre Schuld wettmachen, wenn Sie bereit sind, vor Gericht auszusagen, falls es dazu kommen sollte.«

Sie drückte noch einmal Craigs Hände und schaute ihm in die Augen. »Das werde ich, ich schwöre es.«

Craig erhob sich, ihre Hände lösten sich, Isabel Humble wirkte so zerbrechlich wie eine filigrane Porzellanvase. Craig verurteilte sie nicht, er konnte gut nachvollziehen, dass sie nicht in der Lage gewesen war, einen Mann wie Rowan Humble zu durchschauen, geschweige denn, ihm Widerstand zu leisten. Und wenn es anders gewesen war, spielte es keine Rolle mehr.

»Ich wünsche Ihnen einen guten Tag, Mrs. Humble.«

Craig öffnete die Tür. Das halbe Altersheim hatte sich davor versammelt. Craig stemmte die Hände in die Hüften.

»Die Show ist zu Ende, Ladies and Gentlemen. Sie können wieder auf Ihre Zimmer gehen. Mrs. Humble braucht jetzt Ruhe.« Craig machte Ewan hinter einer Pflegerin aus. Er winkte ihm. »Und Trost. Ewan, ich glaube, Sie sind der Richtige.«

Zögerlich schob sich Ewan nach vorne, lugte ins Zimmer.

»Ewan!«, rief Isabel Humble. »Komm zu mir.«

Sie schluchzten, Ewan zog die Tür hinter sich zu, die Zuschauer zerstreuten sich.

Craig setzte sich in den Spitfire. Die Vernehmung hatte ihn getriggert. Sein schlechtes Gewissen Mary gegenüber pochte wie eine entzündete Wunde. Er drehte das Radio an. Whitney Houston sang, dass sie ihren Liebling immer lieben werde. Furchtbar. Craig suchte einen anderen Sender. Mozarts Requiem, sein grandioses Werk über den Tod, das er nicht vollenden konnte, weil er vorher starb. Deprimierend. Craig drückte auf den Tasten herum, bis er einen Sender mit leichter Popmusik fand. Eine Teenie-Stimme sang von Sommer, Sonne und Urlaub. Gut. Craig musste seine Gedanken ordnen.

Wenn Isabel Humble ihn nicht angelogen hatte, hatte Rowan Humbles perfider Plan, Upton beseitigen zu lassen, bestens funktioniert. Niemandem konnte er etwas nachweisen. Wurde Upton nicht gefunden, würde er den Fall nicht aufklären können, es sei denn, der Täter würde ein Geständnis ablegen. Der perfekte Mord.

Craigs Handy spielte »Scots Wha Hae«. Finley. Craig ging ran.

»Hey, Bruderherz, was gibt's?«

»Ja, also …«

Craigs Herzschlag beschleunigte sich. Was hatte Finley ausgefressen? Wenn er so begann, konnte nur ein Unglück geschehen sein.

»Was ist los? Hast du einen Pub demontiert?«

Finley schnaubte. »Unsinn. Ich habe mit Ryann telefoniert.«

Craig fiel ein Stein vom Herzen. »Ah! Sie will, dass du nach Hause kommst. Sie ist eifersüchtig auf mich.«

»So sieht's wohl aus. Sie war ziemlich deutlich.«

»Und?«

»Ich kann dich doch nicht hängen lassen.«

Craig schmunzelte. »Das sehe ich genauso. Du musst dich entscheiden, Bruderherz.«

»Oh, fuck, ich hab's gewusst.«

»Quatschkopf. Du hast mir mehr geholfen, als ich mir hätte träumen lassen. Fahr zurück, und grüß Ryann von mir. Ich komme demnächst auf einen Besuch nach Hause. Die Wunderlady, die dich gezähmt hat, muss ich kennen lernen. Dann machen wir uns eine schöne Zeit.«

»Echt?«

»Aber ja.«

»Das war knapp. Ich hatte echt Schiss. Grüß Sienna von mir. Die ist in Ordnung.«

»Gute Fahrt, Bruderherz. Und pass auf dich auf.«

»Pass du lieber auf dich auf.«

»Gebe mir Mühe«, sagte Craig.

Craig unterbrach die Verbindung, bevor er sentimental wurde, und fuhr zurück ins Headquarter. Die Abendbesprechung der MK Angels stand an. Er war gespannt, was Moorcraft, Leighton, Stone und die anderen zu berichten hatten, vor allem Ethan Warwick, Leiter der Spurensicherung.

41

Der Besprechungsraum der MK Angels platzte aus allen Nähten. Alle, die an dem Fall arbeiteten, hatten sich eingefunden, fast vierzig Personen. Nur Keen fehlte.

Craig eröffnete mit einem kurzen Gruß, erzählte von seinem Treffen mit Isabel Humble und seinen Schlussfolgerungen daraus. Er bat Moorcraft nach vorne.

»Bei Nancy Callum, der Nachfolgerin des Hausarztes der Jeffersons habe ich keinerlei Hinweise gefunden, dass Charlotte und Sophie wegen Bleivergiftung in Behandlung gewesen wären. Die Akten des verstorbenen Arztes Dunkan Fruit geben nichts her. Deshalb habe ich kurzerhand bei Amber Albright angeklingelt, die nicht erfreut war, denn sie hatte Besuch von ihrer Freundin Val McCormick. Ich musste ihr drohen, damit sie mich einließ und meine Fragen beantwortete. In dem Jahr vor ihrem Verschwinden haben die Schwestern öfter gefehlt. Sie hat sich lebhaft erinnert. Insgesamt fehlten die Schwestern mehr als sechs Wochen. Es könnte sein, dass Ruth Jefferson unter dem Münchhausen-Stellvertreter-Syndrom litt und ihre Kinder aktiv krankmachte. Normalerweise wollen Mütter in einem solchen Fall Aufmerksamkeit erregen, besuchen häufig Krankenhäuser und wechseln ständig die Ärzte. Das ist hier nicht zu erkennen. Es kann aber sein, dass Ruth Jefferson ihre Kinder möglichst zu Hause halten wollte. Sie leidet unter paranoiden Zügen. Wir haben in den Krankenakten von Joseph Jefferson keine Hinweise auf eine Bleivergiftung gefunden. Die Untersuchung steht noch aus, aber ich glaube nicht, dass Ruth auch ihren Sohn krankmachte. Ihre *Fürsorge* richtete sich voll und ganz auf die Töchter. Es kann sein, dass sie sich in ihrem Syndrom verstrickte und irgendwann annahm, ihre Töchter seien unheilbar krank.«

Moorcraft entpuppte sich als hervorragende Ermittlerin, die im richtigen Moment die Initiative ergriff. Ihre These war bestechend, und sie passte zum Verhalten von Ruth Jefferson. Hatte sie ihre Töchter »erlöst« und sie aufgrund ihres Glaubens in geweihter Erde begraben?

»Ich schlage deshalb vor, Ruth Jefferson erneut zu vernehmen.«

»Vielen Dank, Heather, gute Arbeit! Wir werden sie morgen früh aufsuchen, und Sie werden die Vernehmung führen.«

Moorcraft räusperte sich und glitt auf ihren Stuhl.

»Tyler, wenn Sie so gut wären ...«

Leighton nickte den Kollegen zu. »Zur allgemeinen Information: Wir setzen voraus, dass Ken Upton ermordet wurde. Die Vernehmung von Zef Conelly hat eine Wahrscheinlichkeit von neunzig Prozent ergeben, dass er nicht der Mörder von Ken Upton ist und den Mord auch nicht in Auftrag gegeben hat. Unsere Expertin, Mrs. Stone, steht dafür gerade.«

»Sehr gut, Tyler. Auch Ihnen beiden vielen Dank.«

Leighton setzte sich wieder neben Stone.

Das Alibi von Ken Upton wurde nochmals bestätigt. Er konnte die Schwestern nicht entführt und getötet haben.

In der Vergangenheit von Charles Wrench fanden sich keine Ungereimtheiten, keine Vorstrafen, nichts, das auf Pädophilie hinwies.

Craig winkte Ethan Warwick, der sich durch die Stuhlreihen drängte und sich schnaufend neben Craig stellte.

»Also, das Auto.« Er kramte in der Tasche seines Sakkos herum, zog einen verknitterten Zettel hervor. »Ah, da ist er ja.« Er warf einen Blick darauf. »Wir haben noch lange nicht alles untersucht, aber das Wichtigste schon. Die Knochenbrüche bei Sophie und Charlotte stammen von dem Unfall, kein Zweifel. Die Beschädigungen im Kofferraum passen zu hundert Prozent auf das Bruchmuster der Knochen. Sophie lag unter Charlotte. Sehr wahrscheinlich war sie bewusstlos. Die Arme wiesen keine Stützverletzungen auf, die entstehen, wenn ein Mensch reflexhaft versucht, sich mit den Armen gegen einen Aufprall zu schützen. Ob sie das Bewusstsein nach dem Aufprall wiedererlangt hat, kann niemand sagen. Wir haben Haare gefunden, die den Mädchen durch den Aufprall ausgerissen wurden. Sie hatten sich in einer Ritze eingeklemmt und haben daher die lange Zeit überstanden. Fingerabdrücke – Fehlanzeige. Blut – Fehlanzeige. Wir können nicht sagen, wer den Wagen gefahren hat. Wir haben Lackproben genommen, analysieren sie gerade. Vielleicht haben wir Glück, und es gibt eine Unfallaufnahme mit Lackasservaten. Dann wüssten wir wenigstens, wo der Unfall passiert ist. Das war alles. Gute Nacht allerseits. Ich gehe jetzt ins Bett.«

Einige lachten, andere gähnten.

Warwick eilte von dannen.

»Sonst noch was Relevantes im Umfeld der Mädchen?«

Niemand antwortete. Es waren noch Hunderte Spuren auszuwerten und viele Personen zu vernehmen. Craig schickte die meisten nach Hause, sie mussten sich ausruhen, mit frischem Kopf an die Arbeit gehen. Das galt auch für ihn und sein Team. Für heute war Feierabend. Es lag nichts Dringendes an. Die Untersuchung auf Blei an Joseph Jefferson würde frühestens in zwei Tagen vorliegen. Wenn sie Glück hatten, war Ruth Jefferson ihre Kandidatin.

Craig fuhr nach Topsham, stellte den Spitfire ab. Die Tür von Flys Haus öffnete sich. Fly trat heraus. »Eine milde Nacht, Craig. Wie wäre es mit einem Spaziergang? Sie können doch sicher um diese Zeit noch nicht schlafen, oder?«

»Ja und ja.«

Fly zog die Tür zu und hakte sich bei Craig ein.

»Wie geht der Fall voran?«

Craig war dankbar, dass sie nichts Privates fragte.

»Besser, als ich dachte. Es gibt zwei Verdächtige, vielleicht auch drei.«

»Was glauben Sie, Craig?«

Flys Arm lag leicht und schwer zugleich in seinem. Es war angenehm und schmerzhaft zugleich. Mit Mary war er oft mit untergehaktem Arm spazieren gegangen. »Wie ein altes Ehepaar«, hatte sie gesagt, und so war es gewesen. Ihre Beziehung war schnell in Routinen erstarrt. Ihre Jobs ließen kaum Zeit für Romantik. Da war nur immer dieses Gefühl gewesen, dass Craig nicht ohne Mary leben wollte. Kitschig? Nein. Es war ja nicht so, dass er es nicht konnte. Er wollte es nicht. Sie fehlte ihm. Weil er sie liebte. Dieses Gefühl durchdrang ihn bis heute, auch wenn er sich neuerdings ein wenig öffnen konnte und die Berührung von Flys Arm genoss.

»Sie wissen, wie schwer es ist, einen so alten Fall aufzuklären. Zumal es keine forensischen Beweise gibt. Wer immer vor dem Richter landen wird – man wird ihn aufgrund von Indizien anklagen müssen.«

»Eine unangenehme Situation. Fürchten Sie ein Fehlurteil?«

»Es liegt geradezu in der Luft. Es kann sein, dass wir den wahren Täter laufen lassen müssen, genauso gut kann es sein, dass wir einen Unschuldigen einsperren. Für Wrenchs Schuld fehlt der letzte Beweis. Für mich zumindest. Die Öffentlichkeit sieht ihn schon am Galgen. Ich glaube, dass er verurteilt wird, sollte er angeklagt werden.«

»Was ist mit dem Blei? Das weist auf die Mutter hin.«

»Wir werden sie morgen vernehmen. Ich verspreche mir allerdings nicht viel davon. Ruth Jefferson ist jenseits der Realität.

Wenn sie etwas sagt, dann höchstens, dass ihre Töchter noch leben und bald nach Hause kommen werden.«

»Aber es gibt noch eine andere Möglichkeit, nicht wahr?«

»Natürlich. Wenn ich alles ausschließe, was wir bisher wissen, dann bleiben zwei Szenarien übrig. Ein unbekannter Täter, Sophie und Charlotte werden Zufallsopfer.«

»Oder ein Familienmitglied«, sagte Fly.

»Joseph Jefferson.«

»Erschreckend.«

»Folgerichtig. Er hatte Gelegenheit und Mittel. Das Motiv? Wer sagt, dass er seine Schwestern wirklich so sehr geliebt hat? Die beiden waren Biester. Die Familie war zerrüttet. Man hat die Geschwister nie zusammen gesehen. Dass Joseph Charlotte und Sophie verehrt hat, ist nur Hörensagen. Er hat genau genommen kein Alibi.«

»Dagegen spricht, dass er gründlich untersucht wurde. Psychisch und körperlich. Keine äußeren Verletzungen.«

»Alles dreht sich im Kreis.«

Sie traten ans Ufer des Exe. Der Mond schien, warf kaltes Licht auf den Fluss. Hier war er schon hundert Meter breit. Hinter Topsham verbreiterte er sich zu einer Art Lagune, fast eineinhalb Kilometer breit und acht Kilometer lang, bevor er sich wieder verengte und dann in den Kanal mündete. Die Gezeiten waren hier so stark, dass einige Häuser bei Springflut nur über Stege erreichbar waren.

»Der Mond ist schön heute Abend. Er strahlt so warm«, sagte Fly.

Wie unterschiedlich die Wahrnehmungen der Menschen waren. Empfand er das Mondlicht als kalt, weil er sich kalt fühlte? War Sienna ein besonders warmherziger Mensch?

»Ja«, sagte Craig. »Was würden wir nur ohne den Mond machen?«

Fly lachte kurz. »Es gäbe uns nicht. Er stabilisiert die Achse der Erde. Ohne den Mond würde unser Planet durchs All taumeln, extreme Jahreszeiten und Temperaturen würden die Entwicklung höherer Lebewesen unmöglich machen. Morgens Arktis, mittags Sahara, dazwischen Hurrikans der Stufe zehn. Das hält keiner aus.«

»Jeder braucht etwas, das ihn im Gleichgewicht hält.«

Fly schürzte die Lippen. »Ja. Und am besten ist es, wenn es nicht von außen kommt. Am besten ist es, Sie selbst sind der stabile Faktor in Ihrem Leben.«

Das waren weise Worte, aber Craig wünschte sich im Moment trotzdem jemanden, der ihm den Weg weisen konnte. Jemanden wie O'Grady, die Vikarin von St. Michael. Aber die konnte er schlecht überall mit hinschleppen.

»Manchmal braucht man ein äußeres Korrektiv.«

»Da spricht der Psychologe. Distanziert. Abweisend. Verallgemeinernd.«

Das Gespräch lief in eine Richtung, die Craig nicht behagte. Es wurde doch privat.

»Jeder braucht ein soziales Umfeld. Beziehungen. Zuneigung und Liebe. Besser?«

»Damit kann ich leben.«

Sie spazierten am Ufer entlang, der Exe gurgelte friedlich vor sich hin, es musste Flut sein, die Wattflächen standen allesamt unter Wasser. Eine Weile schwiegen sie, Craig fühlte sich wohl, die frische klare Luft und die Ruhe taten gut. Und die Gegenwart eines Menschen, von dem Craig nichts zu befürchten hatte.

Ein Gedanke schoss in sein Bewusstsein. Er hatte vor Mary Angst gehabt. Nein, falsch. Nicht vor Mary. Es war die uralte Angst von Menschen, die liebten. Er hatte panische Angst davor gehabt, sie zu verlieren. Dennoch hatte er sie ständig von sich weggestoßen. Bis sie tatsächlich verschwunden war. Ihm graute bei dem Gedanken, dass er sie hatte verschwinden lassen, damit die Angst aufhörte, sie zu verlieren. Wie weit steuerte ihn das Unterbewusstsein? Wieder ein Puzzlestück, wieder ein Grund, sie loszulassen.

»Sollen wir zurückgehen?«

Craig sah, dass sie bereits ein gutes Stück hinter Topsham waren. Sie mussten zwei Kilometer gelaufen sein. Bleierne Müdigkeit kroch ihm in die Glieder.

»Ich glaube, es ist das Beste«, sagte Craig.

Fly blieb stehen, drehte sich um ihre Achse, zog Craig mit sich, sie blieb nicht stehen, zweimal drehte sich Fly um sich selbst, Craig in einem Orbit mit ihr.

Sie lachten wie zwei alberne Kinder.

Vielleicht konnte sich zwischen ihnen eine Freundschaft entwickeln? Craig seufzte innerlich. Konnte er nicht einfach den Moment genießen, ohne zu grübeln?

»Wie mache ich mich als Mond?«, fragte Craig.

»Sie sind zu schwer. Sie würden mich aus meiner Bahn werfen.«

Craig verstand. Sie empfand durchaus etwas für ihn, aber sie wollte es nicht drauf ankommen lassen, weil sie fürchtete, die Kontrolle zu verlieren.

Schon wieder. Er dachte und dachte und dachte.

Der Mond war ein Stück weitergewandert, als sie an Flys Haus ankamen. Craig wollte sagen, dass es ein wunderbarer Abend gewesen sei und er jetzt ins Bett gehen würde, in seins, aber Fly drückte ihm einen Kuss auf die Wange, sperrte die Tür auf, huschte hindurch und schloss sie wieder.

Craig lächelte die Tür an, wandte sich ab und betrat sein Domizil. Vielleicht sollte er die Wohnung einfach mieten? Raus aus der Stadt. Gute Luft, eine angenehme Vermieterin, ruhige Lage.

Craig öffnete den Kühlschrank. Es war noch etwas Cheddar da und ein halber Liter Milch. Im Gegensatz zu ihm ernährte sich Finley wie ein normaler Mensch. Craig warf zwei Scheiben Brot in den Toaster, ließ sie dunkel werden. Mit seinem Festmahl setzte er sich an den Tisch und schaltete den Fernseher ein.

Er zappte durch die Kanäle, bis er bei einer Nachrichtensendung hängenblieb, die über den Fall der Jefferson-Schwestern berichtete. Immer wieder wurden dieselben Bilder gezeigt: das Auto der Jeffersons am Kran hängend und die Kfz-Werkstatt von Charles Wrench. Eine Moderatorin erklärte mit ernstem Blick, die MK Angels stünde kurz vor einem Durchbruch. Es sei nur noch eine Frage von Tagen, bis der Täter unter der Last der Beweise zusammenbrechen und gestehen würde. Unglaublich, was sich die Medien da zurechtfantasierten. Charles Wrench hatte sich einen Anwalt genommen, der eine Schadensersatzklage gegen die Polizei vorbereitete. Sein Sohn stand zu ihm und schaffte es, den laufenden Betrieb aufrechtzuerhalten. Einige Kunden waren ausgeblieben, aber andere waren der Auffassung, dass Wrench unschuldig war, solange man ihm die Tat nicht nachweisen konnten. Löblich. Dennoch konnte der Kundenschwund das Ende für die Firma Wrench bedeuten. Sollte Wrench eine Entschädigung zugesprochen werden, konnte er bis zu einer halben Million Pfund erhalten.

Craig zappte weiter, aber die Programme hatten nichts zu bieten, das ihn interessierte. Was blieb ihm da anderes übrig, als ins Bett zu gehen? Es war nach Mitternacht, eine gute Zeit zum Schlafen.

Er duschte kurz, zog sich bis auf die Unterhose aus, legte sich hin und löschte das Licht. Er schloss die Augen, wohlige Müdigkeit hüllte seinen Geist ein. Dann dröhnten Bagpipes los. Craig schreckte hoch. Das Handy. Er hätte es stumm stellen sollen. Die Nummer kannte er. Joseph Jefferson. Der würde nicht mitten in der Nacht anrufen, wenn es nicht wichtig wäre. Craig ging ran.

»Verzeihen Sie die späte Störung, Detective. Aber ich muss mit Ihnen reden.«

»Kein Problem, Mr. Jefferson. Reden Sie.«

»Ich habe mich an etwas erinnert, und es hat mich furchtbar erschreckt.« Jefferson atmete schwer. »Meine Schwestern waren krank. Es muss irgendetwas Schlimmes gewesen sein. Auf jeden Fall hat meine Mutter oft gesagt, wie furchtbar die Krankheit sei und wenn es wirklich die Krankheit sei, die sie vermute, dann sei es von Gott gnädiger, ihre Töchter abzuberufen, als sie jämmerlich zugrunde gehen zu lassen. Und dann, mein Gott, ich schäme mich so …«

»Sie waren dreizehn Jahre alt, Professor Jefferson. Was belastet Sie so sehr, dass Sie es zwanzig Jahre lang vergessen hatten?«

»Das Alibi. Es war gelogen. Ich hatte solche Angst, auch noch meine Eltern zu verlieren. Sie waren nicht die ganze Nacht zu Hause. Ich bin einmal auf die Toilette und habe gesehen, wie meine Mutter aus dem Haus gegangen ist. Ich habe mir nichts dabei gedacht.«

Jefferson gab ein Geräusch von sich, das sich wie unterdrücktes Weinen anhörte.

»In den Monaten nach dem Verschwinden meiner Schwestern war meine Mutter furchtbar traurig, aber auch irgendwie erleichtert. Und dann hat sie sich endgültig dem Alkohol ergeben und sich vorgemacht, Charlotte und Sophie würden noch leben.«

»Was wollen Sie damit andeuten, Professor Jefferson?«

»Liegt das nicht auf der Hand? Meine Mutter wollte meinen Schwestern Leid ersparen. Sie hat sie erlöst, das muss sie zumindest geglaubt haben.«

Jefferson hatte dieselben Schlussfolgerungen gezogen wie

Craig und Fly. Ein Zufall? Etwas kribbelte in Craigs Nacken. Ruth Jefferson wäre nicht die erste Mutter, die aus Verzweiflung getötet hätte. Da sie noch einen Sohn hatte, konnte sie sich nicht selbst töten. Das war der ultimative Beweis ihrer Liebe zu den Kindern.

»Würden Sie das wiederholen, damit ich es aufzeichnen kann? Damit können wir einen Haftbefehl erwirken. Ist es das, was Sie wollen?«

»Ich will nicht, dass ein Unschuldiger ins Gefängnis geht. Wenn meine Mutter meine Schwestern getötet hat, muss sie sich dafür verantworten. Ich vertraue Ihnen, dass Sie die Wahrheit herausfinden.«

Craig schaltete die Aufnahme ein, diktierte die Formalien. Uhrzeit, Beteiligte, Fall. Joseph Jefferson redete vier Minuten und sechsunddreißig Sekunden. Damit war seine Mutter die Hauptverdächtige. Die Karten waren neu gemischt.

TAG 7

42

Craig zog sich an, riss zuerst Keen aus dem Schlaf, dann den Ermittlungsrichter vom Dienst, der ihm sofort grünes Licht gab, ihn aber aufforderte, mit Ruth Jefferson nicht zu hart umzuspringen.

Im Hinausgehen informierte er Moorcraft und Leighton, die beide ebenfalls aus den Betten und aus allen Wolken fielen.

Zwanzig Minuten später standen sie an der Information der psychiatrischen Abteilung des Wonford. Ein Arzt überprüfte die richterliche Anordnung, dann weckte er Ruth Jefferson und brachte sie in einen Besprechungsraum. Wie vereinbart begann Moorcraft die Vernehmung. Alles wurde aufgezeichnet.

Moorcraft belehrte Ruth Jefferson, die einfach nur dasaß und in die Gegend starrte. Moorcraft musste dreimal fragen, ob sie die Belehrung verstanden hätte. Ruth Jefferson nickte. Moorcraft erklärte ihr, dass sie laut »Ja« sagen musste.

Immerhin öffnete Ruth Jefferson den Mund und hauchte ein »Ja«.

Auf die Frage, ob sie einen Anwalt wolle, schüttelte sie den Kopf und sagte dann entschieden deutlicher »Nein«.

»Mrs. Jefferson«, sagte Moorcraft. »Wie geht es Ihnen? Ist alles nach Ihren Wünschen?«

Ruth Jefferson sah Moorcraft verdutzt an. »So gut ging es mir seit Jahren nicht.«

Ihre Stimme verlor sich zwar fast im Raum, aber das Aufnahmegerät zeichnete alles auf und korrigierte die Lautstärke automatisch.

»Das ist schön. Sind Sie in der Lage, über die Vergangenheit zu sprechen? Wir haben nur ein paar Fragen.«

»Fragen Sie.«

»Erinnern Sie sich noch daran, dass Ihre Töchter mal krank waren?«

»Sie hatten die Masern. Und waren öfter erkältet. Die Mandeln sind rausgekommen, und Charlotte hatte Mumps. Sonst nichts.«

»In dem Jahr, als die beiden auf große Reise gingen, waren sie da gesund?«

Moorcraft machte das wirklich gut. Sie vermied jedes Reizwort, umschiffte die Klippe, dass Charlotte und Sophie tot waren. Ruth Jefferson hätte sofort blockiert. Moorcraft holte sie da ab, wo sie stand, und manipulierte nicht. Das würde vor Gericht auf jeden Fall standhalten.

»Große Reise. Genau. Das war es. Sie sind doch immer so gerne weggefahren. Wir konnten halt nicht viel machen, wegen dem Geld.«

Ruth Jefferson sprach schleppend, manchmal hörte sie mitten im Satz auf, sie schien nach Wörtern zu suchen oder nach Erinnerungen. Ihr Gehirn war vom Alkohol und von den Medikamenten vernebelt. Dennoch zählte jedes Wort, das sie von sich gab.

»Ja, jetzt, wo Sie es sagen. In dem Jahr waren sie oft erkältet, manchmal schlapp und unkonzentriert. Ich habe mir große Sorgen gemacht.«

Sie senkte den Kopf. Sie log. Eindeutig.

»Was hat der Arzt dazu gesagt?«

»Der wusste auch nichts. Hat halt ein paar Tabletten verschrieben und gesagt, die beiden sollten sich ausruhen.«

»Ruth, darf ich Sie so nennen?«

»Ja, klar.«

»Nennen Sie mich Heather. Also, Ruth. Das ist seltsam. Wir haben in den Akten des Arztes nichts gefunden. Keine Verschreibungen, nichts. Laut den Krankenakten waren Ihre Töchter bei bester Gesundheit. Hat der Arzt vergessen, seine Behandlung aufzuschreiben? Dann hätte er ja auch kein Geld bekommen.«

Moorcraft wartete. Ruth Jefferson schwieg. In ihrem Gesicht arbeitete es. Jetzt hieß es, geduldig zu bleiben, zu warten, bis Ruth Jefferson sich entschieden hatte, ob sie die Wahrheit sagen wollte oder nicht. Die Sekunden dehnten sich, wurden zu Minuten. Die Minuten sammelten sich zu einer halben Stunde. Craig stand kurz davor einzugreifen, Moorcraft spürte es und signalisierte ihm mit einem bösen Blick, er möge sich heraushalten. Craig riss sich zusammen und wartete noch eine Viertelstunde.

»Er hat mir versprochen, sie zu heilen.«

»Was sollte Dunkan Fruit heilen?«

»Diese Nervenkrankheit. Er hat gesagt, bei den Mädchen würden sich die Nerven auflösen, und deshalb müssten sie bald sterben. Alle würden behaupten, die Krankheit sei unheilbar, aber er hat mir ein Medikament gegeben, das meine Herzchen wieder gesundmachen würde. Niemand durfte davon wissen. Und es sei nicht billig, da er es im Ausland herstellen lassen müsste. Wir haben unseren letzten Penny dafür ausgegeben, keinen Urlaub gemacht, sind nicht mal ins Kino gegangen. Aber das muss man doch machen?! Seine Kinder beschützen, sie retten?! Bald ging es den beiden besser, sie hatten fast keine Beschwerden mehr. Sie hatten wieder Farbe im Gesicht und keinen Durchfall. Wir waren so dankbar. Fruit war stolz. Und dann waren sie weg. Aber ich weiß, dass Charlotte und Sophie leben.«

»Das ist schön. Warum wissen Sie es? Was macht Sie so sicher?«

»Sie haben mir geschrieben.«

Moorcraft räusperte sich, hielt sich kurz die Hand vor den Mund. Sie war sprachlos. Leighton hüstelte, Craig holte scharf Luft.

Ruth Jefferson fuhr fort. »Ich werde den Tag nie vergessen. Es war der 13. Juni 2010. Eigentlich ist die Dreizehn eine Unglückszahl, aber an dem Tag hat die Postkarte in meinem Briefkasten gelegen. Aus Südafrika. So weit weg. Ich kann den Text auswendig. ›Liebe Mama. Bitte verzeih uns, dass wir so plötzlich weg waren. Wenn wir zurückkommen, erklären wir dir alles. Für jetzt sei nur gewiss, dass es uns gut geht und dass wir dich lieben. Deine dich liebenden Töchter Sophie und Charlotte.‹ Sie hatten sogar unser Geheimzeichen auf die Karte gemalt.«

»Das klingt sehr gut. Wie hat das Zeichen denn ausgesehen?«

»Ein Kreis mit drei Linien darin. Wir drei gegen alle. Niemand kann uns trennen. Dafür steht es. Und so ist es.«

Jefferson knetete ihre Hände.

»Haben Sie die Karte noch?«

Jefferson seufzte. »Das ist ja das Schlimme. Sie ist weg. Sie hat immer auf dem Kaminsims gestanden. Ich muss sie verloren haben, oder ich habe sie versehentlich weggeworfen.«

Ruth Jefferson mochte sediert sein, aber Craig glaubte nicht, dass sie fantasierte. Sie erzählte ihre Realität, ihre Wahrheit.

Die ganze Geschichte wurde immer nebulöser, und plötzlich war ein weiterer Verdächtiger aufgetaucht. War Dunkan Fruit ein Scharlatan gewesen, der sich schamlos an den Jeffersons bereichert hatte? Hatte er die Kinder krankgemacht? Gab es andere Fälle? Stand Fruits Betrug kurz vor dem Auffliegen, und er hatte lästiges Beweismaterial in Form der beiden Schwestern beseitigt? Fruit kannte die Familie. Fruit kannte das Haus. Die Mädchen kannten ihn, vertrauten ihm. Ein Leichtes, sie in die

Falle zu locken. Wer immer die Karte geschrieben hatte, war mit großer Wahrscheinlichkeit der Täter.

Aber warum die Karte? Hatte es sie wirklich gegeben, oder hatte Ruth Jefferson sie sich nur eingebildet? Und wenn es sie gegeben hatte: Wer hatte sie geschrieben? Dunkan Fruit konnte es nicht gewesen sein, er war zu diesem Zeitpunkt bereits tot. Er war 2008, zwei Jahre bevor die Karte in Ruth Jeffersons Briefkasten lag, in seinem Haus verbrannt.

Das ergab alles keinen Sinn. Den Mädchen war es bessergegangen, weil sie weniger Blei zu sich genommen hatten. Oder weil das Medikament von Fruit zufällig das Blei auf irgendeine Weise neutralisierte oder die Symptome linderte. Warum sollte Fruit seine Milchkühe schlachten? Und Ruth Jefferson hatte keinen Grund mehr gehabt, ihre Töchter zu erlösen. Immerhin verstand er jetzt, warum Ruth Jefferson so hartnäckig daran glaubte, dass ihre Töchter noch lebten.

Craig entschuldigte sich und ging vor die Tür, ordnete die sofortige Hausdurchsuchung von Ruth Jeffersons Wohnung an, mit dem Fokus auf eine Postkarte von Sophie und Charlotte, dann kehrte er zurück in Jeffersons Zimmer.

Moorcraft ließ sich nicht ablenken. Ruth Jefferson erzählte gerade von dem Tag, an dem die Mädchen verschwunden waren.

»Albert war sauer. Er hatte Stress auf der Arbeit gehabt, hatte einen Anschiss bekommen. Er wollte mit den Mädchen noch was unternehmen, aber die wollten zu Hause bleiben. Also knallte er sich vor die Glotze. Joseph fragte, ob er nicht mit ihm an den Fluss gehen wollte, aber Albert ignorierte ihn. Das war nicht immer so, aber an diesem Abend war Albert echt scheiße drauf. Meine Güte, er hat sich innerhalb kürzester Zeit fast eine halbe Flasche Fusel reingekippt. Um elf war er fertig und ist ins Bett getaumelt. Ich hab noch ferngesehen und bin um zwölf ins Bett. Mit Ohropax, weil Albert, wenn der gesoffen hat, dann schnarcht er wie ein ganzes Sägewerk. Vorher hab ich noch bei den Mädchen reingeschaut. Die lagen friedlich in ihren Betten und schliefen, meine Herzchen. Joseph hatte abgeschlossen, na ja, der hat wohl geschmollt. Ich also ins Bett, den Wecker früher gestellt, damit ich Albert aus dem Bett kriege, das dauerte immer, wenn er so dicht war.«

Moorcraft schaute kurz Craig an. Ihr Blick sagte alles: Joseph hat die Arschkarte gehabt. Der Vater wollte nicht mit ihm spazieren gehen, aber mit seinen Schwestern, die Mutter scherte sich nicht um ihn, tröstete ihn nicht, sondern ließ ihn einfach laufen.

»Am nächsten Morgen hab ich Albert kaum aus dem Bett gekriegt. Dasselbe bei Joseph. Der war fix und fertig, ich musste ihn anbrüllen, bis er wach wurde. Die Mädchen hatten die erste Stunde frei, das war zwar selten, aber an dem Tag war es so. Die haben sonst nie frei. Der Unterricht findet immer statt. Ich glaube, es war irgendeine Konferenz mit allen Lehrern, keine Ahnung.« Jeffersons Blick verschleierte sich. »Sie waren weg. Hatten sich in Luft aufgelöst. Ich hab Albert angerufen, der war sofort da, wir haben alles abgesucht, alle gefragt. Nichts. Und dann war auch noch der Wagen weg. Als Joseph aus der Schule kam, hat er zuerst gar nichts begriffen. Er hat geheult und hat gesagt, ich würde ihn veräppeln. Aber mit so was macht man doch keine Scherze. Als er es kapiert hatte, ist er erst mal zusammengeklappt. Nichts war mehr so wie früher. Alles war scheiße. Und dann ist Albert abgehauen und hat sich umgebracht, das feige Schwein. Und mein Sohn glaubt mir nicht und will mich weghaben.«

Jeffersons Aussage entsprach nicht dem, was sie vor zwanzig Jahren ausgesagt hatte. Sie hatte angegeben, ebenfalls betrunken gewesen zu sein. Eine kleine, aber wichtige Unstimmigkeit. Und sie hatte nichts über Joseph erzählt.

Moorcraft fragte geschickt weiter, aber es gab nichts Neues. Jefferson drehte sich im Kreis, und langsam verließen sie die Kräfte. Nach drei Stunden beendete Moorcraft die Vernehmung. Ein Wunder, dass Ruth Jefferson so lange durchgehalten hatte. Sie traten vor die Tür.

»Ich denke, wir stellen sie hier unter Arrest. Ein Constable soll aufpassen, falls sie auf dumme Gedanken kommt, was ich sehr bezweifle.«

Moorcraft und Leighton nickten.

»Gute Arbeit«, sagte Leighton. »Wirklich. Hätte ich nicht besser machen können.«

»Was glauben Sie? Hat sie ihre Töchter auf dem Gewissen?«, fragte Craig.

Moorcraft wiegte den Kopf. »Nicht ihre Töchter. Ihren Sohn.«

»Eifersucht?«, gab Craig zu bedenken.

»Die Eltern mochten ihn seinen Schwestern vorgezogen haben, aber wir wissen nicht, ob Charlotte und Sophie Joseph gepiesakt haben. Ich glaube nicht, dass er einen solch gewaltigen Hass, der nötig ist, um seine Geschwister zu töten, vor seiner Mutter hätte verbergen können«, erwiderte Moorcraft.

Moorcrafts Argumente leuchteten ein. Blieb also die Mutter im Fokus. Fanden sie die Postkarte nicht, würde sie sich ganz oben auf der Liste der Verdächtigen wiederfinden.

43

Moorcraft und Leighton waren bereits bei der Arbeit, als Craig im Büro eintraf. Sie ergänzten die Timeline.

»Es bleibt bei unseren vier Hauptverdächtigen«, sagte Moorcraft. »Albert Jefferson, Ruth Jefferson, Joseph Jefferson und Charles Wrench.«

Jamili klopfte an den Türrahmen, wedelte mit Papier. »Hier sind die letzten Indices, Heather. Jetzt ist alles komplett. Sie haben die halbe Speicherkapazität des Headquarters belegt. Fast schon Big Data.« Er grinste. »Aber nur fast. Die Systeme können noch viel mehr. Wussten Sie, dass ...«

»Danke, Meister der Bits und Bytes«, sagte Craig. »Wir wussten das sicherlich nicht, was immer es auch sei.«

Jamili verzog das Gesicht. Craig kannte das Risiko, ihn zu verärgern und seine Gunst zu verlieren, aber er war nicht in der Stimmung, sich irgendwelche technischen Details anzuhören, von denen er nichts verstand.

»Kein Wunder, dass Sie schlecht gelaunt sind, Craig. Sie schlafen ja nie.«

»Woher wollen Sie das wissen?«

»Sehen Sie, Sie sollten sich vielleicht doch ab und zu mit der blöden Technik befassen. Sie sind fast rund um die Uhr im System. Also nicht nur eingeloggt. Aktiv. Ich sehe alles ganz genau. Wie machen Sie das?«

Der Prophet fischte sein Smartphone aus der Tasche, tippte darauf herum, hielt Craig den Bildschirm hin.

Craig nahm das Gerät in die Hand. Selbst für einen Laien war erkennbar, was in der Tabelle aufgelistet war, die Craig entgegenleuchtete: alle Aktivitäten im System der Polizei, in allen Bereichen, zu denen Craig Zugang hatte. Craig überflog die Zeilen.

»Kein Fehler möglich?«

»Kein Fehler möglich«, sagte der Prophet.

»Sie müssen sofort meinen Account sperren.«

»Was? Aber, wieso …«

»Sofort!«, schrie Craig.

Jamili quollen die Augen aus dem Kopf. »Verdammte heilige Scheiße! Sie sind gehackt worden.«

Jamili riss Craig das Smartphone aus der Hand und rannte los, Craig hinterher. Jamili hängte ihn locker ab, mit seinen langen Beinen machte er Sätze wie eine Gazelle, nahm die Treppe in den Keller mit zwei Sätzen. Als Craig in Jamilis Allerheiligstes stürmte, saß der bereits an seinem Rechner und drückte die Enter-Taste. Schweiß stand auf seiner Stirn.

»Wie schlimm ist es?«, fragte Craig. Sein Magen schmerzte.

»Wir haben Glück gehabt. Wer immer das war, er hatte es nur auf Sie abgesehen und auf die Akten der MK Angels.«

»Können Sie zurückverfolgen …«

»Unmöglich.« Jamili zeigte auf ein Chaos an kryptischen Zeichen auf dem Bildschirm vor ihm. »Das war ein Profi. Alle Spuren verwischt.«

Leighton und Moorcraft stürzten in den Raum.

Der Prophet blickte über die Schulter. »Ihr Chef ist gehackt worden.«

Craig musste nicht lange überlegen. Es gab genau eine Person, die in der Lage war, ihn zu hacken, und sich nur für die Akten der MK Angels interessierte.

»Wir machen einen Ausflug nach Oxford«, stellte Craig fest.

»Viel Spaß«, sagte Jamili.

»Freuen Sie sich nicht zu früh, Jamili. Sie kommen mit uns.«

44

Es dauerte eine halbe Stunde, bis sie aufbrechen konnten. Oxford lag nicht in ihrem Zuständigkeitsbereich, also mussten die Kollegen vor Ort informiert und mit einbezogen werden. Sie nutzten die Zeit, vertieften sich noch einmal in Joseph Jeffersons Akte und wurden fündig. Man musste nur wissen, was man suchte.

Keen arrangierte in kürzester Zeit, dass sie ein Detective am Haupteingang des Mathematischen Instituts empfangen würde. Craig fuhr auf die verstopfte Heavitree Road und schaltete Blaulicht und Sirene ein. Sofort bildete sich eine Gasse. In wenigen Minuten erreichten sie die Auffahrt zur M5. Craig drückte das Gaspedal durch und beschleunigte auf hundertzwanzig Meilen. Im Rückspiegel sah er, dass Leighton blass wurde. Moorcraft schien die Geschwindigkeit zu genießen. Jamili hackte auf einem Tablett herum. Trotz seines Problems mit der Geschwindigkeit war Leighton in der Lage, einen klaren Kopf zu bewahren. Sie fassten zusammen, was sie wussten, legten eine Strategie fest.

Gegen Viertel nach zehn kam die Nachricht, dass Wrench in U-Haft geschickt wurde. Die Indizien belasteten ihn schwer, es bestand Fluchtgefahr.

Craig brauchte eineinhalb Stunden bis Oxford und war froh, dass sich Leighton nicht übergeben musste.

Das Institut lag etwas nördlich des Zentrums, in Park Town. Ein nagelneuer Bau, vor ein paar Jahren erst fertiggestellt. Eine Fassade aus Fenstern, die in sandsteinfarbene Streben eingebettet waren. Die zwei Flügel des Gebäudes wurden durch eine Galerie aus Glas verbunden. Sehr modern. Sehr teuer. Der rechte Flügel umschloss das deutlich kleinere Philosophische Institut. In Oxford setzte man eindeutig Prioritäten.

Den Eingang zierte ein bescheidenes blaues Schild, auf dem der Name des Gebäudes in weißen Buchstaben stand: »Andrew Wiles Building«. Man musste wohl Mathematiker sein, um den Mann zu kennen.

Vor dem Schild wartete eine junge Frau mit kurzen schwarzen Haaren in grauem Businesskostüm auf eine Art, die darauf schließen ließ, dass sie die Kontaktperson war.

Craig parkte verbotenerweise direkt am Eingang, stieg aus.

Die junge Frau kam auf ihn zu, lächelte, hielt Craig die Hand hin. »Willkommen in Oxford, Chief Inspector.«

Die Kollegin hatte sich gut vorbereitet, wenn sie sein Gesicht und seinen Namen kannte.

»Ich bin DCI Samantha Holbridge. Sie wollen mit Professor Jefferson sprechen?«

»So ist es. Wir haben den Verdacht, dass er sich in meinen Rechner gehackt hat und mit meinen Zugangsdaten in das System der Polizei. Er hat sich für die MK Angels interessiert.«

»Heikle Angelegenheit. Haben Sie Beweise?«

»Nicht den geringsten. Nur Schlussfolgerungen. Ein Motiv. Die Möglichkeit.«

Holbridge nickte. »Wir werden die ganze Geschichte ohne Aufsehen abwickeln. Ich begleite Sie in einen kleinen Besprechungsraum und werde dann Professor Jefferson hinzubitten. Ihnen ist klar, dass dieser Mann nicht irgendwer ist?«

»Das ist mir absolut klar, und wir werden uns anständig benehmen.«

Holbridge schaute Craig tief in die Augen, als wollte sie sein Gewissen erforschen. Sie drehte sich um und ging los, führte Craig und seine Leute in einen lichtdurchfluteten Konferenzraum, bot ihnen einen Platz an und ermutigte sie, sich an Kaffee, Softdrinks und Keksen gütlich zu tun. Das ließen sie sich nicht zweimal sagen. Alle waren ausgehungert, und Craig musste zugeben, dass die Kekse von erlesener Qualität waren. Wie alles hier. Echte Ledersessel, so bequem, dass er sich sofort entspannte, als er sich hineinsinken ließ. Der Konferenztisch bestand aus einer massiven Kirschholzplatte, die auf grau mattierten Metallfüßen ruhte und den Anschein erweckte, ein ganzes Haus tragen zu können. Hier war nicht gekleckert worden.

»Tyler. Wollen Sie den Reigen eröffnen?«

»Gerne. Ich werde ihn wie eine Vase aus der Ming-Zeit behandeln.«

Nach der zweiten Tasse Kaffee öffnete sich die Tür, Holbridge trat ein, hinter ihr Professor Jefferson, der sogleich freudig auf Craig zukam und ihm die Hände schüttelte.

»Chief Inspector McPherson. Schön, Sie zu sehen. Gibt es etwas Neues?«

»DC Leighton wird Sie in Kenntnis setzen.« Craig trat einen Schritt zurück.

Jefferson schüttelte Tyler die Hand, dann begrüßte er Moorcraft. Zuletzt wandte er sich an Jamili. »Ah, mein Kollege von der Datenzunft. Wenn Sie möchten, zeige ich Ihnen nachher unser Rechenzentrum. Wir haben ein paar nette Spielzeuge.« Er blickte auf seine Rolex. »In genau sechsundneunzig Stunden und siebenunddreißig Minuten fliege ich in die Staaten. Nach New York. Für mindestens ein Jahr. Ich lasse meine Familie nachkommen. Letzte Gelegenheit.«

Jamili lächelte gequält.

»Ich denke, dazu wird keine Zeit sein. Wir sind dienstlich hier«, sagte Leighton. »Wenn bitte alle Platz nehmen würden?«

Holbridge setzte sich auf den Stuhl neben Leighton, Jefferson nahm am Kopfende des Tisches Platz. Es sah aus, als führte er die Vernehmung und nicht die Polizei.

»Professor Jefferson, wir sind hier, weil wir Sie um Rat fragen möchten.«

Jeffersons Lächeln überzog sein gesamtes Gesicht.

»Wir haben festgestellt, dass jemand in das System der Devon and Cornwall Police eingedrungen ist. Er hat sich das Passwort eines Detectives besorgt und konnte damit an alle Daten heran, die wir zu bieten haben.«

Jefferson wurde ernst.

Craig konnte diesen Mann nicht einschätzen. Vielleicht war Jefferson doch eine Maschine, ein mathematisches Produkt, das gar nicht in dieser Welt existierte. Ein Hologramm oder ein Cyborg. Ein Verzerrung des Raum-Zeit-Kontinuums.

»Jetzt fragen Sie sich, wie das passieren konnte und ob es eine Methode gibt, den Einbrecher zu fangen.«

Leighton nickte.

»Mr. Jamili, Sie sind doch vom Fach. Was sagen Sie dazu?«

Bevor Jamili antworten konnte, griff Leighton ein. »Sie können davon ausgehen, dass unser Spezialist alles peinlich genau untersucht hat. Er musste sich und uns eingestehen, nicht weiterzukommen. Deswegen sind wir hier.«

»Wenn Mr. Jamili nichts gefunden hat, sehe ich keine Möglichkeit zu helfen. Ich kann keine Wunder wirken.«

»Ich sagte nicht, dass er nichts gefunden hat. Er kam nur nicht weiter.«

»Wo ist er stecken geblieben? In den Protokollen? Bei den DNS-Servern? Nichts bei IPV6 gefunden? Ein Stempel in der Primärschicht?«

Leighton lächelte schmallippig. »Oh nein. All das hat er durchgearbeitet. Er fragte sich, warum ausgerechnet Sie den Account meines Chefs DCI McPherson gehackt haben.«

Jeffersons Gesicht verwandelte sich in eine Fratze. Er stand auf, sein Stuhl fiel nach hinten. »Was erlauben Sie sich?« Er nahm Holbridge ins Visier. »Das muss ich mir nicht gefallen lassen. Das ist eine infame Beschuldigung.«

Holbridge erhob sich langsam. »Bitte setzen Sie sich wieder, Professor. Wir sind noch nicht fertig.«

Sie redete, als müsste sie ein unartiges Kind zur Ordnung rufen.

Jefferson ging los wie eine Rakete, schneller als erhofft. Leighton hatte ihn angeschossen, aber damit konnte man keinen Geschworenen überzeugen. Der Professor hob seinen Stuhl auf und setzte sich wie in Zeitlupe, faltete die Hände. Hinter der Fassade brodelte es.

»Sie haben einen Fehler gemacht, Professor.«

Leighton machte eine Pause.

Jefferson zwang sich ein Lächeln ins Gesicht, schwieg. Er hatte sich wieder unter Kontrolle.

»Sie haben sich nur an den Akten der MK Angels vergangen. Wer, außer Ihnen, sollte daran Interesse haben?«

»Die Medien«, sagte Jefferson kalt. »Die machen für Geld alles. Informationen aus erster Hand sind Gold wert. Sie können davon ausgehen, dass es auf dem freien Markt Hunderte Hacker gibt, die für gutes Geld einen Account knacken. Egal welchen. Darauf hätten Sie eigentlich kommen müssen.«

»Eine gute Ablenkung, Herr Professor. Dann sagen Sie mir doch eins: Wie kommt es, dass Ihnen ausgerechnet an dem Tag, an dem wir Ihre Mutter verdächtigen und das auch aktenkundig machen, einfällt, dass Sie vor zwanzig Jahren gelogen haben und Ihre Mutter doch kein Alibi hat.«

Jefferson öffnete sich eine Cola light, trank aus der Flasche. »Ich könnte Ihnen einen Vortrag über Synchronizität halten. Aber ich befürchte, das wäre verschwendete Zeit. Man braucht eine gewisse Intelligenz, um solche Dinge zu verstehen.«

Leighton zuckte nicht mit der Wimper.

Jefferson versuchte zurückzuschlagen, blickte herab von seinem hohen Ross, verschanzte sich hinter seinem Intellekt. Er reagierte, wie Craig es vorausgesagt hatte: Er würde keinen Anwalt rufen. Jefferson war durch und durch Narzisst. Moorcraft, Craig und Leighton rangierten bei ihm in derselben Entwicklungsstufe wie Mollusken.

Leighton hatte allerdings noch einige Pfeile im Köcher.

»Wir haben das Auto gefunden, in dem Ihre Schwestern nach Princetown transportiert wurden. Die Zeit hat viel zerstört, aber nicht alles. Haare sind übrig.«

»Haare des Täters? Selbst wenn Sie Haare von mir oder meinen Eltern gefunden haben sollten, beweist das nichts.«

»Wir haben noch etwas anderes gefunden.«

Craig war drüber gestolpert, als er sich mit Jeffersons Kindheit beschäftigt hatte.

»Blei.«

»Blei findet man an vielen Stellen.« Jefferson schüttelte den Kopf. »Was für ein Possenspiel.«

»Richtig. Blei kommt häufig vor. In der Natur. Aber es sollte nicht in den Knochen von Kindern vorkommen.«

»Und? Was soll das bedeuten?« Jefferson wurde ungeduldig.

»Ihre Schwestern hatten eine chronische Bleivergiftung, die kurz vor ihrem Tod nachließ.«

»Das habe ich doch dem DCI schon erklärt. Meine Mutter …«

»Ihre Mutter hat gar nichts.« Leighton verschärfte den Ton, hob einen Zeigefinger. »Sie hätte ihre Töchter umgebracht, weil sie keine Ahnung hatte, wie man das Teufelszeug dosieren muss, damit die Symptome auftreten, ohne sie zu töten. Aber Sie hatten Ahnung. Sehr viel Ahnung. Gewissheit.«

Alle starrten Jefferson an. Sein rechtes Lid zuckte ein paarmal, dann hörte es wieder auf. Craig wusste, was in Jefferson vorging. Er wusste, dass sie wussten, was er getan hatte. Er wusste nicht, ob und welche Beweise sie gegen ihn hatten. Bisher war es nur heiße Luft gewesen. Aber die Erinnerungen drangen auf ihn ein. Er war kein kalter Killer. Er litt seit zwanzig Jahren unter Schuldgefühlen, sah seine Mutter Stück für Stück krepieren. Wie oft durchlebte er den verhängnisvollen Abend? Die Nacht? Wie viel Angst ertrug eine Seele? Seine Seele wollte alles herausschreien, sein Verstand jedoch wollte davonkommen, denn der hatte schon vor zwanzig Jahren gewusst: Mord verjährte nicht, und als Dreizehnjähriger war er strafmündig. Er wäre wahrscheinlich ins Gefängnis gekommen für viele Jahre, wenn nicht sogar lebenslänglich. Sein Leben wäre zu Ende gewesen. Er hatte keinen Ausweg gesehen. Zu Recht.

»Noch bevor Sie Ihre Leidenschaft für die Mathematik entdeckt hatten, verschlangen Sie alles, was mit Chemie zu tun hatte, wussten bereits mit zwölf, welches Element welche Wirkung hatte. Auch auf den menschlichen Organismus.« Leighton beugte sich nach vorne, seine Stimme wurde weich. »Sie wollten Ihre Schwestern nicht töten. Sie wollten sie ein wenig leiden lassen. Sie haben ihnen wohldosiert Blei verabreicht und haben damit gerechnet, dass Ihre Mutter Sie etwas mehr beachtet, wenn Ihre Schwestern krank sind. Über lange Zeit. Aber das Gegenteil ist eingetreten. Charlotte und Sophie wurden noch mehr verwöhnt, verhätschelt und geliebt. Diese Liebe ging Ihnen verloren. Also setzten Sie das Blei wieder ab. Eigentlich hätte alles wieder so laufen können wie immer. Aber das tat es nicht. Was ist in der Nacht geschehen? Warum haben Sie Ihre Schwestern getötet und vergraben? Wut darüber, dass Sie nichts erreicht hatten? Hat Sie eine der beiden erwischt, bei irgendetwas Verbotenem? Hatten Sie sich doch entschieden, sie loszuwerden?«

Professor Jefferson richtete seine Krawatte. »Nichts von alledem.« Er schaute demonstrativ auf seine Armbanduhr. »Wenn weiter nichts anliegt, außer diesen unhaltbaren Anschuldigungen, würde ich gerne gehen.« Er strich sich durch das Haar. »Falsch. Ich werde jetzt gehen. Es sei denn, Sie haben einen Haftbefehl gegen mich.« Er schaute allen einmal in die Augen. »Gut. Dann wünsche ich einen angenehmen Tag.«

Ohne ein weiteres Wort verließ er den Raum. Sein Gang war sicher, er hielt sich gerade wie eine Tanne.

»Was meinen Sie, Kollegin?«, fragte Craig.

»Sie wissen, wie schwer es ist, eine Zeugenaussage zu bewerten.«

»Deswegen frage ich Sie. Wegen Ihrer unvoreingenommenen Sicht.«

»Er hat ein riesiges schlechtes Gewissen. Fünfzig.«

»Heather?«

»Hundert. Nur ein Gefühl. Rational: fünfzig.«

»Jamili?«

»Keine Ahnung. Ich wäre auch nervös, wenn man mich so beharken würde. Und wütend und verletzt.«

»Tyler?«

»Fünfzig. Wenn die Mutter ein Münchhausen-Stellvertreter-Syndrom hatte, dann hat sie sich vielleicht alles angelesen, was sie gebraucht hat. Sie ist noch lange nicht raus. Sie teilt sich den ersten Platz mit ihrem Sohn.«

Jetzt war Craig an der Reihe. »Ich …«

»Scots Wa Hae« dröhnte durch den Raum. Craig nahm das Gespräch an. Es war Warwick, der Leiter der Spurensicherung.

»Ich stelle auf Mithören.«

»Kein Problem. Wir haben sie.«

»Wen?«

»Die Postkarte. Sie war hinter einen Heizkörper gerutscht, und mit der Zeit wurde sie von Staub und Spinnweben überwuchert. Wir haben sie oberflächlich mit den Schriftproben der Verdächtigen verglichen. Kein Treffer. Aber sie wurde tatsächlich in Pretoria abgestempelt. Am 6. Mai 2010. Im Post Office an der Ostseite des Bahnhofs, Steve Biko Road. Sie war lange unterwegs. Die Karte ist sehr wahrscheinlich von einer Frau geschrieben worden.«

»Danke, Ethan. Gute Arbeit.«

»Sind Sie krank, McPherson? Schönen Tag noch.«

Craig unterbrach die Verbindung, steckte das Handy ein.

Ihm entging nicht das süffisante Grinsen auf den Gesichtern der Umstehenden. Nur Holbridge blieb ernst. Sein Ruf schien nicht der Beste zu sein. Dabei gab er sich wirklich Mühe, nicht den miesgelaunten Schotten zu geben. Craig ließ sich nichts anmerken.

»Ruth Jefferson hat die Wahrheit gesagt. Sie glaubt bis heute, dass ihre Töchter noch leben. Es kann natürlich sein, dass sie die Karte selbst geschrieben hat, um mit ihrer Schuld fertigzuwerden, damit sie einen Grund hatte, zu glauben, dass ihre Töchter noch leben. Aber wie sollte sie nach Pretoria gekommen sein? Ich würde sagen, wir schauen uns mal den Kalender von Joseph Jefferson an.« Craig wandte sich an Holbridge. »Wäre es möglich, Joseph Jefferson bis dahin zu überwachen? Telefon? Wo er hingeht, mit wem er spricht, einfach alles? Wenn wir nichts finden, ist er weg. Vier Tage! Wir haben nur vier Tage!«

»Er war wirklich in Plauderlaune. Fragt sich, warum. Wollte er uns klarmachen, dass wir alle Idioten sind und er gerade dabei ist, uns zu narren? Oder hat er ein reines Gewissen und wir müssen ihm nicht alles einzeln herausquetschen? Wie auch immer.

Nach dem, was ich gerade gesehen habe, sollte es kein Problem sein, die Genehmigung für eine vollumfängliche Überwachung zu bekommen. Ich werde das sofort in die Wege leiten. Falls er das Land verlässt, sind mir die Hände gebunden. Sie sollten sich beeilen.« Sie reichte allen reihum die Hand. »Hat mich sehr gefreut, Kollegen. Viel Erfolg. Ich halte Sie auf dem Laufenden.«

Holbridge zückte ihr Telefon und ließ sich mit ihrem DSI verbinden, gab die Informationen weiter, bat um die Genehmigung.

Craig und sein Team stiegen in den Wagen, Holbridge winkte ihnen zu und hob den Daumen. Diese Frau gefiel Craig. Sie schob nichts auf die lange Bank. Sie konnten beruhigt nach Exeter zurückfahren, Joseph Jefferson war in besten Händen.

45

Sechs Tage waren seit dem Fund der Skelette vergangen, und Craig steckte fest. Schnell hatten sie Verdächtige ermittelt, aber auch nicht mehr. Mit jedem Tag war Craig klarer geworden, dass dieser Fall sehr wahrscheinlich nicht zu lösen war.

Als sie in der Zentrale der MK Angels saßen, ergriff Moorcraft das Wort. »Vier Tage! Es müsste ein Wunder geschehen. Wir haben nichts.«

Es würde kompliziert werden, ihn von den Amerikanern ausliefern zu lassen, wenn er einmal in den USA war. Wenn er als Mathegenie wichtig genug war, würden die amerikanischen Behörden sich querstellen.

»Wir haben gerade erst angefangen«, wandte Leighton ein.

»Professor Jefferson ein Mörder? An den Gedanken kann ich mich einfach nicht gewöhnen«, sagte der Prophet und verabschiedete sich in sein digitales Reich.

»Wir sollten abwarten, ob wir Joseph Jefferson nachweisen können, dass er in Südafrika war. Darauf sollten wir uns konzentrieren. Wir drei werden jeden seiner Schritte zwischen dem 1. und dem 10. Mai 2010 rekonstruieren. Wir nehmen uns auch seine Frau vor, seine Freunde und Bekannten. War jemand von ihnen in Südafrika?«

Moorcraft und Leighton nickten grimmig und machten sich an die Arbeit.

Craig stand auf, setzte sich aber sofort wieder. Alles drehte sich. Er schnappte nach Luft.

Moorcraft kam zu ihm. »Was ist los, Craig? Mein Gott, Sie sind bleich wie der Tod.«

»Ich hole was zu essen«, sagte Leighton und rannte aus dem Besprechungsraum.

Vor Craigs Augen drehten sich Feuerringe, sein Stuhl fiel ins Bodenlose. Er griff nach irgendetwas, an dem er sich festhalten konnte, hörte einen Schmerzensschrei, jemand riss an seiner Hand.

»Mary?« rief er. »Mary. Was ist los?«

Eine Hand legte sich auf seine Stirn.

»Es wird alles wieder gut«, sagte eine Stimme.

Es war nicht Mary. Es war Heather Moorcraft. Die Feuerringe drehten sich langsamer, der Stuhl hörte auf, ein abstürzender Aufzug zu sein, die Feuerringe wurden kleiner und verschwanden.

Heather beugte sich über ihn, sie hatte Tränen in den Augen.

»Danke«, flüsterte Craig. »Mein Kreislauf. Er war plötzlich weg. Ich habe halluziniert. Wie gut, dass Sie zur Stelle waren.«

Moorcraft nahm ihre Hand von seiner Stirn und gab seine frei.

»Habe ich Ihnen weh getan?«

Moorcraft wischte sich durch das Gesicht. »Ich werde nicht daran sterben.«

Craig durchfuhr ein kalter Schauer. Es half nichts, sich etwas vorzumachen. Er verlor die Kontrolle, er ging über seine Grenzen. Nicht auszudenken, wenn ihm das auf der Fahrt nach Oxford passiert wäre.

»Ich bin ziemlich durch den Wind«, sagte Craig zu Moorcraft. »Ich bitte Sie um Verzeihung. Ich bin kein gutes Vorbild.«

»Das ist allerdings wahr. Sie sollten eine Pause machen. Wir kriegen das schon hin.«

Ein Stich fuhr Craig durch den Bauch. Vermutlich hatte sie

recht. Aber er konnte die Leitung der MK Angels nicht einfach so abgeben.

»Verzeihen Sie, wenn ich das so offen sage: Jeder ist ersetzbar. Sie sollten uns vertrauen.«

Leighton kam herein. Er trug ein Tablett, das gespickt war mit den unterschiedlichsten Nahrungsmitteln. Ein Donut, ein Sandwich mit Thunfisch, bei dessen Anblick sich Craigs Magen rumdrehte. Mehrere Energie- und Müsliriegel und eine dampfende Tasse Brühe. Daneben lag ein trockenes Brötchen. Kaffee dampfte aus einem Pappbecher.

Leighton stellte das Tablett auf einen Tisch und verschränkte die Arme vor der Brust. Das tat er in der letzten Zeit häufiger. Er war noch immer verärgert über Craigs Erpressung, davon konnte Craig ausgehen. Aber er ließ Craig trotzdem nicht im Stich.

»Danke, Tyler. Sie retten mir schon wieder das Leben.«

»Werd ich mir nicht zur Gewohnheit machen«, brummte er.

Craig nahm sich die Brühe und das Brötchen. Er durfte seinen Magen nicht überfordern. Er brach ein Stück ab, tunkte es in die nach Huhn duftende Flüssigkeit, steckte es in den Mund. Es schmeckte, erinnerte ihn an seine köstliche Astronautennahrung. Moorcraft und Leighton schauten ihm bei seiner Mahlzeit zu, beide in einer Körperhaltung, die ihm signalisierte, dass sie ihn nicht eher gehen lassen würden, bis er brav alles aufgegessen hatte. Seine Kräfte kehrten zurück, sein Magen blieb verträglich, also trank er auch noch den Kaffee.

»Okay«, sagte Leighton. »Wie machen wir weiter?«

»Ich übertrage Ihnen beiden die Leitung, inoffiziell. Heather hat mir klargemacht, dass ich eine Pause brauche. Ich werde einen Tag in Topsham verbringen, anständig essen und mich ausruhen. Dann sehe ich weiter.«

Leighton hob die Augenbrauen. »Es geschehen noch Zeichen und Wunder.«

Craig erhob sich vorsichtig, wartete. Sein Kreislauf war wieder stabil.

»Was bin ich Ihnen schuldig?«

Leighton schnaufte. »Das können Sie in Geld nicht begleichen.«

»Ich danke euch … Ihnen, meine ich.« Craig hielt Moorcraft eine Hand hin. »Ich denke, das ist ein wunderbar kitschiger Moment, in dem wir uns das Du anbieten könnten.«

Moorcraft zögerte, und kurz bevor Craig seine Hand wieder zurückziehen wollte, schlug sie ein. »Okay. Craig.«

Leighton verdrehte die Augen. »Euch sind die Konsequenzen klar?«

»Nein«, sagten Craig und Moorcraft gleichzeitig.

»Sie müssen ja nicht …«, sagte Craig.

»Schon klar. Ich bin Tyler.«

»Dachte ich mir«, sagte Moorcraft.

Craig konnte nicht verhindern, er musste lachen. Leighton und Moorcraft fielen mit ein. Es war ein unsicheres Lachen, ein Lachen, das gut in eine ausweglose Situation gepasst hätte.

»Ich bin dann mal weg.«

Craig blickte sich um. Jedes Stück Papier, jede Notiz, jedes Bild schrie ihn an: »Du hast etwas übersehen. Du musst mich anschauen, mich lesen, mich studieren.«

Craig hob zum Gruß die Hand und riss sich los.

Nichts hatte er übersehen. Alles hatte er übersehen. Niemand konnte in diesem Wust an Informationen den Überblick behalten. Das wusste er genau, und dennoch blieb dieses Gefühl, dass er alles in der Hand hatte, um beide Fälle zu lösen: das Verschwinden von Ken Upton und den Schwestern. In einem Zug.

Craig verließ das Headquarter, stieg in den Spitfire und fuhr bedächtig los. Das Rennen nach Oxford und zurück hatte ihm Spaß gemacht, aber jetzt musste er einen Gang zurückschalten.

Sollte er sich mit der Vikarin beraten? Oder mit Fly? Zu gefährlich. Der Vikarin hätte er Details aus den laufenden Ermittlungen preisgeben müssen. Fly wollte er nicht mit seinen Überlegungen belasten, die sie in die Zwickmühle gebracht hätten, entscheiden zu müssen, ob sie Craig melden musste oder nicht.

Er parkte den Wagen zwei Straßen von seiner neuen Bleibe entfernt, genoss den kurzen Spaziergang.

Fly war unterwegs, zumindest stand ihr Defender nicht in der Einfahrt. Craig schloss die Tür auf, fühlte sich wie zu Hause. Ja, daran konnte er sich gewöhnen. Seine Idee, hierherzuziehen, verfestigte sich. Er würde bald mit Fly darüber reden müssen.

Er ließ sich in einen Sessel fallen, schloss die Augen. Die Bilder überschlugen sich, und immer wieder trat Mary in sein Bewusstsein. Schweigend stand sie auf einer Wiese.

Er schreckte hoch. Sein Handy spielte »Scots Wa Hae«. Es war Moorcraft. Sein Urlaub hatte keine Stunde gedauert. Er nahm das Gespräch entgegen.

Moorcraft wartete keine Floskeln ab. »Ruth Jefferson hat soeben ein Geständnis gegenüber dem Constable abgelegt, der sie bewacht. Ich dachte, das solltest du wissen. Wir sind bei ihr.«

Craig schlug mit einer Hand auf seinen Schenkel, sein Puls raste. »Ich bin unterwegs.«

Er unterbrach die Verbindung, stürzte los, rannte, warf sich in den Spitfire. Ein Geständnis! Das wäre nicht das Schlechteste. Er wünschte sich, den Fall zu Ende bringen zu können. Ruth Jefferson war eine gute Kandidatin.

Er gab Gas, brauchte zehn Minuten bis zum Wonford Hospital.

Ruth Jeffersons Zimmer war voll mit Menschen. Ein Arzt, Moorcraft, Leighton, der Constable und Keen, der nur kurz zu Craig hinschaute und sich dann wieder Ruth Jefferson zuwandte.

»Sie haben es nicht mehr ausgehalten, sagten Sie. Was haben Sie nicht mehr ausgehalten?« Keen legte Gefühl in seine Stimme, sein Bass schnurrte wie ein zahmer Tiger.

»Sie waren böse. Ich habe die Schachtel mit den Dingen gefunden, die sie gestohlen hatten. Wrench hatte behauptet, die beiden seien diebische Elstern, ich wollte es nicht wahrhaben. Der Teufel steckte in ihnen. Ich musste sie erlösen.«

Also doch religiöser Fanatismus. Auch das erklärte die Wahl des Ablageortes der beiden.

»Sie haben Ihre Töchter zur Rede gestellt?«

»Sie haben mich beschimpft als Hure Gottes. Da wusste ich, dass sie verloren waren.«

Keen schwieg.

Craig trat nach vorne. »Sie haben Sophie vor Wut erwürgt, und dann Charlotte. Die Zungenbeine der beiden sind gebrochen. Daran haben wir es erkannt.«

»Ja. Und dann habe ich den Wagen genommen und sie einfach in das offene Grab geworfen. Ich habe sie mit Weihwasser besprüht und Gott gebeten, ihre Seelen aufzunehmen. Dann habe ich sie mit Erde bedeckt.«

Keen seufzte.

Moorcraft ließ den Kopf hängen.

Leighton sagte tonlos: »Das wäre ja auch zu schön gewesen.«

»Wen wollen Sie schützen, Mrs. Jefferson? Ihren Sohn? Ich dachte, Sie hassen ihn?«

Ruth Jefferson schaute Craig in die Augen. »Ich habe meine Töchter getötet.«

Craig schüttelte den Kopf. »Haben Sie nicht. Sie wissen ja noch nicht einmal, wie sie zu Tode gekommen sind. Sie lügen. So einfach ist das.« Er gab den anderen ein Zeichen. »Wir haben hier genug Zeit vertrödelt. Gehen wir.«

Ruth Jefferson sprang auf. »Teufelsbrut«, brüllte sie.

Sie wollte sich auf Craig stürzen, aber der Constable und Keen packten sie und drückten sie in den Stuhl zurück. Der Arzt rammte ihr eine Injektion in den Arm. Augenblicklich erlahmte ihre Aggression. In diesem Augenblick wünschte sich Craig nichts sehnlicher, als dass der Arzt ihm dieselbe Dosis verpasste. Sein Puls hatte sich noch nicht beruhigt, und er fürchtete, erneut umzukippen.

Sie verließen Ruth Jeffersons Raum, blieben auf dem Flur stehen, bildeten einen Kreis.

»Es hätte sein können«, grollte Keen.

Craig war sauer. »Eine einzige Frage ...«

»Ich wollte nicht mit der Tür ins Haus fallen«, sagte Keen. »Wie geht es weiter?«

Moorcraft setzte ihn ins Bild.

Keen nickte und verzog sich.

»Sorry, dass ich ...«

»Du hast es genau richtig gemacht, Heather. Das war wichtig genug.«

»Keen hat die Vernehmung sofort an sich gerissen, als er sah, dass du nicht da warst«, sagte Leighton. »Obwohl ich ihm gesagt habe, dass Heather und ich dich vertreten.«

»Dazu hat er das Recht, auch wenn es unklug war. Er ist nicht tief genug im Fall drin. Das nächste Mal stoppt ihr ihn. Geht dann auf meine Kappe.« Craig rieb sich die Augen. »Ich mache einen zweiten Versuch. Bis morgen.«

Moorcraft und Leighton nickten.

Craig fuhr zurück nach Topsham, parkte, schloss die Tür auf. Auch diesmal war es, als käme er nach Hause, obwohl er genau genommen erst seit zwei Tagen hier wohnte. Er ließ sich erneut in den Sessel hineinfallen. Wieder schloss er die Augen, doch diesmal kamen keine Bilder.

Craig wachte auf.

Was war passiert? Er wusste nicht, wo er war, schaute sich um, begriff. Er war in dem Sessel eingeschlafen, in dem Moment, als er sich hatte hineinfallen lassen. Es war halb neun, dunkel, seine Stirn war von einem Schweißfilm bedeckt. Im Schlaf war ihm ein Gedanke gekommen.

Er tippte eine Nummer ins Handy, und bevor sich sein Gesprächspartner melden konnte, sagte Craig: »In einer halben Stunde. Da, wo wir uns immer treffen.«

Ohne eine Antwort abzuwarten, legte er auf.

46

Craig parkte den Spitfire vor dem Eingang des »Hare and Hounds«, stieg aus und streckte die Glieder. Es war gefährlich, hierherzukommen, aber er musste sich mit seinen Dämonen auseinandersetzen. Hinter der Tür des »Hare and Hounds« warteten sie in vielfältiger Gestalt. Als Ale, als Whisky und als Wein. Wunderbare Produkte menschlicher Kreativität. Zu schade eigentlich, um sie zu verschmähen.

Craig drückte die Tür auf, alkoholgeschwängerte Luft schlug ihm entgegen. Reichte das, um einen Rückfall auszulösen? Als Nächstes roch Craig nassen Hund. George war bereits da. Er saß mit dem Rücken zu Craig am Tresen, vor sich einen Whisky. Hinter dem Tresen stand Jeb und nickte Craig zu.

George drehte den Kopf, ein Lächeln erschien auf seinem Gesicht. »Hi, Laddie. Danke für die Passage.«

Craig schwang sich auf den Hocker neben George, orderte eine große Cola ohne Eis für sich und einen Whisky für George.

»Bevor du den Whisky runterkippst, musst du mir eine Frage beantworten.«

»Immer her damit. Ich kann was vertragen.«

»Wie weit würdest du gehen, um den Mörder von zwei Mädchen zu entlarven?«

»Du meinst die Jefferson-Mädchen?«

»Genau die.«

»Bist du dir sicher, wer es ist?«

»Nein.«

»Ich brauche einen Schluck, sonst kann ich nicht denken.« Er griff das Glas und nippte daran. »Talisker Storm. Rauch und Pfeffer.«

Craig trank von seiner Cola, der Geruch des Talisker stieg ihm in die Nase und löste eine Erinnerung aus. In seiner Schicksalsnacht hatte er Talisker getrunken. Für den Bruchteil einer Sekunde blitzte ein Name auf: »Teuchters Landing«. Dort musste er gewesen sein. Eine Spur. Winzig, aber eine Spur.

»Hast du nicht genug Probleme? Musst du dir immer was Neues aufhalsen? Ich seh dir an der Nasenspitze an, dass du irgendeine Scheiße planst. Setzt wahrscheinlich deine Karriere aufs Spiel. Du bist hier nicht in Edinburgh, wo ein großer Boss die Hand über dich hält. Lass es bleiben, Braveheart. Und das sage ich nicht, weil du eine meiner wichtigsten Einnahmequellen bist. Das sage ich, weil ich dein Freund bin. Weil ich Verantwortung trage. Ohne mich wärst du schon lange unter der Erde. Vergiss das nie.«

George wandte sich wieder dem Glas zu, drehte es in den Händen. Der Whisky zog eine ölige Spur über das Glas. Craig lief das Wasser im Mund zusammen. Nur ein kleiner Schluck. Sozusagen als Ehrenbezeigung für das Getränk der Getränke.

»Vergiss es«, sagte George.

Craig stürzte den Rest der Cola hinunter. Sie schlug wie ein Hammer in seinem Magen ein.

»Zwei unschuldige Kinder, George.«

»Die Kinder sind tot. Denen kannst du nicht mehr helfen. Wenn du dich jetzt opferst, kannst du gar nichts mehr machen. Du bist ein Heißsporn, ein Kindskopf, ein trotziger kleiner Bengel, der nicht weiß, wann er aufgeben muss. Herrje, Laddy, du kannst nicht die ganze Welt retten. Rette dich selbst.« George stürzte den Rest des Talisker hinunter. »Weißt du, wie viel Kraft es mich kostet, ständig auf dich aufzupassen?«

Craig gab Jeb ein Zeichen. Er stellte George ein weiteres Glas Talisker hin, der dankbar den Kopf neigte.

Craig musste eine Entscheidung fällen. Die Zeit lief, Wrench würde bald angeklagt werden. Und das hieß, die Ermittlungen würden eingestellt werden.

»Wozu bin ich auf der Welt, George? Sag es mir.«

»Um der zu sein, der du bist. Nicht mehr und nicht weniger. Und um ein bisschen Spaß zu haben.« Er schlürfte einen Schluck Whisky.

Typisch George. Das Orakel von Exeter.

Er prostete Craig zu. »Wasser des Lebens, Wasser des Todes. Es kommt auf die Dosierung an. Ich arbeite daran, nicht zu viel und nicht zu wenig zu trinken. Das verlängert den Genuss. Stell dir vor, ich lebe nur ein Jahr länger. Dreihundertfünfundsechzig Tage, an denen ich diesen Trank der Götter genießen kann. Ich muss mich nicht mehr vollkommen betäuben. Ein gediegenes Standgas reicht vollkommen aus. Ist das nicht genial? Ich komme mit einer halben Flasche pro Tag aus.«

»Das sind immer noch über tausend Euro im Monat. Woher hast du das Geld?«

»Meine Lebenshaltungskosten sind gering.« Er grinste. »Der Rest ist mein Geheimnis. Alles legal.«

Craig klopfte George auf die Schulter. »Du bist deinen Whisky wert, George.« Craig warf einen Zwanzig-Pfund-Schein auf den Tresen. »Wie immer, Jeb. Noch einen Whisky. Der Rest ist für ein anständiges Essen.«

Craig wandte sich um, aber King George hielt ihn am Arm fest. »Craig, mein Junge, mach keinen Scheiß. Überleg dir genau, was du tust, wenn du jetzt durch die Tür gehst.«

»Ich verspreche dir, mein Freund, das werde ich.«

George ließ ihn los, Craig öffnete die Tür und trat hindurch. Er machte ein paar Schritte und tätigte zwei Anrufe, die das Blatt wenden konnten.

TAG 8

47

Craig hatte den Treffpunkt, das Hunter's Tor am Ostrand des Dartmoors, sorgsam gewählt. Er musste eine gewisse Mystik ausstrahlen und weit genug von Exeter entfernt sein, aber dennoch Netzabdeckung haben. Gleichzeitig sollte er einen Bezug zu Charlotte und Sophie vorweisen und zu seiner Berufung. Er war der Jäger, der »Hunter« des Mörders der Schwestern.

Das Wetter spielte mit. Ein frischer Wind wehte von Nordwest, trieb Wolken vor sich her, das Licht wechselte ständig, Schatten rasten über die karge Landschaft.

George hatte Craig geholfen, eine Entscheidung zu treffen: Er musste alles in die Waagschale legen, um den Mörder von Sophie und Charlotte zu enttarnen. Da er es nicht anhand von Beweisen tun konnte, musste er sich derselben Methode bedienen wie Humble. Er musste Amber Albright auf Jefferson hetzen. Wenn sie Upton getötet hatte, würde sie auch Jefferson töten wollen, wenn ihr klar wurde, dass er, und nicht Upton, Charlotte und Sophie ermordet hatte.

Vielleicht kam die Person nicht, mit der sich Craig verabredet hatte. Vielleicht rief sie Keen an oder informierte die Presse. Vielleicht täuschte sich Craig, und Upton lebte irgendwo stillvergnügt vor sich hin.

Craig spähte den steilen Weg hinunter, der zum Hunter's Tor führte. Eine Festung aus der Eisenzeit hatte den Gipfel gekrönt, für damalige Zeiten sicherlich uneinnehmbar. Am Fuß des Hunter's Tor sah Craig eine Frau. Er beschattete seine Augen. Sie war gekommen. Amber Albright hatte angebissen. Leichtfüßig erklomm sie das Hunter's Tor, das Gesicht verschlossen, misstrauisch. Sie kam näher, blieb stehen, schaute sich um, schien etwas zu suchen.

»Es gibt keine Abhöranlage und auch keine im Boden versteckten Constables, Mrs. Albright«, rief Craig. »Wenn Sie möchten, können Sie mich nach Wanzen abtasten.«

Albright baute sich vor Craig auf. »Was wollen Sie?«

»Ich bin in einer Sackgasse gelandet. Ich weiß, wer der Mörder von Sophie und Charlotte ist, aber ich kann es nicht beweisen. Aber ich kann beweisen, dass es nicht Ken Upton war.«

Albrights Lippen zitterten. »Wie?«

»Es gibt Aufnahmen von Überwachungskameras, die belegen, dass Upton zur Zeit der Morde weit weg von Exeter war. Humble hat Mist gebaut. Der wahre Täter läuft nach wie vor frei herum. Und ich kann nichts machen.«

»Dafür bestellen Sie mich hier in die Wildnis? Was habe ich damit zu tun?«

»Ich finde, Sie sollten das wissen. Und Sie sollten wissen, dass ich besser bin als Humble.«

»Wer war es?« Albrights Augen verengten sich zu Schlitzen.

»Joseph Jefferson.«

Albright schnappte nach Luft. »Joseph? Sind Sie verrückt geworden?«

»Seine Schwestern wurden ihm immer vorgezogen. Er hat sie mit Blei vergiftet, dachte, dass er dann mehr Zuwendung bekommt. Aber Joseph war damals dreizehn und hatte keine Ahnung von Menschen. Jetzt bekamen die Mädchen noch mehr Aufmerksamkeit. Und alles Geld, das die Jeffersons besaßen, steckten sie in Medikamente für Charlotte und Sophie. Joseph setzte das Blei ab, damit zumindest der vorherige Zustand wieder eintrat. Aber es war zu spät. Er musste erkennen, dass er gegen seine Schwestern verloren hatte. Für immer.

Es gab nur einen Weg: Sie mussten weg. Er war schon immer ein hochintelligenter Mensch. Doch in diesem Falle nutzte es ihm nichts. Er baute einen Unfall, vergrub seine Schwestern, versenkte den Wagen. Es war reines Glück, dass er nicht aufflog, denn Rowan Humble lief dem Falschen hinterher. Wäre Humble nicht Opfer seiner eigenen Betroffenheit geworden, hätte es nicht lange gedauert, Joseph Jefferson als Täter zu ermitteln.«

Albright war blass geworden. Trotz der frischen Luft und des Marsches hinauf zum Hunter's Tor war ihr Gesicht kalkweiß. Sie hatte erkannt, dass sie den Falschen umgebracht hatten, dass Upton unschuldig gewesen war. Jetzt musste Teil zwei von Craigs Plan greifen.

»Sie können Ihre Schuld wiedergutmachen. Um Upton ist es nicht schade, der war pädophil, und wer weiß, wann er ein Kind umgebracht hätte. Ich kann Ihnen versichern, dass ich alles tun werde, damit nicht der Hauch eines Verdachtes auf Sie fällt.«

»Sie sind ja vollkommen verrückt«, sagte Albright.

»Ich kann Ihnen beweisen, dass ich es ernst meine. Jefferson wird rund um die Uhr überwacht. Ich kann die Überwachung aufheben lassen. Jetzt gleich. Ein Telefonat. Sie können zuhören.«

Albright zögerte. Natürlich. Craig hatte sie während der Vernehmungen massiv angegangen. Was war stärker? Angst und Misstrauen oder der Hass auf den Mörder von Charlotte und Sophie?

»Telefonieren Sie.«

Craig wählte die Nummer von Holbridge. Sie ging sofort ran. Er drückte die Taste zum Mithören.

»Samantha, schön, Sie zu hören. Alles gut bei Ihnen?«

»Danke der Nachfrage.«

»Ich habe gute Neuigkeiten. Sie können die Überwachung

abblasen. Wir haben ausreichend Beweise gefunden, die Wrench als Täter überführen.«

»Das sind wirklich gute Nachrichten. Wir brauchen unsere Leute dringend für andere Aufgaben. Und es wäre nicht schön gewesen, Jefferson festnehmen zu müssen. Ich werde die Überwachung sofort einstellen.«

»Vielen Dank, Samantha.« Craig unterbrach die Verbindung. »Glauben Sie mir jetzt?«

Albright schwieg. Sie würde sich Zeit lassen, überprüfen, ob Jefferson wirklich nicht überwacht wurde. Das konnte Wochen dauern. Monate. Craig musste den letzten Köder auswerfen.

»Jefferson geht in die Staaten. Er fliegt in vier Tagen. Dann ist er weg.«

Albright ballte die Fäuste, drehte sich um und rannte los.

Craig wartete fünf Minuten, zückte sein Telefon und öffnete die Peilungs-App. Ein roter Punkt tauchte auf, der sich Richtung Exeter bewegte. Leighton hatte die Wanze angebracht, während er mit Albright gesprochen hatte, und war dann mit Moorcraft losgefahren. Mehrere Wagen würden Albright folgen. Wenn Craig sie richtig eingeschätzt hatte, würde sie ihre Freundin abholen und heute noch zuschlagen, wahrscheinlich gegen Abend, wenn es dämmerte. Wo sich Jefferson befand, war leicht herauszufinden. Holbridge und ihre Leute standen bereit, Jefferson zu schützen. Die Sache war brisant. Sie wussten nicht, wie Albright Jefferson töten wollte. Besaß sie eine Schusswaffe? Würde ihr Plan aufgehen, dass Albright Jefferson zuerst konfrontierte, er gestand und sie zwei Fliegen mit einer Klappe schlugen?

48

Craig ging zu seinem Spitfire, klemmte das Handy in die Halterung, startete den Motor, stutzte. Albright fuhr nicht nach Hause. Sie bog nach Norden ab. Nach Oxford. Sie würde einen Alleingang machen. Oder sie hatte damit gerechnet, dass es eine Falle war, und McCormick losgeschickt, während sie ihn in die Irre führen würde.

Er funkte die Streife an, die McCormick überwachte. Negativ. Sie hatte das Haus nicht verlassen. Leighton meldete sich. Ihm war natürlich auch aufgefallen, dass Albright direkt nach Oxford fuhr. Es blieb ihnen nichts anderes übrig, als ihr zu folgen.

Albright hielt sich genau an die Verkehrsregeln. Sie wollte jedes Risiko ausschließen, angehalten zu werden. Vielleicht versuchte sie auch zu erkennen, ob sie verfolgt wurde. Das konnte ihr nicht gelingen. Die Wagen wechselten sich ab, keiner blieb länger als eine Viertelstunde an ihr dran. Craig folgte in einem Abstand von zehn Kilometern.

In Oxford fuhr Albright auf kürzestem Wege zum Mathematischen Institut.

Holbridge meldete sich. »Die verdächtige Person ist in das Institut gegangen. Die Metalldetektoren haben nicht angeschlagen. Sie ist unbewaffnet.«

Wollte sie ihn erwürgen? Craig beschlich ein ungutes Gefühl.

Endlich kam das Institut in Sicht. Craig parkte den Spitfire, rannte los.

Holbridges Stimme quäkte aus dem Airwave. »Sie ist auf dem Weg zum Hörsaal. Sollen wir sie aufhalten?«

»Nein«, rief Craig ins Airwave. »Lassen Sie sie.«

Er überholte Leighton und Moorcraft und mehrere Constables, die ebenfalls auf dem Weg zum Hörsaal waren. Craig bog um eine Ecke, sprang eine Treppe hinauf, sah Holbridge, die vor der offenen Tür des Hörsaales stand, neben ihr zwei schwarzgekleidete bewaffnete Kollegen.

Er hörte Albrights Stimme bis auf den Flur. Sie keifte wie eine Furie.

»Du verdammtes Miststück. Du hast deine Schwestern umgebracht.«

Craig machte Holbridge ein Zeichen, sie solle vor der Tür warten, bremste ab und ging gemessenen Schrittes in den Hörsaal.

Fast hundert Studentinnen und Studenten saßen mit offenen Mündern auf den Rängen und verfolgten gebannt das Schauspiel.

Jefferson stand hinter dem Dozententisch, Albright davor.

»Du mieses Stück Scheiße. Ich reiß dir die Eier ab und verfüttere sie an die Schweine. Die eigenen Schwestern. Perverses Arschloch. Und Upton hast du auch verschwinden lassen! Du bist ein Monster! Wirst immer eins bleiben.«

Craig zuckte zusammen. Albrights Satz traf ihn wie ein Elektroschock. Albright spielte nicht. Sie hatte Upton nicht umgebracht. Was hatte Jefferson gesagt, als Craig ihn auf Upton angesprochen hatte? »Die Leute sind nie weit weg, wenn sie verschwinden.« Verdammt! Jefferson wusste, wo Upton war. Und was war mit Dunkan Fruit? Der Arzt hätte zu einer Gefahr für Jefferson werden können. War sein Tod ein Unfall gewesen, oder hatte Jefferson auch ihn auf dem Gewissen? Craig hatte die falschen Schlüsse gezogen, hatte Jefferson unterschätzt. Jefferson war ein liebender Familienvater – und ein Mörder. Das war kein Widerspruch. Jefferson hatte ihm gesagt, es gebe zwei von ihm. Einen, den er nicht kenne, nicht kennen wolle, und den anderen, der er jetzt sei. Craig blieb nur eine Chance: Er musste die beiden gegeneinander ausspielen. Er musste den dreizehnjährigen Jefferson in die Enge treiben, damit er sich verriet.

»Alles Lüge!« Jeffersons Stimme überschlug sich. »Verlassen Sie den Hörsaal! Oder ich rufe die Polizei.«

»Schon da«, sagte Craig.

Albright und Jefferson fuhren herum.

Inzwischen waren Leighton, Moorcraft und Holbridge mitsamt einem Dutzend Constables im Hörsaal eingetroffen.

Jefferson stützte sich auf den Tisch. »Danke, Detective, dass Sie mich von der Verrückten befreien.«

»Immer gerne, Joseph.«

Craig ging auf ihn zu, lächelte.

Jefferson streckte das Kreuz durch. »Da sind Sie gerade noch rechtzeitig gekommen.«

»Das sehe ich auch so. Ist Joseph da?«

Jefferson verzog das Gesicht. »Reden Sie keinen Unsinn.«

»Joseph, denk an deine Schwestern. Wie sie vor dir lagen, bleich und tot. Und der Schock des Aufpralls.«

Jefferson schlug um sich, als wolle er Fliegen vertreiben. »Hören Sie auf, verdammt noch mal.«

Seine Stimme hatte sich um zwei Töne erhöht.

»Du kannst nichts dafür. Es ist einfach passiert. Das verstehe ich. Aber jetzt musst du mir sagen, was passiert ist. Deine Mutter macht sich solche Sorgen.«

»Ich hasse meine Mutter.«

Jefferson schlug mit der Faust auf den Tisch. Zwei Jahrzehnte der unterdrückten Gefühle brachen aus Jefferson heraus.

»Natürlich. Jeder würde seine Mutter hassen, wenn sie einen so behandelt wie dich.«

Jeffersons Unterkiefer zitterte.

»Aber warum hast du deine Schwestern umgebracht und nicht deine Mutter?«

»Ich wollte es doch gar nicht.«

»Was wolltest du nicht?«

»Charlotte. Sie lag plötzlich da und atmete nicht mehr. Und Sophie lag auch da. Ich wollte sie nicht umbringen, das müssen Sie mir glauben.«

»Aber ja, ich glaube dir. Wie ist es passiert?«

Jefferson schluckte, Tränen liefen ihm über die Wangen. »Es ist so verrückt! Charlotte hat mich beschuldigt, ihr Diebesgut geklaut zu haben. Die ganzen Sachen. Geldbeutel, Handys, Füller. Den ganzen Beutel. Sie hat mich angebrüllt, beschimpft, getreten. Ich habe sie am Hals gepackt, wollte, dass sie still ist, habe zugedrückt. Sophie wollte ihr helfen, aber ich habe um mich getreten, sie fiel hin. Und plötzlich lag Charlotte da. Sie atmete nicht mehr. Ihr Herz stand still. Ich schüttelte sie, aber sie bewegte sich nicht. Ich wusste, dass es trotzdem sein konnte, dass sie noch lebte. Ich lief ins Schlafzimmer meiner Eltern. Doch die waren stinkbesoffen, ich kriegte sie einfach nicht wach. Ich wollte die Polizei rufen. Aber dann stellte ich mir vor, wie es sein würde, den Rest meines Lebens im Gefängnis zu verbringen. Die Angst packte mich. Die Panik. Ich schaffte die beiden ins Auto, fuhr los, krachte irgendwo dagegen, ich weiß nicht mehr, wo und wogegen. Den Rest kennen Sie.«

Craig zog die Handschellen vom Hosenbund. »Joseph Jefferson, ich nehme Sie vorläufig fest. Sie stehen unter dem dringenden Verdacht, Charlotte und Sophie Jefferson ermordet zu haben sowie Ken Upton und Dunkan Fruit.« Craig legte Jefferson die Handschellen an, die Hände vor dem Körper.

Ein Stöhnen ging durch die Ränge. Dann redeten hundert Studentinnen und Studenten durcheinander. Jeffersons Protest und Craigs Belehrungen gingen in dem Lärm unter.

Craig führte den zeternden Jefferson nach draußen.

Leighton und Moorcraft glotzten Craig an.

»Was zum Teufel …«, begann Leighton, aber Craig schnitt ihm das Wort ab.

»Wir müssen den Nadderwater-See komplett durchsieben. Wir werden Upton finden. Und wir werden Dunkan Fruit exhumieren und feststellen, dass er genug Schlaftabletten intus hatte, um nie wieder wach zu werden. Wäre er nicht verbrannt, hätten ihn die Tabletten umgebracht. Die hat er nicht selber genommen. Nicht wahr, Mr. Jefferson?«

Der Professor schwieg.

»Ich bitte Sie, Mr. Jefferson. Wir werden Beweise finden. Wir werden die Person finden, die die Karte abgeschickt hat. Es ist nur eine Frage der Zeit. Ihre Gleichung ist nicht aufgegangen. Wir werden nachweisen, dass Sie das Gerät manipuliert haben, das den Brand in Dunkan Fruits Haus ausgelöst hat. Wir werden jeden Stein Ihres Hauses umdrehen. Denn irgendwo haben Sie eine Trophäe oder ein Erinnerungsstück. Jetzt, da wir wissen, wo wir suchen müssen, werden wir auch etwas finden. Niemand anderer als Sie konnte in meinen Rechner einbrechen und im System der Polizei alle Spuren verwischen. Die Indizien allein reichen völlig aus, Sie zu verurteilen. Ich gebe zu, dass ich bis heute nicht begriffen hatte, wie alles zusammenhängt, denn auch Humble hat sich getäuscht. Der hat geglaubt, Amber Albright und Val McCormick zu schützen, weil er annahm, die beiden hätten Upton beseitigt. Aber er hat Sie geschützt. Als Ihnen klar wurde, dass niemand Sie verdächtigte, waren Sie erleichtert. Als Ken Upton dann plötzlich vor der Tür stand und Sie erpressen wollte, ließen Sie ihn verschwinden. Stellte er sich vor, Sie als

Lustjungen einzuspannen? Woher wusste Upton, dass Sie Ihre Schwestern umgebracht haben?«

Jefferson ließ den Kopf hängen. »Er hat es nicht gewusst. Er hat es vermutet, weil er in einem meiner Hefte eine Zeichnung gefunden hat. Meine Schwestern ohne Köpfe. Er hat gedroht, die Zeichnung der Polizei zu geben. Er war ein Widerling. Ich bereue nicht, ihn entsorgt zu haben.«

»Wie haben Sie es angestellt?«

»Upton hielt sich für stark, aber er war ein Schwächling. Wir trafen uns am See, ich schlug ihn nieder, packte ihn in einen Seesack mit ausreichend Gewicht, um ihn am Boden zu halten, auch wenn die Faulgase ihm Auftrieb verliehen. Sie werden Spuren von mir finden, ohne Zweifel. Als der See zugeschüttet wurde, konnte ich mein Glück kaum fassen.«

»Warum Dunkan Fruit?«

»Das war mein Fehler. Mit den Jahren wuchsen meine Fantasien, was passieren würde, wenn Fruit begriff, dass meine Schwestern mit Blei vergiftet worden waren und nicht an einer Krankheit gelitten hatten. Ich wollte alle Unterlagen vernichten, die irgendetwas mit dem Blei zu tun hatten. Fruit war vollkommen ahnungslos. Ich selbst habe ihn auf meine Fährte gebracht, als ich ihn bat, mir alle Unterlagen auszuhändigen. Als ihm klar wurde, dass ich meinen Schwestern Blei verabreicht hatte, packte ihn sein schlechtes Gewissen. Er wollte das Geld zurückzahlen und sich anzeigen. Dieser Idiot! Ich wäre erledigt gewesen, verabredete mich mit ihm bei sich zu Hause, habe ihm zuerst eine Dosis Ketamin in den Tee gemischt und dann die Schlaftabletten eingeflößt. Die K.-o.-Tropfen sind schnell abgebaut, nicht nachweisbar, die Schlaftabletten standen neben seinem Bett. Alle dachten, es sei ein Unfall gewesen. Das Schwierigste war, ihn in sein Bett zu schaffen. Daran bin ich fast gescheitert. Obwohl ich stark war. Ich war fix und fertig, habe die halbe Nacht gebraucht, den Fettkloß in die erste Etage zu schleppen. Fast drei Zentner. Die Kaffeemaschine zu manipulieren war beschämend simpel. Alle sind darauf hereingefallen. Der perfekte Mord.«

»Sie wären fast davongekommen, Professor Jefferson.«

Craig geleitete den Professor zu einem Streifenwagen.

Jefferson schluchzte, sein Körper bebte. Ohne Aufforderung setzte er sich in den Fond, vergrub seinen Kopf in den Händen.

Was für eine Tragödie! Wer trug die Verantwortung? Der erste Akt begann mit Ruth und Albert Jefferson, die ihren Töchtern keine Grenzen aufgezeigt, die sie verzärtelt und verwöhnt und ihren Sohn wie das fünfte Rad am Wagen behandelt hatten. Der zweite Akt zeigte das kranke Verhältnis zwischen Charlotte, Sophie und Ken Upton und die Schwachstellen des Bildungssystems. Der dritte Akt schließlich führte Jefferson unerbittlich in die Katastrophe. Ausgelöst durch Wrenchs Diebstahl war eine Kette von Ereignissen angestoßen worden, die mindestens fünf Menschen das Leben gekostet hatte. Craig zählte Albert Jefferson dazu, denn sein Selbstmord war eine Folge des Verschwindens von Charlotte und Sophie gewesen.

Der Wagen fuhr los.

Moorcraft, Holbridge und Leighton gesellten sich zu Craig.

»Das wäre fast nach hinten losgegangen«, stellte Moorcraft fest. »Warum hat er so bereitwillig alles zugegeben?«

»Er ist Mathematiker. Ich glaube, er hat anhand der Fakten die Wahrscheinlichkeit berechnet, verurteilt zu werden. Sie lag sicherlich bei über neunzig Prozent. Und er wollte sich endlich alles von der Seele reden. Ich habe sein kindliches Ich erreicht. Der kleine Joseph wollte endlich alles loswerden.«

»Er wird den Rest seines Lebens im Gefängnis verbringen.«

Leighton fuhr mit der Hand durch die Luft. »Hätte er Fruit nicht umgebracht, wäre er mit einer vergleichsweise milden Strafe davongekommen. Aber als er Fruit ermordet hat, war er volljährig und hat die Tat geplant. Jefferson tut mir nicht leid. Und jetzt zu uns: Ich könnte euch die Liste der Vorschriften, die wir verletzt haben, runterbeten und die Wahrscheinlichkeit berechnen, dass wir ein Disziplinarverfahren an den Hals bekommen, aber ich glaube, das macht keinen Sinn.«

Holbridge nickte. »Diesmal haben wir unsere Vorgesetzten informiert.«

»Wir haben sie erpresst«, stellte Moorcraft richtig.

»Sag ich doch. Zwei Dutzend Vorschriften.« Leighton schüttelte den Kopf. »Wir alle hätten unsere Jobs verloren, wenn …«

»Wenn Craig nicht geschaltet hätte«, sagte Moorcraft.

»Das ist zu viel der Ehre. Ich habe euch auf die falsche Fährte gelockt. Ich habe zu spät begriffen. Habe mich von Vorurteilen leiten lassen und bin Jeffersons Possenspiel aufgesessen. Er war wirklich gut.«

Craig war zu hundert Prozent davon überzeugt gewesen, dass Albright Upton ermordet hatte. Er hatte hoch gepokert, hatte Keen gedroht, einen Medienaufstand loszutreten, wenn er Albright nicht die Falle stellen durfte. Keen würde ihn noch mehr hassen, als er es sowieso schon tat. Dass Keen mit der Aufklärung der Morde prahlen konnte, spielte dabei keine Rolle.

»Ich muss mich verabschieden, Kollegen.« Holbridge reichte allen die Hand. »War mir ein Vergnügen. Bin mal gespannt, wer von unseren DS den meisten Lorbeer abräumt.«

Sie winkte noch einmal und widmete sich ihren Leuten.

»Sind wir jetzt ein Team?«, fragte Craig. »Einer für alle, alle für einen? Wir haben an einem Strang gezogen. Ihr wart zur Stelle, habt mich nicht im Stich gelassen.«

Leighton schnaubte. »Träum weiter.«

»Wir sind eine Schicksalsgemeinschaft, würde ich meinen. Aus der irgendwann mal ein Team werden könnte«, sagte Moorcraft.

»Ihr traut mir nicht mehr.«

»So sieht es aus. Ganz ehrlich, Craig. Das wird Zeit brauchen.« Leighton schaute Moorcraft an.

»Wir müssen mit offenen Karten spielen. Keine Geheimnisse.«

»Vertrauensbildende Maßnahmen?«, fragte Craig.

»So was in der Art.« Moorcraft schaute ihm in die Augen. »Nein. Nicht nur so was in der Art. Ich habe Fragen. Ich will Antworten. Ehrliche. Von euch beiden.«

»Hier und jetzt?«

»Hier und jetzt.«

»Dann lasst uns ein paar Schritte gehen«, sagte Craig.

Sie spazierten am Institut vorbei zur Woodstock Road, folgten ihr bis zum ersten Pub. Sie setzten sich an einen ruhigen Tisch, Craig besorgte Getränke und etwas zum Knabbern. Er setzte sich. Sein Herz raste. Was er vorhatte, versetzte seinen Körper und seine Seele in Angst und Schrecken, jede Faser war auf Flucht eingestellt.

»Vertrauen gegen Vertrauen. Ich fange an. Wisst ihr, wer Mary Marley ist?«

Ein schottischer Ermittler im englischen Exil und die Wasserleiche eines Bauunternehmers – Unfall oder Mord?

Paul Marten
DIE DUNKLEN WASSER
VON EXETER
Kriminalroman
384 Seiten
ISBN 978-3-404-17563-5

Als Detective Chief Inspector Craig McPherson nachts durch die Straßen Exeters streift, findet er die Leiche eines bekannten und beliebten Bauunternehmers. Der Coroner stuft den Vorfall als Unfall ein, die Ermittlungen sollen eingestellt werden. Doch Craig stolpert über Ungereimtheiten, die ihn bis in die höchsten Kreise der Politik führen. Als der Oberstaatsanwalt Craig den Fall wegnimmt, ermittelt der dickköpfige Schotte ohne Rücksicht auf sich selbst weiter und sticht in ein Hornissennest ...

Bastei Lübbe

Sylt: Meer. Leidenschaft. Tod

Sabine Weiß
BRENNENDE GISCHT
Sylt-Krimi
384 Seiten
ISBN 978-3-404-17667-0

Bei Löscharbeiten finden Feuerwehrleute in einer stürmischen Nacht im Keller eines verlassenen Hauses eine Leiche. Dass es sich nicht um einen Unfall handeln kann, steht schnell fest. Denn das Opfer weist neben Sturzverletzungen auch Kratzer am Hals, Prellungen und blaue Flecken auf. Blutige Furchen an den Wänden verraten, dass es verzweifelt um sein Leben gekämpft hat.
Liv Lammers und ihre Kollegen von der Flensburger Kriminalpolizei haben bald eine erste Spur, doch ein neuer Mord rückt alles in ein völlig neues Licht. Unter der glänzenden Oberfläche der Sylter High Society tun sich Abgründe auf - ebenso bei der Polizei ...

Bastei Lübbe

Lesejury